Katherine Allfrey
Die Erscheinung in der Schlucht

Die Autorin:

Katherine Allfrey wurde in Westfalen geboren. Sie ging als Kindermädchen nach Athen, arbeitete später dort als Sprachlehrerin und wanderte dann nach Neuseeland aus. 1949 kehrte sie nach Europa zurück und verbrachte viele Jahre in England. Inzwischen lebt sie wieder in Deutschland.
In vielen Büchern der bekannten Autorin wird ihre Faszination von Griechenland und der griechischen Mythologie deutlich. Einige ihrer Bücher zu diesem Thema: ›Taube unter Falken‹, ›Sie kamen nach Delos‹, ›Die Trojanerin‹ und ›Aktis, Sohn der Trojanerin‹.

Titel von Katherine Allfrey bei dtv junior: siehe Seite 4

Katherine Allfrey

Die Erscheinung
in der Schlucht

Deutscher
Taschenbuch
Verlag

Von Katherine Allfrey sind bei dtv junior außerdem lieferbar:
Der Mitternachtshund, Band 70202
Das Haus am Deich, Band 70294

Ungekürzte Ausgabe
Mai 1994
Deutscher Taschenbuch Verlag GmbH & Co. KG, München
© 1989 K. Thienemanns Verlag, Stuttgart-Wien
ISBN 3-522-14740-5
Umschlaggestaltung: Klaus Meyer
Umschlagbild: Henriette Sauvant
Gesetzt aus der Aldus 10/11
Gesamtherstellung: Ebner Ulm
Papier: ›Recycling Book-Paper‹,
Steinbeis Temming Papier GmbH, Glückstadt
Printed in Germany · ISBN 3-423-70326-1

1

Seit mehreren Tagen waren sie auf dem Berge, Evangelos und sein Vater, um Holz für ihren Meiler zu schlagen. Der ganze obere Hang war des Vaters Eigentum, ungezählte Kiefern und Zypressen, alles Gebüsch bis zu den nackten Felsen hinauf. Einmal im Jahr, gegen Ende des Sommers, zogen sie dorthin, die Esel hochbeladen mit Körben und Krügen, mit Bündeln und Decken, richteten ihr Lager und bauten die Hütte aus Kiefernzweigen zum Schutz für die Nacht.

Die Kohlen brannten sie vor allem für den eigenen Bedarf. Daß der Überschuß noch obendrein Gewinn brachte, mochte den Vater freuen; Evangelos war jung und sorglos, er hatte andere Freuden.

Hier oben war es gut, viel besser als drunten in der sengenden Hitze. Die Arbeit, wenn auch schwer und anstrengend, war ihm lieb; Evangelos sang, während er sperriges Geäst und lange, gewundene Wurzeln schleppte und schichtete, vom Harz verklebt und schwarz wie ein Waldteufel. Ein fröhlicher Waldteufel mit lachenden Augen und blitzenden Zähnen, in einem Kittel, der vor kurzem noch rostbraun gewesen war.

Wenn nur der Vater etwas lustiger sein wollte, dachte der Junge, oder wenigstens nicht ganz so schweigsam, dann wäre das Leben hier oben ganz vollkommen. Aber der Vater sprach nur das nötigste, er war ein ernster Mann. Für ihn gab es nur zähes Schaffen. Evangelos arbeitete auch gern, aber mußte es dabei zugehen, als ob sie stumm wären? Hin und wieder ein freundliches Wort, ein kleiner Scherz, es war wie ein kühler Trunk, es erfrischte.

Nun bald würde es anders sein. In wenigen Tagen kam der Vetter Levtheris, um den Meiler zu bauen und zu betreuen, dann würde es lustig genug werden. Levtheris war alles andere als wortkarg, und er lachte so gern wie Evangelos selber. Und doch leistete er nicht weniger als der Vater. Sobald Levtheris da war, wollte der Vater zum Dorf zurückkehren, er aber, Evangelos, blieb hier. Daheim wurde er jetzt nicht gebraucht, ihm lag nichts daran, den Wald mit dem Dorf zu vertauschen, schon gar nicht, wenn er mit Levtheris arbeiten durfte. Ah, nun kam die beste Zeit! Evangelos rieb sich die Schenkel vor Vergnügen, wenn er daran dachte.

Der Bauer Simon war auf seinem braunen Esel bergab geritten, der erste Meiler rauchte friedlich vor sich hin, die beste Zeit stand wie ein Baum im vollen Laube. Levtheris sorgte dafür, jung und leichtherzig wie er war. Immer wußte er etwas zu erzählen, einen Schwank, ein Abenteuer, die seltsamsten Geschichten. Er kannte hundert Rätsel, er kannte hundert Lieder. Und die Streiche, die er einem spielte! Evangelos fiel fast jedesmal darauf herein, lachte aber immer am meisten darüber. Jener Abend, als ihm auf dem Pfad durch das dichteste Gebüsch ein Gespenst mit glühenden Augen begegnete: den Schrecken vergaß er im Leben nicht. Es war schon recht dunkel im Walde, und plötzlich hatten ihn glühende Augen angestarrt – beinah hätte er laut aufgeschrien. Und dann war es nur eine Melonenschale mit zwei Löchern und einem Licht dahinter gewesen, von Levtheris an einem langen Stecken befestigt und dem Jungen entgegengeschoben, weiter nichts. Evangelos mußte immer noch lachen, wenn er daran dachte.

Levtheris war großartig. So möchte ich sein, dachte Evangelos, genauso wie er.

Ein lustiges Leben im Walde, ja, wenn ihnen auch das Brot knapp wurde. Es war höchste Zeit, daß der Vater mit neuen Vorräten kam. Käse und Oliven gingen ihnen zuerst aus; was sollten sie zum trockenen Brot essen? Sie halfen sich mit Fallenstellen und Schlingenlegen, die Vögel fingen sich leicht darin. Und der Wald wimmelte von Vögeln. Einmal ging Levtheris fort, blieb lange aus und kam mit einem Hasen wieder, den er erwischt hatte. Zwei Tage lang aßen sie reichlich und gut. Evangelos brachte kleinere Beute, aber auch sie half, das karge Brot zu strecken. Die winzigen Bissen – ein Fink, ein Mundvoll – , heiß vom Spieß gegessen, schmeckten köstlich, knusprig wie Nüsse. Wie grüne Mandeln, aber saftiger.

»Bald kommen die kleinen Tauben«, sagte Levtheris, »dann werden wir essen wie Prinzen.«

»Bald kommt mein Vater und bringt alles, was wir uns wünschen. Dann brauchen wir die kleinen Tauben nicht«, prahlte Evangelos.

Doch es kamen weder die Tauben noch der Vater, der Berg mußte die beiden weiterhin ernähren. Levtheris erlegte Wachteln mit seiner Schleuder, Evangelos versuchte es auch, hatte aber wenig Glück damit. Es gehörte viel Geschick und noch mehr Übung dazu, die scheuen wachsamen Vögel zu überlisten. Er blieb lieber bei seinen Schlingen, es war sicherer.

So war er wieder einmal unterwegs, um nachzusehen, was sich gefangen hätte. Es war noch längst nicht Mittag, aber der Tag war glühendheiß, ein Backofen von einem Tag. Evangelos' Mund war ausgedörrt wie der offene Hang, den er kreuzte, die Luft war wie Feuer. Aber er wußte, wo Wasser zu finden war, auch in der heißesten Zeit. Nicht mehr weit von hier, nur noch hinunter in die Schlucht, und er konnte trinken, soviel nur in ihn hineinging. Er spürte schon, wie all das kühle Silber durch seine Kehle rann. Wenn der Hang auch schattenlos war, die Steine unter seinen Sohlen brannten geradezu – dort unten floß kaltes, klares Wasser, das süßeste Wasser, so hieß es, am ganzen Berg.

Vor seinen Augen flirrte es, als er sich im Schatten großer Felstrümmer niederbeugte. Zwischen den Steinen tanzten die kleinen heiteren Wellen dem Ausgang der Schlucht zu, murmelnd und singend. Erst wenn sie die Ebene erreichten, versiegten sie im Staub des Sommers. Hier oben mochten sie meinen, das Leben währe ewig.

»Ja, glaubt es nur«, rief Evangelos den kleinen Wellen zu, »ewig sollt ihr leben, tausend Jahre und auf immer!« Er lachte glücklich und tauchte sein glühendes Gesicht wieder und wieder in das Wasser, seine Arme bis zu den Ellbogen. Er schöpfte mit beiden Händen und goß es über Scheitel und Nacken, er konnte nicht genug davon haben.

Er hob den triefenden Kopf und erblickte gegenüber, in einer Felsnische, etwas Helles. Etwas wie eine leichte Gestalt, die eines Mädchens oder einer sehr jungen Frau, weiß und schimmernd.

Evangelos starrte hinüber. So recht deutlich sah er nicht, was da stand: etwas Fließendes, Flimmerndes . . . lächelte es, hob es eine Hand? Und da er sich nicht regte, sondern kniete wie zu Stein geworden, beugte es sich vor, leicht wie Grasrispen?

Tropfen rannen ihm aus dem Haar in die Augen, er wischte sie weg, um klarer sehen zu können. Die Höhlung war leer, die Gestalt war verschwunden. Jetzt erst erschrak Evangelos, sprang auf, warf sich herum und entfloh. Denn was ihm weiß und schimmernd und überaus hold erschienen war – ein irdisches Wesen war es nicht, das wußte er. Im Laufen, halb stürzend, schlug er ein Kreuzzeichen. Hold, ja, aber in einem Augenblick sichtbar vor ihm, im nächsten verschwunden –?

Atemlos langte er beim Meiler an.

»Warum rennst du so?« fragte Levtheris erstaunt. »Bei der Hitze! Wo warst du so lange?«

Evangelos warf sich in den ersten schattigen Flecken, der sich ihm bot. Seine Lunge wollte fast zerspringen, vor den Augen tanzten ihm glühende Funken. Er rollte sich auf den Bauch und verbarg sein Gesicht in den Armen. So lag er und rang nach Luft; noch konnte er nicht antworten.

»Was ist dir?« drängte Levtheris halb ungeduldig, halb besorgt. Er hockte sich neben den Jungen und rüttelte an seiner Schulter.

Evangelos richtete sich auf, strich die Kiefernnadeln von seinen Armen und murmelte, ohne den Vetter anzublicken: »Ich habe etwas gesehen.«

»Was hast du gesehen? Wo hast du was gesehen?«

»Ich weiß nicht. Am Bach.«

Es genügte Levtheris nicht, er mußte mehr erfahren. Aber zuerst ging er hin, holte den Krug und füllte einen Becher mit frischem Wasser. »Trink und erhole dich«, befahl er, »und nun rede. Du hast etwas gesehen; war es etwas Schreckliches?«

»Nichts Schreckliches, nein. Schön war sie, aber – «

»Sie?« unterbrach ihn der Vetter.

»Ja. Eine Frau, drunten am Bach. Ganz weiß, sie glänzte. Sie war schön.« Langsam, stammelnd und immer noch verstört berichtete er, was sich in der Schlucht begeben hatte. Viel war nicht hinzuzufügen, und Levtheris schüttelte den Kopf. »Unsinn«, urteilte er schließlich, »die Sonne hat dir zugesetzt, und du hast geglaubt, du sähest was.«

»Ich hab's doch glänzen sehen! Es war weiß, es sah mich an – und – es hat gewinkt –« Evangelos war unsicher geworden, »es« sagte er, nicht mehr »sie«. Verwirrt rief er laut: »Was war es denn, Levtheris?«

»In der Nische, den großen Steinen gegenüber, sagst du?« Levtheris überlegte. »Vielleicht sickert Wasser von oben herab, die Wand war naß und gleißte.«

Aber der Junge blieb hartnäckig dabei, daß er etwas wie eine Gestalt gesehen hätte, nicht ein Rinnsal im Gestein. Überhaupt, ein Rinnsal. Bei der Dürre?

»Leg dich wieder hin, schlaf eine Weile«, riet Levtheris ihm. Er schob ihn in die Hütte, brachte ihm Wein und bestand darauf, daß er ihn trank. »Nun schlaf«, befahl er und ließ ihn allein.

Evangelos gehorchte, dankbar für Levtheris' Sorge. Er

streckte sich auf dem Lager aus. Der Wein tat das Seine, und bald atmete er tief und regelmäßig.

Levtheris stand vor der Hütte und horchte. »Ja, er schläft«, sagte er halblaut. Er setzte sich zum Meiler und dachte nach. Was konnte den Jungen so sehr erschreckt haben? Außer ihnen beiden war kein Mensch in dieser Einöde. »Eine Hirtin«, murmelte er.

Weiß und schön und glänzend? Hirtinnen, die am Berg ihre Herden hüteten, waren alt, braun wie Leder und immer in Arbeitskleidern. Das hieß: in dunklem Zeug, grau oder braun oder schwarz.

Keine Hirtin.

Er stand auf und ging um den Meiler herum, mit scharf prüfenden Augen. Alles war in Ordnung, er durfte ihn ruhig auf eine Stunde allein lassen. Ohne zu zögern machte Levtheris sich auf den Weg.

Am Bach in der Schlucht war nichts Ungewöhnliches zu sehen. Er sprang von Stein zu Stein zum andern Ufer hinüber, er untersuchte die Felsnische gründlich. Der Junge behielt recht, die ganze Wand war trocken. Der Boden ebenfalls, hart wie Ziegelsteine. Was hatte er erwartet, die Spur leichter Füße?

Er hat geträumt, dachte Levtheris. Aber als er wieder auf dem andern Ufer stand, schickte er einen scheuen Blick zu der Felsnische zurück.

An diesem Abend kam endlich der Bauer Simon vom Dorf herauf, mit schwerbeladenem Esel. Alles brachte er, große, flache Ringe frischen Brotes, einen Tiegel, gut verpackt, sein Inhalt noch warm und würzig duftend, Käse und Öl und Früchte. Ja, einen ganzen Korb voll schöner Früchte, süße Feigen, kühl wie Wasser, und mehrere große Melonen. Evangelos, kurz vor dem Eintreffen des Vaters aufgewacht, fiel sofort über die Feigen her.

Er half beim Abladen und hatte viel zu fragen – nach der Mutter, den kleinen Schwestern, den Herden, dem Hund. Wie immer erhielt er nur knappe Antworten, aber das kannte er nicht anders. Vergnügt brach er große Brocken aus einem Brotring und biß in die Kruste, daß es krachte. Die Mutter hatte reichlich Sesam darauf gestreut; nichts schmeckte ihm besser als frisches Brot mit recht viel Sesam drauf. Das Erlebnis des Vormittags war zurückgewichen. Er konnte sich nicht mehr klar vorstellen, was er gesehen hatte, sein langer Schlaf lag wie dichte Spinnweben darüber.

Aber spät am Abend, als er längst zur Ruhe gegangen war, saß Levtheris mit Simon beim Meiler und sagte: »Oheim, schick den Jungen nach Hause.«

»Warum?« fragte Simon überrascht. »Tut er seine Arbeit nicht, ist er nicht zu gebrauchen?«

»Das nicht, er ist willig und fleißig. Und doch, sage ich dir, schick ihn heim. Es ist besser für ihn.«

»Was ist los, was hast du? Er sollte hierbleiben, bis ihr fertig seid. Du brauchst einen Gehilfen, auch später, wenn ihr die Kohle herunterbringt«, widersprach Simon.

Levtheris rückte dichter an ihn heran und wisperte: »Evangelos hat etwas gesehen, drunten in der Schlucht. Eine Erscheinung, verstehst du?«

»Bist du verrückt geworden?«

»Nein, das bin ich nicht. Ich rate dir gut, aber du kannst tun, was du für richtig hältst. Evangelos ist dein Sohn – wenn er meiner wäre, ich ließe ihn nicht hier auf dem Berge.«

Simon war nun doch beeindruckt, mehr noch von Levtheris' Ernst als von der Enthüllung. Er ließ sich berichten, alles, was geschehen war, und wurde nachdenklich. Ihm selber war an dem Jungen nichts aufgefallen, aber er mußte zugeben, daß er ihn nicht sonderlich beachtet hatte. Vielleicht sollte er doch auf Levtheris hören . . .

Ärgerlich war es. Es paßte ihm ganz und gar nicht, jetzt hier oben zu bleiben. Auf dem Hof war viel zu tun, die Traubenernte stand vor der Tür. Was würde nicht alles versäumt werden, wenn er nicht darauf achthatte! Und doch, was Levtheris gesagt hatte, ging ihm nahe. Man ließ seinen Jungen nicht da, wo ihm Gefahr drohte.

Am Morgen sagte Simon, als sie ihr Brot aßen: »Du gehst jetzt nach Hause, Vangelis. Die Mutter braucht dich. Den zweiten Meiler richte ich mit Levtheris.«

2

Das Gehöft lag etwas außerhalb, war aber doch noch Teil des Dorfes Rodhakion. Ein stattliches Haus, zur Hälfte zweistöckig, mit bräunlichen Ziegeln gedeckt, umgeben von seinen Nebengebäuden und einer festen Mauer. Ein Torrahmen erhob sich über dem Eingang, auch er mit seinem schmalen Ziegeldach, darunter das Hoftor aus schweren Planken. Tagsüber stand es offen.

Durch dieses Tor trabte Evangelos auf seinem Esel in den geräumigen Hof. Das erste, was er sah, war seine Mutter. Sie stand auf einer Leiter im Rebengang, die Hände zwischen Blattwerk und schweren Traubenbündeln. Diese Hofreben waren ihre besonderen Lieblinge, niemand außer ihr durfte sie anrühren.

Hier im Schatten spielten auch die beiden kleinen Schwestern, schlummerte der Kettenhund, kratzten bunte Hühner zwischen den gewundenen, seltsam verknorpelten Stämmen der alten Reben. Eine gute Kühle atmete ihm entgegen, denn Paraskevis Mägde hatten in der Frühe fleißig Wasser gießen müssen, den Reben hier und dem kleinen Würzgarten daneben. Es gab viel Wasser in Rodhakion, tiefe Brunnen, die nie leer wurden, darum konnte Paraskevi Pfefferminz und Basilienkraut ziehen, alles, was scharf oder süß duftete, und dazwischen Granatapfelbüsche und Rosmarin. Ihr Garten war Paraskevis Freude und Stolz,

Evangelos aber liebte am meisten die hohen, dunklen Zypressen rechts an der Hofmauer.

Er sprang vom Esel und rief der Mutter seinen Gruß zu. Die kleinen Schwestern krähten mit schrillen Stimmchen und stürzten sich auf ihn, der Hund schlug träge mit dem Schwanz. Mehr tat er nicht zur Begrüßung, denn er war alt, und der Tag war heiß. In diesem Jahr wollte der Sommer anscheinend gar nicht enden. Selbst hier im Rebengang hechelte das geplagte Tier.

Paraskevi auf ihrer Leiter, die Hände immer noch erhoben, blickte ungläubig auf ihren Sohn. »Du bist gekommen?« fragte sie. »Wo bleibt der Vater?«

»Beim Meiler«, erwiderte Evangelos. »Er hat gesagt, du brauchtest mich hier.«

»Ich brauchte dich –«, wiederholte seine Mutter verwundert. »Nein, wozu sollte ich dich brauchen? Die Trauben sind noch nicht so weit. Warum ist der Vater beim Meiler geblieben und nicht du?«

»Der Vater wird's wissen«, sagte Evangelos verdrießlich. Am Berg hatte er nicht bleiben sollen, und zu Hause wurde er nicht erwartet. Die Mutter hatte nichts für ihn zu tun! Was das heißen sollte, wußte er nicht, und wenn die Mutter es ihm auch nicht erklären konnte –!

»Sonderbar«, murmelte sie und stieg von der Leiter. Achtlos setzte sie die Füße auf den aufgeweichten Pfad und ging auf die Stufen zu, die zur Haustür hinaufführten, zu einem kleinen, gepflasterten Vorplatz.

»Marigó!« rief sie.

Eine junge Magd kam aus dem Raum zu ebener Erde, wurde angewiesen, Wasser zu bringen, und kehrte sofort mit dem vollen Krug zurück. Paraskevi ließ sich auf der Kante des Vorplatzes nieder und streckte ihr zuerst den einen, dann den andern Fuß zum Abspülen hin. »Gut, genug«, sagte sie, und zu Evangelos gewandt: »Komm ins Haus. Hast du gegessen, heute früh?«

»Wenig«, gab er zurück.

»Marigó, bring Brot und Käse. Bring auch Oliven und von den kleinen Zwiebeln! – Bist du sehr hungrig, Vangelis?«

Er nickte, und sie rief dem Mädchen nach: »Und einen Teller Suppe, Marigó!«

Sie stiegen zu dem großen, kühlen Wohnraum hinauf, der das obere Stockwerk einnahm. Paraskevi setzte sich auf die Bank am Fenster; eine kleine, senkrechte Falte stand zwischen ihren Augenbrauen. Sie schwieg jedoch, bis die Magd den Imbiß gebracht und dem Jungen zu trinken eingeschenkt hatte. Erst als sie allein waren, begann sie, ihn auszuforschen. »Hast du den Vater geärgert?« fragte sie gradheraus.

Eins wußte Evangelos ganz bestimmt: daß er dem Vater keinen Grund zum Ärger gegeben hatte. »Nein«, sagte er kurz.

»Erzähl mir, wie es war, da oben beim Meiler. Hast du deine Arbeit getan, war der Vetter zufrieden mit dir?«

Auch darauf konnte Evangelos mit gutem Gewissen antworten. »Sehr zufrieden«, betonte er, »wir sind gute Freunde, der Vetter und ich.« Er erzählte von Levtheris' Jagdglück und seiner Kochkunst, vom Schlingenlegen und von der Beute. »Alles ging gut, bis der Vater kam«, endete er, »und auch gestern abend noch.«

Die Mutter hörte ihn an, war aber am Schluß nicht klüger als zuvor. »Irgend etwas muß geschehen sein«, sann sie halblaut vor sich hin, »der Vater hat nicht vorgehabt, beim Meiler zu bleiben. Gesteh es nur, du bist lieber im Wald herumgelaufen, als dem Vetter zur Hand gegangen.«

Der Junge widersprach heftig. Er rief: »So war es nicht! Du kannst Levtheris fragen! Er hat mich ausgeschickt, er selbst, nach den Fallen und Schlingen zu sehen. Der Vater kam und kam nicht, wir waren hungrig. Und dann am Bach – « Er brach ab und wollte nicht weiterreden.

»Was war denn am Bach?« drängte die Mutter. Sie ließ nicht nach. Stockend, unsicher und bedrückt verriet Evangelos schließlich, was er lieber verschwiegen hätte.

14

Paraskevi saß sprachlos da. Ein paarmal hatte sie »Um Gottes willen« vor sich hin gemurmelt, ihn aber nicht unterbrochen. Sie war überwältigt, sie war stumm vor Erstaunen.

Es gab zahllose Legenden von Erscheinungen im Traum oder im Wachen, sie kannte viele und glaubte an alle, unbedingt. Aber daß ihr Sohn, ihr eigenes Kind, einer solchen Erscheinung gewürdigt wurde – es war ungeheuerlich, es war nicht zu fassen.

Sie mußte es noch einmal hören. »Weiß, sagst du, und glänzend?«

»Ja. Weißt du noch, Mutter, damals der Winter, der Schnee brachte? Schnee mit der Sonne darauf: so weiß.«

»Ein Engel war es«, sagte Paraskevi, plötzlich erleuchtet.

»Ein Engel!« rief Evangelos überrascht. Er lachte laut auf. Was der Mutter nicht alles einfiel! Als ob ihm ein Engel erscheinen würde.

Er hörte Stimmen im Hof und lief zur Tür. »Die Brüder sind es«, meldete er, froh über die Unterbrechung. Das Gespräch mit der Mutter hatte eine gar zu seltsame Wendung genommen.

Sie warnte ihn hastig: »Sprich zu keinem Menschen davon, hörst du?« und erhob sich von der Bank. Evangelos nickte und lief hinunter in den Hof.

Auch Alekos und Pantelis waren erstaunt, ihn zu Haus zu finden. Sie machten aber nicht viel Aufhebens von der Tatsache, sondern nützten sie, indem sie es ihm überließen, die Esel zur Weide zu treiben. Er nahm den Tieren die Holzsättel ab und brachte sie, zusammen mit seinem eigenen, auf ein Brachfeld, wo es reichlich Dornen und Disteln für sie gab. Am Abend würde er sie zur Tränke führen, es war ein Brunnen in der Nähe.

Esel, auf die verstand er sich, und auf Schafe, auf Ziegen. Aber Engel? Wie kam die Mutter nur auf den Gedanken? Was hatte er mit Engeln zu schaffen oder Engel mit ihm? Es war zum Lachen.

Und doch – sie, die Weiße, Glänzende droben am Bach, wer war sie?

Nichts, es war nichts gewesen, er wollte nicht mehr daran denken. Er schüttelte sich, als könnte er damit das ganze unerklärliche Erlebnis von sich schleudern. Auf dem Heimweg sang er laut und hell, wie es seine Gewohnheit war, nur heute noch lauter. Singend kam er zum Hof zurück.

Paraskevi aber fand es nicht so leicht, mit dem Gehörten fertig zu werden. Fortwährend ging es ihr im Kopf herum: ihr Junge, ihr Evangelos! Ein himmlisches Wesen war ihm erschienen – was mochte das bedeuten? Denn bedeuten mußte es etwas. Die Boten des Himmels erschienen den Menschen nicht ohne triftigen Grund.

Wenn doch nur Simon daheim wäre, sie hätte mit ihm über das Wunder reden können. Aber so war er. Endlich einmal geschah etwas Außergewöhnliches, und er war nicht da. Natürlich nicht. Ach, dachte Paraskevi unmutig, und wenn er auch hier wäre, er würde doch weiter nichts sagen als: »Schweig, Frau.«

Diesmal aber, diesmal würde er sich äußern müssen. Sein Sohn – und eine Erscheinung. Selbst Simon würde einsehen, daß nicht vielen Menschen eine solche Gnade widerfuhr. Frommen Mönchen, ja, oder heiligen Einsiedlern, ja. Und nun Evangelos! Selbst ihr nüchterner Simon würde zugeben müssen, daß sein Sohn ein Auserwählter war.

Evangelos schlief fest und gut wie immer in der Nacht, die diesem Tage folgte; seine Mutter aber fand keinen Schlaf. Stunde um Stunde lag sie wach und suchte zu deuten, zu erkennen, was ihrem Sinn doch nicht enthüllt wurde. Eine andere Antwort als die erste, die sie gefunden hatte, wußte sie sich nicht zu geben. Bald war sie hochgestimmt, daß es gerade ihr Sohn war, dem ein Wunder geschah, bald war sie verwirrt bis zum Unglauben, erschöpft vom Rätseln und Fragen. Am Ende wußte sie nur eines: daß sie sich jemandem anvertrauen mußte, und zwar so bald wie möglich.

16

Sie erhob sich früh, weckte ihre Mägde und gab ihnen ihre Arbeit für den heutigen Tag. Sie schärfte ihnen ein, Evangelos schlafen zu lassen, so lange er wollte. Wenn er erwachte und zu essen begehrte, sollten sie ihm kein grobes Brot geben, sondern von dem Gebäck in der Truhe. Überhaupt, was er verlangte, sollte er bekommen.

Dann zog sie ein frisches Gewand an, kämmte und flocht ihr Haar und band es in ihr bestes Tuch. So, innen und außen voll Feierlichkeit, ging sie zur Frau des Dorfpriesters, mit der sie nahe verwandt war, und erzählte ihr alles.

Kyria Eusebia schlug die Hände zusammen vor Aufregung und Erstaunen. »Ein Wunder!« rief sie ein übers andere Mal.

»Still, nicht so laut«, mahnte Paraskevi. »Du glaubst es also auch, du glaubst es wirklich, Eusebia?«

»Ganz fest und gewiß glaube ich es«, beteuerte die Priestersfrau. Sie warf der Gevatterin die Arme um den Hals und pries sie selig, weil ihrem Kind ein solches Heil widerfahren sei.

»Langsam, langsam«, bat Paraskevi, halb erschrocken, halb entzückt über diese schrankenlose Gläubigkeit. »Wir wissen ja noch nicht . . . Wer, denkst du, war es?«

»Die Gottesmutter selbst«, behauptete Kyria Eusebia ohne den geringsten Zweifel. Sie frohlockte: »Was mein Priester sagen wird, wenn er dies erfährt! Ein Wunder, ein wirkliches, wahrhaftiges Wunder hier in unserm Dorf!«

»Nein, Eusebia, ich bitte dich, sprich noch nicht darüber«, versuchte Paraskevi ihre Begeisterung zu dämmen. »Nicht, bis Simon wieder zu Haus ist.«

Kyria Eusebia versprach es hoch und heilig, und Paraskevi verließ sie einigermaßen beruhigt.

Aber der Priester war noch kaum über seine Schwelle getreten, als er von einem Gang ins Dorf zurückkam, da sprudelte seine Frau ihm die unerhörte Neuigkeit schon entgegen.

Vater Gerasimos, der geistige Hirt des Dorfes Rodhakion, war ein einfacher, bescheidener Mann, eher weise als klug. Was ihm jetzt in höchster Erregung mitgeteilt wurde, bestürzte ihn; es begeisterte ihn nicht. Auch als er Eusebias atemlosen Bericht durch bedachtsames Fragen ein wenig entwirrt hatte, kam ihm das Ganze eher wunderlich als wunderbar vor. Aber daß es zu seinem Bereich gehörte, daß er es nicht beiseite schieben durfte, war ihm klar. »Sei still«, befahl er seiner Frau, »ich muß nachdenken.«

Es war zuviel verlangt, Eusebia konnte einfach nicht still sein. Darum ging er aus dem Haus, bestieg seinen Esel und ritt zu seinem Garten hinaus. Dahin würde sie ihm nicht folgen, denn sie war von großem Umfang und schlecht zu Fuß. Auch besaßen sie keinen zweiten Esel.

In völliger Sicherheit saß Vater Gerasimos lange unter einem seiner Feigenbäume und dachte nach. Ihm war nicht wohl dabei, denn er war nicht so wundersüchtig wie seine Frau. Und wie – er kannte sie nur zu gut! – seine Gemeinde. Ein Flüstern nur, ein paar Worte, und das Dorf würde summen wie ein Bienenstock, wenn es ans Schwärmen geht. Dann war es nur ein Augenblick, bis sie ihm um den Kopf summten. Der alte Mann seufzte.

Mit dem nächsten Atemzug bat er die Allerheiligste um Vergebung. War es etwa kein erhabenes und beglückendes Geschehen, wenn sie sich herabließ und ihren Fuß auf diese unwürdige Erde setzte? Jubeln sollte er, nicht seufzen.

Das war es eben. Ein solches Ereignis, wenn es sich wirklich begeben hatte, war zu hoch für ihn. Er war alt, er wünschte sich nur Frieden, nur den gleichmäßigen Fluß der Tage. Seine Gemeinde würde sich freudig von einer Woge frommer Begeisterung fortreißen lassen, an ihm aber war es, das Steuer zu führen. Und er fühlte sich oft schwach und müde, er war nicht mehr stark genug für eine solche Aufgabe. Hier unter seinem Feigenbaum sagte er sich ehrlich, daß ihm vor ihr graute.

Er riß sich zusammen. Noch war es nicht soweit. Zuerst galt es herauszufinden, wieviel Wahres an der Geschichte war. Er mußte mit dem Jungen reden, ihn der schärfsten Prüfung unterziehen, und das, sobald es sich ungestört machen ließ. Zuvor aber brauchte er geistige Stärkung.

Vater Gerasimos stand auf und ritt zum Dorf zurück. Bei der Kirche hielt er an und trat hinein. Sie war leer, doch war kürzlich jemand hier gewesen, denn zwei dünne Wachsstöcke brannten neben der Ikone der Gottesmutter, ein frischer Stengel Basilienkraut lag vor ihr auf der unteren Kante. Der Priester neigte sich und küßte das Bild. Wie süß und frisch das grüne Reis duftete!

Langsam und ehrfurchtsvoll ging er die Runde und grüßte alle Heiligenbilder der Kirche. Erheblich getröstet, aber nicht fühlbar gestärkt, begab er sich zum Gehöft seines Freundes Simon.

Unterdessen war im Priesterhaus Besuch eingetroffen: hoher Besuch. Kyria Zoë ritt auf ihrem weißen Maultier in den Hof ein, gefolgt von zwei Begleitern. Eusebia lief aus der Tür, um ihr beim Absteigen zu helfen. Gerade heute kommt sie, gerade heute, fuhr es ihr durch den Sinn – kein anderer Gast wäre mir so willkommen! Denn Kyria Zoë war die Patin des Evangelos, also seine geistige Mutter.

»Seid gegrüßt, seid gegrüßt«, rief Eusebia laut und reichte ihre Hände hinauf, damit der Gast sich darauf stützte. »Die Panagia, die Gottesmutter, hat Euch zu mir geschickt, Kyria Zoë – wenn Ihr wüßtet, was sich zugetragen hat!«

Die hohe Frau hatte den Boden erreicht, rückte ihr Gewand zurecht und ließ sich ins Haus geleiten. Kyria Zoë, Witwe, kinderlos, reich und sehr fromm, bewohnte den Sommer über ihr Landhaus oberhalb des Dorfes. Ein stilles Haus, umgeben von Zypressen, Mandelbäumen und duftenden Myrten; ganz allein, die Arme, abgesehen von ihrer zahlreichen Dienerschaft. Nun hatte sie eines ihrer vielen Patenkinder zu sich genommen und zog es auf, um Gesellschaft zu haben. Noch aber war die kleine Rinió eher Aufgabe als Gefährtin, und manchmal spürte Kyria Zoë, daß ihr die Zeit lang wurde. So auch heute, darum war sie ausgeritten, um diesem und jenem Haus des Dorfes einen Besuch abzustatten. Das Priesterhaus war stets das erste, in dem sie einkehrte.

Sie war ein wenig überrascht, wenn nicht gar befremdet, als sie auf die Haustür zuging. Eusebia grüßte sie sonst mit viel mehr Förmlichkeit, wie es, so meinte Kyria Zoë, ihrem Rang gebührte. Wenn Eusebia als Priestersgattin auch etwas über den anderen Frauen des Dorfes stand, eine gewisse Zurückhaltung war doch immer gewahrt worden. Zuerst die Begrüßung, und nun die Fragen nach ihrem Befinden wie auch das Anbieten von Erfrischungen – alles ließ heute einen leichten Mangel an Zeremoniell vermuten. In Kyria Zoës Befremden mischte sich ein reichlicher Guß von Neugier.

Da die gute Eusebia sich nicht genug tun konnte an überströmender Gastlichkeit, ihr noch ein Rückenkissen brachte, einen Schemel für die Füße, ein Sträußchen Basilienkraut, um sich an seinem Duft zu erquicken, mußte sie selber das Gespräch in die richtige Bahn lenken.

»Warum, meine Gute«, begann sie, »sagtest du soeben, die Panagia hätte mich heute zu dir geschickt?«

Es brachte Eusebia zur Besinnung. Sie stand still. Sie heftete den Blick auf das gespannte Gesicht ihr gegenüber und sagte einfach, aber mit Nachdruck: »Die Panagia ist erschienen.«

Kyria Zoë fuhr vom Stuhl auf. Sie ergriff Eusebia an beiden Armen, schüttelte sie sogar: »Die Panagia erschienen! Wem denn, wo? Hier im Dorf? Dem Vater Gerasimos? Eusebia, so sprich doch!«

Der Priestersfrau liefen die Augen über. Daß sie es war, die Kyria Zoë diese Freude bringen durfte! »Eurem Patenkind, dem Evangelos«, schluchzte sie.

Kyria Zoë stand wie versteinert. Aber sie blieb nicht lange in ihrer Erstarrung. Sie grub die Finger tiefer in Eusebias dicke, weiche Arme: »Dem Evangelos! Ist es wahr? Ist das wahr?«

Keine Spur mehr von Befremden, Gemessenheit, Herablassung. Die stolze Frau bat, flehte sogar: »Eusebia, ist es wahr?«

Und Eusebia darauf, aus übervollem Herzen: »Meine goldene Kyria, es ist wahr.«

Kyria Zoë fiel in ihren Stuhl zurück. »Gib mir Wasser«, ächzte sie. Erschrocken beeilte sich Eusebia, einen Becher zu füllen und ihn ihr an die Lippen zu setzen. Kyria Zoë trank und erholte sich ein wenig.

»Erzähle«, gebot sie.

Eusebia erzählte, und da sie es nun zum zweitenmal tat, erzählte sie doppelt so gut und doppelt so viel. Es war erstaunlich, wie sehr das Erlebnis des Evangelos zugenommen hatte, seit die Priestersfrau davon wußte. Atemlos hörte Kyria Zoë ihr zu. Am Ende stimmte sie mit ein: »Ja, zweifellos die Allerheiligste selber. Oh, das glückliche Kind! Und du weißt, warum sie erschienen ist, du Gute.«

»Ich weiß es, ich weiß es«, rief Eusebia. »Sie will –«

Aber Kyria Zoë fiel ihr in die Rede: »Laß mich! Ich will es sagen. Sie will, daß wir ihr eine Kirche bauen.«

Sie erhob sich, trat in die Mitte des Raumes und breitete weit die Arme aus. Sie stand wie in einer Verzückung. »Ich aber«, fuhr sie fort, »ich, ihre niedrigste Dienerin, werde mehr geben, als sie verlangt. Zu der Kirche werde ich ihr auch ein Kloster erbauen. Eusebia, du bist meine Zeugin.«

»Ein Kloster«, wiederholte Eusebia. Sie sank auf die Knie, mühe- und peinvoll, denn sie war alt, sie nahm den Saum des nonnenhaften Gewandes auf und küßte ihn demütig. »Und Ihr, Kyria Zoë, werdet die Äbtissin dieses Klosters sein«, sagte sie.

Ein Brennen trat in die dunklen Augen, zu denen sie aufblickte, eine glühende Röte flog über das Gesicht der reichen Frau. »Nein«, gab sie nach kurzem Zögern zurück. »Ich bin nicht würdig. Aber Evangelos, mein Patenkind, er, den sie vor uns allen ausgezeichnet hat – er soll in dem Kloster, das ich bauen werde, der erste Mönch sein.«

Eusebia schwieg, stumm vor der Größe und Schönheit dieses Gedankens. Auch Kyria Zoë war stumm. Wortlos dankte sie der Himmelskönigin für die rechtzeitige Eingebung.

Unterdessen war Vater Gerasimos' Gespräch nicht so verlaufen, wie er es erwartet hatte. Er fand es merkwürdig schwer, aus dem Jungen etwas Genaueres über die Erscheinung herauszuholen. Soviel ihm bekannt war, beschrieben solche Seher ihre Visionen nur zu willig, immer wieder und aller Welt. Evangelos nicht.

Auch wunderte sich der alte Priester, daß Evangelos nicht im geringsten durch das Ereignis verändert schien. Aber eine solche Erschütterung kann doch nicht spurlos an einem Menschen vorübergehen, dachte er, noch dazu an einem so jungen Menschen. Heiliger Name Gottes! Die Himmelskönigin hat vor seinen leiblichen Augen gestanden, und er ist geblieben, was er war – ganz einfach ein Junge?

Aber er war nicht ganz einfach ein Junge, sondern einer, der zornig auflachte, als der Priester ihn drängte: »Aber mein Sohn, du hast doch gesagt, die Panagia sei dir erschienen!«

Wahrhaftig, Evangelos konnte lachen. »Zuerst ein Engel, jetzt die Panagia selbst«, spottete er.

Vater Gerasimos wurde streng. »Kommst du mir mit Spott? Mir scheint beinah, du hast ein Märchen erfunden, nur um Aufsehen zu erregen. Oder um die Leute zum Narren zu halten.«

»Das ist nicht wahr.«

»Was also ist wahr?«

»Ich habe nie gesagt, daß ich die Panagia gesehen hätte. Ich weiß nicht, wer das aufgebracht hat. Die Mutter hat gemeint, es könnte ein Engel gewesen sein. Die Mutter – nicht ich.«

»Und du? Was meinst du?«

»Ich sage nichts, als was ich von Anfang an gesagt habe: Daß ich etwas sah, droben in der Schlucht. Etwas – mehr habe ich nie gesagt.«

Der Priester atmete auf. So wenig war an der Geschichte? Dann brauchte er ihr nicht länger nachzugehen. Wer wußte davon? Evangelos selber und seine Mutter, wahrscheinlich auch sein Vater; sonst nur er und seine Eusebia, fünf Personen im ganzen. Nichts tun, nicht darüber reden, und in kurzer Zeit würde alles vergessen sein.

Evangelos aber fragte: »Ehrwürdiger Vater, woher wißt Ihr es denn?«

»Meine Frau hat es mir erzählt. Sie hatte es von deiner Mutter.«

»Dann hat Kyria Eusebia gesagt, daß es die Gottesmutter gewesen sei.«

»Vangeli«, fragte der Priester leise, beinahe zaghaft, »und könnte sie es nicht gewesen sein?«

Der Junge hob verneinend das Kinn.

»Dann sprich nicht mehr darüber«, befahl Vater Gerasimos. »Grüble auch nicht, vergiß es. Es war eine Täuschung.«

»Das glaube ich jetzt auch«, sagte Evangelos erleichtert.

Es war die vernünftigste Lösung, aber sie kam zu spät. Gerade als Vater Gerasimos zu Hause anlangte, verabschiedete sich Kyria Zoë von seiner Frau; beide schienen wunderlich bewegt und feierlich. Noch bevor er seinen Gruß aussprechen konnte, rief Eusebia: »Alles ist beschlossen, Ehrwürdigster! Kyria Zoë – oh, sie ist eine Heilige! – wird ein Kloster bauen, oben in der Schlucht. Dort, wo dem Evangelos die Allerheiligste erschienen ist. Und höre, höre nur: der Evangelos wird ein Mönch werden und ihr in diesem Kloster dienen.«

Sprachlos blickte der alte Priester von der einen Frau zur andern. Kyria Zoë nickte bestätigend. Sie nahm nochmals Abschied, jetzt auch von ihm. Sie bestieg das Maultier, das ihr Diener ihr zum Tor gebracht hatte. Auch ihre Begleiter saßen auf, und der kleine Zug ritt davon.

»Heiliger Name Gottes«, begann Vater Gerasimos. Weiter kam er nicht, denn seine Frau atmete tief, seufzte, schluchzte schon wieder. »Der glücklichste Tag«, rief sie, weinend vor Freude, »der glücklichste Tag meines Lebens! Und unseres Dorfes, so lange es steht! Wie danke ich es der Allerheiligsten, daß sie uns diesen Tag gegeben hat!«

»Eusebia, ich bitte dich – «

Aber sie war fort, sie war schon im Haus. Gleich darauf verkündeten aromatische Wölkchen, daß sie den Haus-Ikonen ein Rauchopfer darbrachte. Und es war noch nicht die Stunde des Abendsegens.

3

Durch Rodhakion fuhr wie ein Lauffeuer das Gerücht vom Erscheinen der Gottesmutter. Denn die Priestersfrau hatte viele Basen und Gevatterinnen, die es von einem Haus zum nächsten trugen. Der Marktplatz füllte sich mit Männern, die einander die frohe Kunde zuriefen, in freudigster Erregung, mit dankbarem Erstaunen.

»Wer«, ertönte es immer wieder, »wer hat sie gesehen?«

Und die Antwort darauf: »Evangelos, der Sohn des Simon. Droben am Berge, wo sie Kohlen brennen.«

Neue Rufe: »Der Priester! Gehen wir zum Priester, er soll reden, er soll uns sagen . . .«

Der Priester war schon unter ihnen, sie hatten ihn in ihrer Aufregung nur nicht bemerkt. Sein Gesicht war ernst, seine Haltung voller Würde. Er war mit dem Gewand seines Standes bekleidet; langsam schritt er auf die Kirche zu. Die meisten folgten ihm und sammelten sich dicht vor ihm, als er auf der Schwelle stehenblieb. Er wandte sich ihnen zu, und sie wurden still, um ihn gut hören zu können.

Vater Gerasimos schlug ein Kreuz. »Nachbarn«, begann er, »liebe Freunde! Ich hörte soeben die Worte: ›der Priester, er soll uns sagen.‹ Was soll ich euch sagen? Ich weiß, was ihr hören wollt. Daß die Kunde wahr ist, daß die allerheiligste Gottesmutter einem aus unserer Mitte erschienen ist, daß er sie sah, von Angesicht zu Angesicht. Wollt ihr die Wahrheit? Dann muß ich euch sagen: Vielleicht. Vielleicht ist es so, wie ihr hofft und glaubt. Vielleicht hat die Himmelskönigin unser Dorf vor andern Dörfern erwählt und gesegnet . . .«

Seine Rede war ihnen zu mäßig. Sie wollten keine Zweifel, sie wollten ein feuriges Ja. Sie wollten stürmische Begeisterung von ihrem Priester, die sie mitreißen würde, im steilen Flug bis zum Himmel hinauf. Vater Gerasimos hatte ihnen nicht gegeben, was sie begehrten, ein rastloses Gemurmel bezeugte es.

»Warum ist sie erschienen?« schrie eine ungeduldige Stimme über die andern hinweg. »Was will die Panagia von uns?«

»Daß wir ihr eine Kirche bauen, an dem Ort, den sie erwählt hat«, tönte es vielstimmig zurück.

»Brüder, werden wir die Kirche bauen?« schrie jener erste.

»Wir bauen, wir bauen«, erschallte es noch lauter.

Vater Gerasimos erhob die Arme, ein Zeichen, daß seine Rede nicht beendet sei. Der Lärm verstummte, die Gesichter kehrten sich ihm zu.

»Das Kloster wird bestimmen, ob wir diese Kirche bauen oder nicht. Das Kloster wird sichten und prüfen, was ich ihm unterbreiten werde. Heute noch will ich mich auf den Weg begeben und dem Abt berichten, was sich hier zugetragen hat. Bis ich zurückkehre, übt Geduld, liebe Freunde! Zwei Tage nur, und ich bringe euch den Bescheid des Abtes.«

Er schwieg einen Augenblick. Als er wieder zu reden anfing, war seine Stimme ernst und streng. Seine Zuhörer, die diesen Ton kannten, wurden unruhig.

Vater Gerasimos faßte sie nicht sanft an. »Ich gebiete euch im Namen der Panagia, den Jungen, den Evangelos, in Frieden zu lassen. Ihr sollt ihn nicht mit Fragen quälen. In Ruhe soll er den Weg gehen, den die Allerheiligste ihm bestimmt hat.«

Damit entließ er sie. Er hatte für Evangelos getan, was er konnte, mehr stand nicht in seiner Macht. Mit dem Bericht an das Kloster, dem die Gemeinde abgabenpflichtig war, entledigte er sich einer unliebsamen Bürde, und doch wurde er nicht froh bei dem Gedanken. War es die Unsicherheit, die ihm zusetzte, oder war es eine Vorahnung? Ihm war, als ob der Weg zum Kloster nur zu neuen Bürden führen würde.

Evangelos' Brüder kamen vom Marktplatz zurück und nahmen ihn sich vor. »Bist du ganz verrückt!« schrie Pantelis ihn an. »Du und eine Erscheinung!« Und Alekos fügte drohend hinzu: »Dir werd' ich kommen! Was fällt dir ein, uns so ins Gerede zu bringen?«

Sie packten ihn, und so eifrig er auch beteuerte, er sei bestimmt nicht verrückt, er habe nichts getan, sie ins Gerede zu bringen, es half ihm nicht. Sie waren entschlossen, ihm dergleichen ein für allemal auszutreiben. Wenn Paraskevi nicht die zornigen Stimmen gehört hätte, wäre es ihm übel ergangen; sie trat vor die Tür, um zu sehen, was es gäbe, und konnte Evangelos gerade noch vor der Züchtigung retten, die seine Brüder ihm zugedacht hatten. »Schande«, rief sie, »ihr wollt euren Bruder mißhandeln, der unser Stolz ist? Der Stolz des ganzen Dorfes, und ihr erhebt die Fäuste gegen ihn?« Sie riß die drei Jungen auseinander, immer noch auf die beiden ältesten einscheltend. Ihre Stimme war scharf vor Entrüstung, wurde aber sanft, als sie sich Evangelos zuwandte: »Geh ins Haus, mein Kind. Ich werde mit deinen Brüdern reden.«

Und das war es, was Evangelos beunruhigte: wie die Mutter ihn neuerdings behandelte. Unser Stolz, der Stolz des ganzen Dorfes, das hatte sie gesagt. Die Worte bestätigten es ihm, sie sah ihn in einem anderen Licht. Es gab auch noch andere Zeichen. Sie befahl ihm nicht mehr, wenn sie etwas von ihm wollte – sie bat ihn; sie war zärtlicher, als er es an ihr gewöhnt war, und zugleich unterwürfig.

Besonders das letztere erfüllte ihn mit Unbehagen. Sie war seine Mutter, der er Gehorsam und Ehrerbietung schuldete; andersherum, nein. Das erschien ihm wider alle Natur.

Wenn doch nur der Vater vom Berge kommen wollte! Der würde dem Unwesen bald ein Ende machen. Die neue Art der Mutter, der Zorn der Brüder, der Aufruhr im Dorf, den er, Evangelos, verursacht haben sollte – wie konnte er allein mit solchen Dingen fertig werden?

Mit jedem Tag wurde es schlimmer. Evangelos konnte sich nicht auf der Dorfstraße zeigen, ohne daß alte Mütterchen ihn abfingen, ihn festhielten und mit runzligen Händen liebkosten: »Söhnchen, Söhnchen, sie liebt dich! Die Panagia liebt dich – Segen auf deine Augen, die sie erblickt haben!«

Und die Nachbarinnen, die ihn auszufragen suchten, wo immer sie seiner habhaft werden konnten; die Männer auf dem Dorfplatz, die sich umdrehten und ihm nachblickten, wenn er vorüberging; die Kinder, die mit den Fingern auf ihn zeigten und ihm in kleinen Rudeln nachliefen; die Mädchen, die am Brunnen ihre Krüge füllten, zwitschernd wie Schwalben und immer voller Necklust: jetzt wurden sie still, sobald sie ihn sahen. Hatte er sich nur wenige Schritte von ihnen entfernt, hörte er sie tuscheln.

Das alles ließ sich ertragen. Aber daß die Jungen seines Alters sich von ihm zurückzogen, das schmerzte. Er hatte mit ihnen die Kinderspiele geteilt, er war mit ihnen herangewachsen und stets gut Freund mit ihnen gewesen, und nun taten sie, als ob er ein Fremder wäre. Sie trauten ihm nicht mehr. Eine Kluft hatte sich zwischen ihm und ihnen aufgetan, sie zeigten es ihm deutlich. Alles andere war nur lästig, aber dies traf ihn hart.

»Mutter«, sagte Evangelos schließlich, »ich halte es hier nicht mehr aus.«

Betrübt sah sie ihn an. »Was willst du tun?« fragte sie.

»Laß mich wieder zum Meiler gehen. Ich muß mit dem Vater sprechen. Überhaupt, ich meine, der Vater sollte hier sein.«

Paraskevi war der gleichen Meinung, auch ihr wuchs das alles über den Kopf. Simon mußte her, der würde damit fertig werden. »Ja, geh zum Vater«, stimmte sie zu.

»Noch besser«, sagte Pantelis, der zu ihnen getreten war, »du bleibst gleich droben und wirst Eremit. Soll ich mitgehen und die Zelle für dich bauen? Ich tät' nichts lieber.«

»Pantelis!« rief seine Mutter aufgebracht.

»Was denn«, tat er unschuldig, »da er doch Mönch werden soll! Warum nicht Eremit?«

»Das ist Hohn! Sieh dich vor, die Panagia hört dich, und sie läßt sich nicht verspotten.«

Aber der gottlose Pantelis zuckte nur die Schultern und ging pfeifend aus der Tür.

»Was meint er damit? Ich soll Mönch werden – was ist das nun wieder?« fragte Evangelos erstaunt.

»Später, mein Junge, später erkläre ich es dir. Jetzt gehst du hinauf zum Meiler. Komm, hilf mir mit den Körben; sie werden nicht mehr viel zu essen haben da oben.«

»Meinte Pantelis das im Ernst?« beharrte Evangelos.

»Nein – ach, ich weiß nicht, was er meinte. Es war nur Gerede«, wich Paraskevi aus. »Flink nun, die Körbe.«

Er schwieg, aber das Gehörte ließ ihm keine Ruhe. Schon als er aus dem Tor ritt, sann er über diese neue Wendung nach.

Wie ein Steinschlag war es. Ein einziger Stein kam ins Rollen und nahm den zweiten mit – dem folgten drei weitere und diesen ein Dutzend: schon war der halbe Hang in

Bewegung. Wer da hineingeriet, der wurde mitgerissen. Wenn es schlimm wurde, verschüttete es ihn am Ende ganz, mindestens aber konnte er blau und blutig geschlagen werden. Sagten sie im Dorf, er sollte ein Mönch werden? Das war schon kein Stein mehr, das war ein Felsblock.

Gut, daß ich den beizeiten kommen hörte, dachte Evangelos. Dem werde ich aus dem Weg gehen.

Er trommelte mit den Fersen an die Flanken des Esels, und sofort ging das Tier schneller. Aber so hatte Evangelos es nicht gemeint, sondern aus reinem Unmut getrommelt, so wie ein Kind, das vor Zorn mit den Füßen trampelt.

Ihm kam ein Gedanke, er lenkte den Esel zurück. Nicht zum Hof, er ritt am Tor vorbei und bog in eine Gasse ein, die zur Kirche führte. Um diese Zeit würde sie leer sein, denn es war Mittag und nirgends ein Mensch zu sehen. Nur hier, vor dem Bilde der Allerheiligsten, würde er das Zeichen finden, das er brauchte, um auf den rechten Weg zu kommen. Alle waren so sicher, so felsenfest davon überzeugt, daß sie sie gesehen hatte: sie, und keinen Lichtstrahl oder sonst eine Täuschung; er selbst aber traute seinem Gedächtnis nicht mehr. Es war kein Wunder, die Leute hatten ihn richtig wirr gemacht.

Zögernd näherte er sich der großen Ikone, schlug sein Kreuz und küßte das Bildnis, wie es der fromme Brauch befahl. Dann richtete er sich auf und blickte forschend in das ernste, dunkle Gesicht vor dem sanften Goldgrund. Er suchte eine Antwort, und hier war sie: In diesen Augen war kein Licht, kein Lächeln. Nur tiefe Stille und ewige Geduld.

Sie hielt ihren kleinen Sohn auf den Knien, ein Königskind im juwelenbesetzten Gewand, liebend schaute es zu ihr auf. Aber die Mutter wußte um das Opfer, das sie beide bringen mußten; darum waren ihre Augen so dunkel und so still.

Evangelos betrachtete die Ikone lange, mit wachsender Zuversicht. Wer immer sie gewesen war, jene andere – sie kannte kein Leid, keine dunklen Tiefen. Sie war die Helle selber, sie war leicht und flüchtig wie ein Augenblick. Es war gut, das zu wissen. Noch einmal beugte er sich nieder und küßte das Bild, voller Demut nur eine Falte des gemalten Mantels ganz unten am Rand. Dann setzte er seinen Weg fort.

Der stieg bald merklich an, und der Esel verfiel in eine gemächlichere Gangart. Evangelos tauchte aus seiner Versunkenheit auf und ließ die Blicke wandern. Er hörte das Pfeifen eines kleinen Falken und den heiseren Ruf des Raben, der den Schroffen zustrebte. Die erste Anhöhe war erreicht, die Luft war schon kühler. Hier standen die ersten Kiefern; sie scharten sich bald dichter und wurden zum Wald.

Der Junge atmete tief. Luft und Schatten und Kieferduft – wie wohl war es einem hier oben! Je weiter er das Dorf und sein unerträgliches Geschwätz hinter sich ließ, desto leichter fühlte er sich. Seine Verwirrung war schon in der Kirche von ihm gewichen, nun nahm der Bergwald sich seiner an. Es war ein neuer Evangelos, der beim Meiler vom Esel sprang.

Der Vater und Levtheris wunderten sich: »Ho, Vangeli! Du bist hier?«

»Ja«, sagte Evangelos und begrüßte die beiden. Sein Vater stieg vom Meiler und kam auf ihn zu. »Ist etwas geschehen zu Hause? Warum bist du hier?«

»Ich muß mit euch reden, mit dir, Vater, und mit Levtheris. Daheim ist alles in Ordnung. Der Mutter geht es gut, den Kleinen auch, allen geht es gut. Aber die Mutter läßt dir sagen, du solltest heimkommen. Es ist dringend.«

»Was ist dringend?« fragte Simon verständnislos. »Wollt ihr schon mit der Weinlese anfangen?«

»Noch nicht, nächste Woche erst«, erwiderte Evangelos und hob die Körbe von dem Esel. Dann nahm er ihm den Sattel ab und ließ ihn wandern, wohin er wollte.

Simon wurde ungeduldig. »Wirst du nun endlich sagen, warum die Mutter dich geschickt hat und warum ich kommen soll, da doch zu Hause alles in Ordnung ist? Zu essen haben wir, deswegen hättest du nicht zu kommen brauchen.«

Evangelos wandte sich um. »Auf dem Hof ist alles in Ordnung, habe ich gesagt, aber anderswo nicht. Das Dorf siedet wie ein Kessel, und das meinetwegen.«

Simon starrte ihn an. »Setzen wir uns, und dann sprich«, sagte er kurz.

Sie setzten sich. Evangelos ging geradewegs auf den Kern des Übels los und fragte Levtheris: »Was hast du dem Vater gesagt, als er mit den Vorräten heraufkam, letztes Mal?«

Levtheris rückte ein wenig auf seinem Platz herum, als sei ihm nicht ganz behaglich. Aber er gab ehrlich Antwort: »Daß du etwas gesehen hast, drunten in der Schlucht.«

»Hast du auch gesagt, was ich gesehen habe?«

»Nein. Nur, was ich fürchtete.«

Simon fuhr dazwischen: »Mir hat es genügt, und ich habe dich heimgeschickt.«

Der Junge sah ihn groß an: »Ja, und die Mutter hat sich gewundert. Sie hat mich ausgefragt. Ich habe es ihr gesagt, dasselbe wie dem Levtheris. Es war ja auch weiter nichts. Aber jetzt heißt es im Dorf, mir sei die Panagia erschienen.«

»Du bist toll!«

»Ich bin nicht toll. Die im Dorf sind es.«

Die beiden Männer schauten ihn an. Das Weiße der Augen blitzte in den rußigen Gesichtern. Auch ihre Zähne blitzten – ihre Münder standen halb offen vor Staunen. Keiner fand ein Wort.

Evangelos fuhr fort: »Der Priester ist zu uns gekommen. Deswegen. Er hat viel gefragt. Was konnte ich ihm sagen? Nur was ich der Mutter erzählt habe – und dir, Levtheris –, genau das gleiche. Denn mehr weiß ich selber nicht.« Er dachte nach. »Der Priester hat mir geglaubt, ich bin ganz sicher. Aber dann ist er fortgeritten, zum Kloster, habe ich gehört. Die Leute sagen: Deswegen.«

Simon nahm einen dürren Zweig auf und grub damit in den Kiefernnadeln. Er sah seinen Sohn nicht an, als er zu sprechen anfing. »Und doch hast du . . . ist dir . . .«

»Das haben wir nun hundertmal gesagt«, unterbrach ihn Evangelos. »Ich habe . . . mir ist . . . Aber doch nicht die Panagia!«

Levtheris, so schien ihm, war auf seiner Seite, und er dachte flinker als der Vater. Er wußte, daß der Junge jetzt sehr nötig Hilfe brauchte. Seine Hilfe. »Eine Erscheinung, ja, so habe ich gesagt, Simon«, suchte er den Schaden wiedergutzumachen, »aber daß es eine himmlische war – das nicht. Das ist mir nicht eingefallen. Ich meinte nur, es gibt auch andere Erscheinungen. Eine von denen, habe ich gedacht.«

»Eine von denen«, wiederholte Evangelos langsam.

»Ja. Es gibt Wesen in der Einöde, im Wasser, im Gestein. Die Einöde lebt. Nicht nur Vögel, Schildkröten, Hasen – es gibt auch anderes Leben am Berg.«

Simon lachte kurz auf. »Ja, Ziegen und Schafe. Luchs und Wolf und Wildkatze. Du erzählst Märchen, Levtheris.«

»Und doch hast du auf meinen Rat gehört, Oheim.«

»Jawohl, und sieh, was daraus geworden ist!«

Sie stritten noch eine Weile her und hin. Evangelos hörte zu, er mischte sich nicht ein. Schließlich gaben sie es auf, sie kamen doch zu keinem Ergebnis.

Die Körbe fielen ihnen ein, sie holten hervor, was Paraskevi ihnen eingepackt hatte. Sehr schöne Trauben waren dabei, die purpurroten von der Hausrebe, und das Gespräch kehrte zur Weinlese zurück. Es sprang auf die Mandeln über, ja, sie wären reif, sagte Evangelos. Simon meinte, es sei die höchste Zeit, daß er nach Hause ginge. Erscheinungen und unirdische Wesen der Einöde, was hatte er damit zu schaffen? Die Trauben aber und die Mandelernte, die gingen ihn an.

Von den Trauben und Mandeln kam er auf die Holzkohle zu sprechen. Er gab Anweisungen, wohin die ersten Ladun-

gen gebracht werden sollten und wie viele Säcke der Charilaos, wie viele der Thanassis bekommen sollte.

Erst als der Vater auf seinen Esel stieg, in der Frühe, noch
vor dem ersten Licht, wagte Evangelos seine größte Sorge
auszusprechen. »Nicht wahr, Vater, du läßt es nicht zu?« bat
er flehentlich.

»Was denn?«

»Daß sie einen Mönch aus mir machen.«

»Red' keinen Unsinn«, sagte Simon knapp und trieb seinen Esel an.

»Ich?« schrie Evangelos ihm nach. Aber der Vater hörte
es wohl nicht mehr.

Levtheris, der eben aus der Hütte trat, hatte es jedoch gehört und sagte: »Es ist kein Unsinn. So denken doch die
meisten Leute! Die Panagia, denken sie, hat dich vor allen
andern begnadet, darum wirst du ihr dienen wollen dein
Leben lang – als Mönch.« Er dachte nach und fügte hinzu:
»Nur eins stimmt nicht, an eines denken sie nicht. Solche,
die Erscheinungen haben, sind eine ganz andere Art Menschen. Ganz anders als du und ich. Grübler, die davon be-
sessen sind: vom Glauben, von Gott, von den Heiligen.
Wie der Theodoros. Oder wie jener Ziegenhirt, so ein langer hagerer Kerl; hast du von ihm gehört?«

Nein, Evangelos hatte nicht von ihm gehört. »Was war
mit ihm?« fragte er.

»Lief auf dem Berg herum und sang Psalmen, so laut er
konnte. Seiner Herde wurde es zu dumm, die ließ ihn singen und zog heim ins Dorf. In das Dorf auf der anderen
Seite des Berges, Yerakari heißt es.«

»Und was wurde aus dem Langen?«

»Der blieb auf dem Berg. Hin und wieder sah ihn jemand,
ein Jäger oder die Hirten da oben. Da war er völlig verwil-
dert, scheu wie ein wildes Tier, er verschwand immer, bevor
man ihn ergreifen konnte. Aber eines Morgens stand er auf
dem Dorfplatz von Yerakari am Brunnen und schrie, er sei
Johannes der Täufer, sie müßten sich alle von ihm taufen

lassen. Und wo Herodes wäre. Sie sollten ihm Herodes bringen, augenblicklich! Er hatte ein Messer, damit wollte er Herodes an den Hals.«

»Die Panagia sei mit uns«, rief Evangelos und bekreuzigte sich, »mit so einem vergleichst du mich?«

»Eben nicht, Dummkopf. Das ist es ja, du bist kein Grübler, du spinnst nicht, und deinen Verstand hast du auch nicht verloren vor Frömmigkeit. Was also hast du mit solchen Dingen zu schaffen? Werde ein Mönch, wenn es dich dazu treibt, aber laß dich nicht zwingen. Du bist nicht verpflichtet.«

Inzwischen war die Sonne aufgegangen. Evangelos holte Brot und den Wasserkrug; sie aßen und tranken schweigend.

»Zeit für die Arbeit«, bemerkte Levtheris schließlich und stand auf. Er holte sein Werkzeug, kam aber nochmals zu Evangelos zurück. »Vangeli«, sagte er halblaut, »verzeihst du mir das?«

»Was soll ich dir verzeihen?« fragte Evangelos überrascht.

»Das, was ich angerichtet habe. Hätte ich nur deinem Vater nichts gesagt! Aber ich meinte es gut mit dir. Darum.«

»Das weiß ich. Wie solltest du wissen, was die im Dorf daraus machen würden.«

»Gleich die Panagia«, schüttelte Levtheris den Kopf. »Aber so sind sie.«

Evangelos gab sich einen Ruck. »Levtheris«, begann er zögernd und stockte.

»Was ist?«

»Levtheris, du warst es wohl nicht? Ich meine, die glühenden Augen damals – ich habe gedacht, wieder so ein Streich?«

»Nein, Vangeli, ich war's nicht. Ich gebe dir mein Wort, daß ich es nicht war.«

»Dann glaube ich dir.«

»Und du verzeihst mir?«

»Es gibt nichts zu verzeihen. Aber, Levtheris, wenn es

nicht einer von deinen Streichen war und die Panagia war es auch nicht – was soll ich dann denken«, rief Evangelos verzweifelt.

»Denke nicht mehr daran, das ist das beste.«

Sie gingen zu dem neuen Meiler hin und weiter, um den rechten Fleck für einen dritten auszusuchen. »Wenn der auch soweit ist«, versprach Levtheris, »bringen wir beide die Kohle zu Tal. Dann wirst du die Welt sehen und kommst auf andere Gedanken.«

Evangelos gab zurück, er freue sich darauf, die Welt zu sehen. Welches Stück davon? Das Dorf Yerakari mit seinem Johannes dem Täufer?

»Weiter noch als Yerakari«, sagte Levtheris. »Bis ganz hinunter, bis nach Muriá.«

4

Das Kloster Agia Triadha stand auf leichter Anhöhe vor ernsten Wäldern, die ihre Scharen von Kiefern und Zypressen zum Hügelkamm hinter ihm hinanschickten. Nur auf der vorderen Seite lag offenes Land, eine sanfte Mulde im Grün freundlicher Gärten, in denen die frommen Mönche fast alles zogen und pflegten, was sie zum Leben brauchten. Nicht Korn und Öl: Das erhielten sie als Abgaben der vier Dörfer unter der Oberherrschaft des Klosters.

Um die Stunde des Sonnenuntergangs sah Vater Gerasimos das mächtige Mauergeviert vor sich liegen, die Kuppel der Kirche, die Dächer und Dächlein, die sich um sie scharten, übergossen von fast überirdisch klarem Licht. Rötlichgolden, amethystfarben, sich schon vertiefend zum Blau von Veilchen – wie schön ist das Bild, dachte der alte Mann andächtig, staunend wie beim erstenmal, da er es erschaute.

Sein Esel trug ihn auf gutgepflastertem Weg durch den Mandelhain des Klosters. Die Ernte hatte begonnen, lange Stangen und dreieckige Leitern lehnten an den Bäumen. Aber um diese Stunde waren Hain und Gärten wie verlassen, weder Mönch noch Laienbruder waren zu sehen. Es war die Zeit des Abendsegens.

Vater Gerasimos spornte das Tier an, um wenigstens das Ende der Vesper mit anzuhören. Er war mit dem Staub der Wege bedeckt, er war müde und sehr durstig, aber es drängte ihn, so schnell es nur anging, in die Kühle der Kirche zu kommen. Dort, so war ihm plötzlich, würden all seine Zweifel, all seine Sorgen hinweggeschwemmt werden, seine Seele sich aufrichten, stärker und weiser als zuvor.

Aus der offenen Kirchentür drang der Gesang der Mönche, tief und brausend wie ein dunkles Meer. Dieses Meer nahm den alten Priester auf, wusch ihn rein und wiegte ihn, und er fand Frieden.

Der Abt Agapios befand sich auf einer Reise; es war sein Stellvertreter, der Vater Gerasimos empfing. Dies geschah am nächsten Morgen, in einem Raum, dessen Bogenfenster den Blick auf einen der schönsten Klostergärten freigaben. Der hochehrwürdige Herr hinter seinem mit Pergamenten beladenen Tisch grüßte den Dorfpriester leutselig, schien aber gesonnen, diese Unterredung so schnell wie möglich abzumachen. Vater Gerasimos verstand und faßte sich kurz.

Der stellvertretende Abt war zuerst nicht sehr beeindruckt von dem, was ihm vorgetragen wurde. Es geschah nicht eben selten, daß er mit Menschen zu tun hatte, die vorgaben und sogar beschworen, Heilige und Engel gesehen zu haben; immerhin, untersuchen mußte er solche Fälle. Er begann, seine Fragen zu stellen.

Sehr bald erkannte der Hochwürdige, daß Vater Gerasimos selbst nicht vollständig überzeugt war. Geschickt schälte er die zwei Punkte heraus, die dem Priester am meisten zu denken gaben: die Weigerung des Jungen, in der Erscheinung die Gottesmutter zu erkennen, und seine Beschreibung der Gestalt »weiß, weiß und glänzend«. Mit diesem zweiten Punkt befaßte er sich zuerst. Er legte die Spitzen seiner Finger aneinander und blickte über das kleine, steile Dach hinweg Vater Gerasimos lächelnd an. »Warum nicht weiß und glänzend?« fragte er. »Gewiß, unsere Maler stellen die Allerheiligste stets in schweren, faltigen Gewändern dar, in reichen Farben, Rot oder Blau oder Grün, mit Gold gesäumt und verziert. Oder, als die Schmerzensmutter, sogar in Schwarz. Aber, lieber Bruder, wer will behaupten, daß die Himmelskönigin wirklich so gekleidet ist, wie wir es uns denken? Wäre es nicht vorstellbar, daß sie im Paradies in lauter Licht und Glanz gehüllt einherschreitet?«

Es leuchtete Vater Gerasimos ein, er war entzückt von der Feinheit dieses Schlusses. Und auch mit dem anderen Einwand wurde der hohe Herr leicht fertig.

»Gerade das spricht, wie ich es sehe, für den Jungen«, erklärte er. »Offensichtlich ist er kein Schwärmer, kein Lügner; er will sich nicht mit der Ehre hervortun, die ihm zuteil geworden ist. Mir scheint, die Allerheiligste brauchte einen Boten, und sie erwählte sich dieses frische, aufgeweckte Kind. Den Grüblern traue ich nicht so leicht, sie sehen zu gern, was sie sehen möchten. Aber so ein unbefangenes Kind, das sieht nur, was vor ihm steht, vor seinen leiblichen Augen.«

Er versank in eine kurze Betrachtung der Klugheit und Menschenkenntnis seiner hohen Herrin, bewunderte sie und ein wenig auch die eigene; dann fuhr er fort: »Nun aber, lieber Bruder, was ergibt sich aus diesem wundersamen und beseligenden Ereignis?«

Vater Gerasimos kam zum anderen Teil seiner Aufgabe und sagte schlicht: »Nun werden wir ihr eine Kirche bauen.«

Der Hochwürdige lächelte zustimmend. Er wußte genau über die Einkünfte des Dorfes Rodhakion Bescheid, eine kleine Kirche in der Einöde konnten diese Weinbauern und Besitzer zahlreicher Herden sich wohl leisten. »Nicht zu klein und ärmlich, lieber Bruder«, nickte er freundlich und verbarg ein Gähnen. Gleich darauf verging ihm die kleine Langeweile, die Gespräche mit Dorfpriestern unweigerlich in ihm erzeugten. Vater Gerasimos hatte Kyria Zoë erwähnt.

»Zoë, die Witwe des Prodromos Pitaris?« horchte er auf. »Ja, ich erinnere mich, sie hat ein Landhaus in der Nähe Eures Dorfes. Was sagtet Ihr eben von ihr?«

»Sie ist die Patin des Evangelos«, wiederholte Vater Gerasimos. »Sie sagt, es müßte nicht nur eine Kirche sein – sie will auch ein Kloster bauen.«

Der hohe Herr war sehr wach und lebendig geworden und sehr sachlich obendrein. Keine lächelnden Augen über Fingerspitzen-Dächlein mehr; sie blickten scharf und abwägend. Er ließ sich Kyria Zoës Verhalten genau schildern, er ließ sich jedes ihrer Worte nochmals sagen. Zum Schluß gab er alle Anzeichen tiefster Zufriedenheit und, soweit es ihn betraf, unbedingter Zustimmung für ihr Vorhaben. »Schön, wirklich schön dieser Einfall, den jungen Seher als ersten Mönch des Klosters zu weihen«, murmelte er. »Aber was sage ich – Einfall? Eine Eingebung ist es, die unmittelbare Eingebung der Allerheiligsten. O begnadeter Ort, in dem die Gottesmutter so sichtbar wirkt! Liebster Bruder, sagt das der Kyria Zoë, ich bitte darum!«

Er reichte Vater Gerasimos die Hand zum Kuß und entließ ihn gnädig, indem er ihn bat, bis zum nächsten Tag Gast des Klosters zu sein und auszuruhen von seinem langen Weg. Er fügte hinzu: »Bevor Ihr uns verlaßt, werdet Ihr noch einmal zu mir kommen, damit wir die nächsten Schritte besprechen.«

Vater Gerasimos bekundete seinen Gehorsam und entfernte sich.

Nun durfte er sich auch eine Freude gönnen, und er begab sich in den Garten, dessen Grün er durch die Bogenfenster des Empfangsraumes hatte grüßen sehen. Irgendwo unter schattenden Ranken, bei Beeten mit Heil- und Würzkräutern würde sein guter Freund Bruder Nektarios zu finden sein. Es verlangte ihn heftig nach einem vernünftigen Gespräch über Samen und Pflanzen, Knollen und Stecklinge, über alles, was Blätter, Blüte und Frucht hervorbrachte. Der Klostergärtner, ein Meister der Gartenkunst, hatte immer etwas Neues zu zeigen oder, und das war fast noch besser, Kunde von den Gewächsen fremder Länder, die er herzlich gern mit andern Gartenfreunden teilte.

Vater Gerasimos sah ihn schon – da stand er neben einem Rosmarinbusch, rieb ein paar dunkelgrüne Nadeln zwischen den Fingern und führte sie zur Nase, den herben Duft genießend.

Der Mönch blickte auf und gewahrte ihn. »Gerasimé!« rief er erfreut. Sie begrüßten einander; über ein Jahr lang hatten sie sich nicht gesehen. »Zum Fest der Panagia seid ihr von Rodhakion ja nicht gekommen«, erinnerte ihn Bruder Nektarios halb vorwurfsvoll.

»Wie konnten wir kommen«, erwiderte Vater Gerasimos, »da gerade am Tag vorher mein Vorgänger im Amt starb? Ganz sanft: Lieber Himmel, er war weit über neunzig Jahre alt! Das ganze Dorf war in Trauer, es gab kein Panegiri für uns.«

Bruder Nektarios neigte den Kopf und sprach ein Gebet für den Dahingeschiedenen. »Und was führt dich jetzt zu uns, mein Freund?« fragte er.

»Eine erstaunliche Begebenheit –«, und zwischen den Beeten auf und ab wandelnd, erzählte Vater Gerasimos kurz von Evangelos und der Erscheinung. »Aber reden wir von andern Dingen«, bat er, »von diesen Stecklingen hier, zum Beispiel. Lieber Bruder, du weißt nicht, wie nötig mir ein gutes, handfestes Gartengespräch ist.«

Und schon waren sie mittendrin, erst die Mittagspause unterbrach es, und auch der Nachmittag ging hin mit dem Zeigen besonderer Schätze, mit Erklärungen und Ratschlägen. Vater Gerasimos meinte, selten hätte ihn etwas so erfrischt.

Um die Mitte des nächsten Morgens stand er wieder in dem Raum mit den Bogenfenstern, und der Empfang hätte nicht freundlicher sein können. Das Dorf Rodhakion konnte, so wurde ihm zugesagt, der Hilfe des Klosters gewiß sein, sowohl was die Fürbitte der Mönche betraf als auch in bezug auf Rat und Tat. Dieses Versprechen war in einem versiegelten Schreiben enthalten, das der Hochehrwürdige ihm lächelnd überreichte.

»Auch den Baumeister werden wir wählen und euch schicken; überlaßt uns die Sorge für euer gottgefälliges Werk«, schloß die wohlgesetzte Rede.

Vater Gerasimos erging es wie dem jungen Evangelos. So geschwind hatte er sich die Entwicklung nicht vorgestellt. Völlig benommen empfing er das Pergament, dankte für die gütige Zusicherung, küßte die hochehrwürdige Hand, die ihm huldvoll gereicht wurde, und war entlassen. Aber an der Tür rief ihn der hohe Herr noch einmal zurück: »Der Junge, lieber Bruder, das glückliche, das gesegnete Kind – fünfzehn Jahre, sagtet Ihr? Ungefähr das rechte Alter, sein Noviziat zu beginnen. Ein bißchen früh vielleicht? Nun, wir werden sehen, wir werden sehen. Die Allerheiligste sei mit ihm und mit Euch auf Eurem Wege!«

Von diesem frommen Wunsch begleitet, durfte Vater Gerasimos nun wirklich den Hochehrwürdigen verlassen.

»So kurz nur«, klagte Bruder Nektarios, als er sich verabschieden kam. »Aber wir wollen nicht murren: nächstes Mal länger!« Er drückte ihm ein Päckchen in die Hand: »Samen für deinen Garten, lieber Freund, dazu zwei Knollen, die eine für dich, die andere für Kyria Zoë. Aus dem Heiligen Land sind sie, sag ihr das, von den Lilien des Feldes. Das wird sie besonders freuen, denke ich.«

Der gütige alte Mönch segnete ihn, wünschte ihm Gesundheit und einen guten Heimweg und ließ ihn ziehen. Vater Gerasimos, nachdem er vom Bruder Küchenmeister mit etwas Wegzehrung versorgt worden war, bestieg seinen Esel und ritt aus dem Klostertor.

In seinem Kopf kreiste es, Baumeister, Fürbitte der Mönche, Rat und Tat, Evangelos, Noviziat! Evangelos, fünfzehn Jahre alt, gerade das rechte Alter . . . Evangelos, der nicht wußte, welche Ehre ihm zuteil werden sollte: Novize im Kloster Agia Triadha.

Was würde Evangelos dazu sagen?

Bei der Arbeit, die ihm Freude machte, im Zusammenleben mit einem Gefährten, den er bewunderte, der ihm näherstand als seine beiden Brüder, vergaß Evangelos Sorgen und Ängste. Hier oben erschienen sie ihm nichtig. Bis er ins Dorf zurückkam, würde auch dort alles vergessen sein.

»Meinst du nicht auch, Levtheris?« fragte er.

»Heute reden sie dies, morgen etwas anderes«, bestätigte der, »so sind die Leute. Aber sobald wir zu einer Kapelle kommen, bringst du der Panagia die schönste Blume, die sich finden läßt – damit sie bald etwas Neues schickt, worüber die im Dorf sich aufregen können.«

Sie waren dabei, die Kohle in große härene Säcke zu füllen, die Stunde war gekommen, in der Evangelos ausziehen und die Welt sehen sollte – bis ganz hinunter nach Muriá. Noch am gleichen Nachmittag trieben sie die Packesel über den Paß, zogen auch noch eine Weile durch die Nacht, denn der Mond schien hell, und erreichten Muriá gegen Mittag. Evangelos bemerkte, die Welt hier käme ihm nicht sehr viel anders vor als die daheim.

»Ah«, sagte Levtheris, »hab doch Geduld!«

Muriá war ein gastliches Dorf, und das Haus des Charilaos nahm sie auf, als ob sie Vettern wären. Nachdem Speise und Trank gereicht worden waren, wurde nach dem Ergehen von Freunden und Verwandten in Rodhakion geforscht, und bald kam man auf die große Neuigkeit, die in den Dörfern umging. »Ihr müßt es doch wissen, ihr könnt uns genau berichten«, hieß es, und alle warteten gespannt.

»Was denn?« fragte Levtheris vorsichtig.

»Von der Panagia, die einem Jungen in euerm Dorf erschienen sein soll.«

Evangelos erschrak, aber Levtheris antwortete schnell, daß sie schon seit Wochen bei den Meilern gewesen wären – seit Tagen hätten sie keinen Menschen gesehen. »Ihr wißt mehr als wir«, meinte er, »ihr solltet uns erzählen.«

Ihre Gastgeber taten es nur zu gern, und die Vermutungen, die Versicherungen wollten kein Ende nehmen. Evangelos wurde es immer unbehaglicher. So schnell hatte sich das Gerücht verbreitet, so weit war es geflogen? Wieder war ihm, als sei er in ein Netz verstrickt, es gab wohl kein Entkommen mehr.

Er spürte Levtheris' Fuß, der unterm Tisch an den seinen stieß, und achtete wieder auf das Gespräch. »Ja, ein Heiliger, dieser Junge, dem sie erschienen ist«, berichtete die Frau des Charilaos mit Genuß, »ein Heiliger schon von der Wiege an!«

Sorgfältig vermieden Evangelos und Levtheris, einander anzusehen; ein Blick und sie hätten die Fassung verloren. Dann sagte Levtheris ernst und respektvoll: »So, ein Heiliger«, und stand auf.

»Wollt ihr schon fort?« erhob sich ein Chor von bedauernden Stimmen. »Bleibt noch ein wenig sitzen, der Knecht wird die Säcke leeren!«

Aber Levtheris blieb dabei, es sei Zeit, daß sie weiterzögen, und mit vielen guten Wünschen ließ man sie gehen.

Evangelos hatte sich von der Hausfrau eine große blasse Blüte schenken lassen, deren Namen weder sie noch er kannte, etwas Neues sei sie, etwas Seltenes. Er zeigte sie Levtheris, der ihm voraufgegangen war. »Die wird wohl jetzt nichts mehr nützen«, sagte er niedergeschlagen.

»Bring sie ihr doch«, rief Levtheris, »sie wird ihre Freude daran haben. Und wissen kann man nie, wozu etwas gut ist – auch die Panagia ist eine Frau.« Er fing an zu lachen, und Evangelos sah ihn fragend an.

»Ein Heiliger schon von der Wiege an«, stöhnte Levtheris und ließ sich auf den Rand des Weges fallen, denn das Dorf lag nun hinter ihnen. Er lachte und lachte. »Ich hätte es keinen Augenblick länger ausgehalten!«

Es steckte an, beide waren bald hilflos vor Lachen. Evangelos warf sich über einen der Eselrücken, fuhr aber gleich wieder hoch, hustend, spuckend, blind, denn eine Wolke von Kohlenstaub war aus den leeren Säcken aufgestiegen. Entsetzt sprang er zurück, Levtheris aber schrie von neuem los: »Oh, ein Heiliger! Kohlschwarz –«

Ah, das war gut. Ich in einem Netz! dachte Evangelos – so wahr ich kein Heiliger bin und nie einer war: Ich bin frei. Ich darf mich nur nicht ängstigen lassen. Das ist doch nichts als Gerede, törichtes Gerede, was kann es mir anhaben? Ich weiß doch, daß ich kein Heiliger bin.

»Gut so«, sagte Levtheris, dem er dies sagte, während sie weitergingen. »Sehr gut. Vergiß nur nicht, daß du es weißt.«

Die seltene blasse Blume war bei alldem schwarz geworden, und zerdrückt war sie auch. »Die kann ich der Panagia nicht anbieten«, sagte Evangelos und warf sie fort.

»Es gibt andere«, gab Levtheris zurück, unbekümmert wie immer.

Beim Thanassis hielten sie sich kaum auf. Sie luden nur ab, nahmen entgegen, was vereinbart war, und traten ihren Heimweg an. Sie blieben in einer Hirtenhütte am Fuß des Berges über Nacht, waren vor Tagesanbruch wieder unterwegs und erreichten ihre Meiler und die Lichtung kurz nach Mittag. Am nächsten Morgen luden sie die Kohle für Rodhakion auf und trieben die Tiere durch den Wald bergab, dem Dorfe zu. Bei den letzten Bäumen drehte Evangelos sich um und schickte einen langen Blick zurück.

»Ah, Levtheris«, rief er, »schön haben wir's gehabt!«

Levtheris stimmte ihm bei: »Ja, schön.«

Er blickte nach vorn und dachte, der Junge hat recht, eine schöne Zeit war es. Aber was kommt danach?

Den Rest des langen Weges schwatzte Evangelos munter drauflos: von den Meilern, von ihren kleinen Abenteuern im Walde – von hunderterlei Dingen und von dem guten Essen, das die Mutter für sie bereiten würde.

Im Dorf aber sprach man von Evangelos und daß er ins Kloster eintreten könne, sobald er wolle. Morgen schon! Aber er wußte ja noch nichts von seinem Glück.

5

Nicht nur die Frauen von Rodhakion waren in heller Aufregung, seit Vater Gerasimos seinen Bericht erstattet hatte – auch die Männer wurden davon erfaßt; besonders der Psaltist des Dorfes, Theodoros, ein schwärmerischer Mensch und nicht eben wegen seines Verstandes berühmt. Von Kind an hatte er Priester werden wollen, es aber nicht durchsetzen können, sein Vater erlaubte es nicht. Er war der einzige Sohn. So war er denn wenigstens Psaltist geworden, und nur dieses Amt versah er mit Eifer. Seinen Hof und seine Äcker bearbeitete seine Frau, die wie ein Mann zu schaffen verstand; es war nur gut, daß sie es konnte, denn Theodoros dachte an nichts als an die nächste Liturgie, an Engel und Heilige, an die Pracht des Himmels und die Gärten des Paradieses. Sein ehemals stattlicher Besitz war durch Mißwirtschaft, aber auch durch überreichliche Gaben an das Kloster stark vermindert, er hielt sich aber immer noch für sehr wohlhabend. Sein einziges Kind, eine Tochter, wuchs wild und unerzogen auf, bald bei diesen Verwandten, bald bei jenen; die Eltern kümmerten sich wenig um sie.

Dieser Theodoros stürzte, sobald bekannt wurde, daß der Klosterbau genehmigt sei, zu Vater Gerasimos. Er war wie außer sich, er war kaum fähig, klar und verständlich zu reden. Der Priester betrachtete ihn erstaunt und dachte, der Mann sei von Sinnen. Er war überzeugt davon, als er begriff, was Theodoros von ihm wollte: nicht mehr und nicht weniger, als daß kein Männer-, sondern ein Frauenkloster in der Schlucht gebaut würde, und er sollte es der Gemeinde nahelegen.

»Fünfhundert Schafe gebe ich meiner Tochter mit, wenn sie in das Kloster eintritt«, rief Theodoros aufgeregt, »fünfhundert Schafe!«

»Hast du fünfhundert Schafe?« fragte Vater Gerasimos mit leisem Spott.

»Ich habe sie, ich habe noch viel mehr – ich habe tausend Ziegen auf dem Berge –«

»Mein Freund«, unterbrach ihn der Priester, »du hattest sie einmal, das ist wahr. Aber du hast sie nicht mehr.«

Der Psaltist achtete kaum auf den Einwurf. »Was ich habe, Weingärten, Äcker, Ölbäume – alles der Panagia, alles ihrem Kloster, wenn es meine Kyriaki aufnimmt«, schwor er, hingerissen von seiner Begeisterung.

Vater Gerasimos, nun sehr ernst, deutete an, daß die kleine Kyriaki sich kaum für das Kloster eignen möchte. »Sie ist wild und ungebärdig«, erklärte er, »kein anderes Mädchen im Dorfe ist so ungehemmt aufgewachsen wie sie. Und du glaubst, es könnte eine Nonne aus ihr werden?«

Theodoros murmelte, das würde die Panagia ändern, sie hätte die Macht. Er wischte es beiseite, seine Stimme wurde wieder laut und fordernd: »Alles gebe ich, alles, was ich habe, aber das Kloster, das wir bauen, muß ein Nonnenkloster werden!«

»Ich habe es nicht zu bestimmen«, sagte Vater Gerasimos knapp. »Geh zum Gemeinderat mit deinem Vorschlag.«

Theodoros lief sofort zum Dorfvorsteher und bestürmte ihn. Dieser wies darauf hin, daß die Gemeinde nur die Kirche baue, das Kloster errichte Kyria Zoë. »Geh zu ihr, mein Freund, und versuche, sie zu überreden. Aber ich glaube nicht, daß du etwas ausrichten wirst. Sie will nun einmal ein Männerkloster, wegen Evangelos, verstehst du.«

Bis dahin hatte Theodoros den Jungen heftig beneidet. Er war so weit gegangen, daß er der Allerheiligsten schwere Vorwürfe machte: Hätte sie nicht besser wählen können, gab es nicht Menschen im Dorf, die der hohen Gnade würdiger waren? Warum Evangelos?

Dieser Klosterbau, das Unternehmen, das ihm im Augenblick das Höchste war, das sein Hirn füllte und befeuerte – seinetwegen, dieses Jungen wegen. Von jetzt an haßte er Evangelos.

Und Kyria Zoë, die doch hätte zufrieden sein müssen, denn alles ging nach ihren Wünschen, und obendrein hatte sie eine Lilie des Feldes aus dem Heiligen Land – Kyria Zoë war alles andere als zufrieden, sie war sehr ungehalten. Alles war nun im besten Gang, der Klosterbau von Agia Triadha bewilligt, Evangelos' Platz im Noviziat war sicher, aber ihn selbst hatte sie noch nicht zu Gesicht bekommen. Mehrmals hatte sie nach ihm geschickt, und immer hieß es, er sei noch auf dem Berge. Was hatte er auf dem Berge zu tun?

Sie saß auf einer Truhe, den Schoß voll bunter Seidenfäden, denn sie war dabei, die Farben für eine Altardecke zusammenzustellen. Für die geplante Kirche natürlich, die Kirche der Panagia in der Schlucht.

Die Schlucht! Das war die Antwort, darum blieb Evangelos auf dem Berge – er wollte an dem Ort sein, wo ihm so Großes widerfahren war. Vielleicht drängte es ihn sogar zum Eremitenleben? Sie runzelte die Stirn, der Gedanke gefiel ihr nicht. Sie sah ihren Schützling nicht in einer Eremitenzelle, sondern im prachtvollen Ornat des Abtes. Oh, sie hatte große Pläne für ihn! Sie sprang auf, um im Saal auf- und abzuschreiten, wie es ihre Gewohnheit war, wenn etwas sie sehr bewegte. Die seidenen Fäden fielen zu Boden, Rinió würde sie aufsammeln . . .

Rinió! Die schwatzte immer mit den Mägden, sie wußte

immer alles. Sie würde wissen, warum Evangelos so lange auf dem Berge weilte. Kyria Zoë schlug an das silberne Becken, dessen Klang die Kleine sofort zu ihr brachte.

»Da bist du ja«, sagte sie ungeduldig. »Heb das da auf!«

Rinió gehorchte, sie sammelte das kostbare Garn, strich es liebevoll und behutsam glatt und legte es in einen flachen Korb, der solche Dinge gewöhnlich aufnahm. Die Herrin sah ihr dabei zu.

»Rinió«, bemerkte sie wie beiläufig, »der Evangelos war ja noch immer nicht bei mir. Wo bleibt er denn, ist er wohl noch auf dem Berg?«

»Ich glaube, ja, Noná mou.«

»Was treibt er denn da, weißt du das vielleicht?«

»Er brennt Kohlen, Noná mou.«

»Er – brennt – Kohlen –!«

Rinió blickte erstaunt von den schimmernden Fäden auf. Das hatte beinah geklungen, als wollte die Noná ersticken. Und wie sie aussah!

Fassungslos wiederholte Kyria Zoë: »Der Erwählte der Allerheiligsten Gottesmutter – er brennt Kohlen?«

»Ja. Sie tun es immer um diese Zeit«, sagte die Kleine unschuldig.

Kyria Zoë raffte sich zusammen. »Lauf zu Michalis«, gebot sie, »er soll Chionoula satteln, sofort, und bereit sein, mit mir auszureiten. Brennt Kohlen! Ich muß mit seinem Vater reden.«

»Er wird nicht daheim sein, Noná mou«, bemerkte Rinió, schon an der Tür, »sie sind bei der Weinlese.«

»Dann werde ich ihn dort aufsuchen, bei seinen Reben. Lauf!«

Rinió lief, und ein zweiter Schlag an das Becken rief die Kammerfrau herbei, die sie für den Ausritt umkleiden sollte. Als Rinió mit dem Bescheid zurückkam, das Maultier warte und Michalis ebenfalls, stand Kyria Zoë schon in dem nonnenhaften Gewand, das sie immer anlegte, wenn sie das Haus verließ, vor ihrem Spiegel; die Dienerin war dabei, ihr das strenge Kopftuch um Schläfen und Kinn zu falten und festzustecken. »Du bleibst hier, Rinió. Gib ihr zu tun, Anthemi«, befahl sie, raffte die langen, edlen Falten des Oberkleides und stieg hinab in den Hof.

Sie fand Simon und seinen ganzen Haushalt am sonnigsten Hang, emsig wie Bienen und fröhlich wie ein Vogelschwarm. Die Weinlese war für sie die Krönung des Jahres, schöner und lieber als das Schneiden des Korns in der Junihitze und das Sammeln der Oliven im November. Beides war ernste Mühe, vom Aufgang der Sonne bis zum Untergang auf sengendheißem Acker oder gebückt, bis fast der Rücken brach unter den graugrünen Zweigen, von denen es schier endlos zu Boden prasselte! Da erfüllte sich die uralte Verheißung: Im Schweiße deines Angesichts . . .

Auch jetzt, da sie die schweren Körbe hoben und sie den Eseln aufluden, tropfte ihnen der Schweiß von den Stirnen, aber ihre Augen waren hell, und die Mädchen zwischen den reichbeladenen Reben sangen. Sie gewahrten Kyria Zoë auf dem Pfade, meinten, sie ritte ein wenig spazieren, und schickten die kleine Chryssoula mit einer sorgfältig ausgewählten Traube zu ihr. Alle winkten ihr Grüße zu, und Paraskevi rief hinüber: »Sie ist frisch, sie ist süß wie Honig – eßt und erfrischt Euch, Kyria Zoë!«

Aber die Kyria stieg ab, der Acker des Simon war anscheinend ihr Ziel. Der Diener Michalis führte die Tiere zu einem Flecken Schatten nahebei.

Simon ging dem Besuch entgegen. Kyria Zoë kam zu ihm hinaus auf den Acker? Es mußte etwas Wichtiges sein, das sie von ihm wollte. Etwas, das nicht bis zum Feierabend warten konnte.

Und dann war es nur – wie er den Evangelos zu so grober Arbeit wie dem Kohlenbrennen anstellen könnte, immer noch? Nach dem großen Wunder, das an ihm geschehen war –! Sie schien sehr erzürnt, Simon begriff nicht ganz, warum. »Morgen oder übermorgen ist er ja dort oben fertig, Kyria Zoë«, sagte er begütigend.

Paraskevi war herbeigeeilt, sie hatte Kyria Zoë sofort verstanden. »Das sage ich ja auch«, rief sie eifrig, »solche Arbeit sollte er nicht mehr tun. Niedrige, schmutzige Arbeit! Aber er wollte es so, er hat selbst darum gebeten, wieder hinaufziehen zu dürfen. Es war auch am besten so, Kyria Zoë – im Dorf ließen sie ihm keine Ruhe mehr.«

Sie lud den Gast ein zu bleiben, ein wenig zu rasten; sie breitete eine der gewebten Decken aus und bat sie, sich zu setzen. »Etwas rauh ist es, Kyria Zoë, aber hier sind wir nun mal auf dem Acker! Seid so freundlich, nehmt vorlieb, gebt uns die Ehre.« Die Magd Marigó mußte kühles Wasser aus dem Tonkrug in einen buntbemalten Becher gießen, Brot bringen, eine noch schönere Traube als die erste – in wenigen Augenblicken hatte Paraskevi ein kleines Festmahl für die Patin ihres Sohnes gerichtet. Alle standen ringsum und erwarteten, daß Kyria Zoë es genoß.

Wie konnte sie an ihrem Unwillen festhalten und all die harten Worte aussprechen, die sich auf ihrer Zunge drängten! Die einfachste Höflichkeit gebot, daß sie annahm, was ihr ehrerbietig, aber sehr herzlich dargereicht wurde. Kyria Zoë gehorchte. Sie trank aus dem bunten Becher, brach einen Bissen vom braunen Brot, pflückte ein paar Beeren von der schweren Traube und lobte ihre Süße. Dann, um Simon und die Seinen nicht länger von der Arbeit abzuhalten, erhob sie sich und nahm Abschied. Doch bat sie noch, daß man ihr Evangelos schicken möge, sobald er ins Dorf zurückkehrte, oder doch nicht später als am Tage darauf. Es wurde ihr zugesagt.

Paraskevi begleitete sie bis zum Weg, und Kyria Zoë konnte doch noch etwas von dem sagen, was sie so sehr beschäftigte. »Ich habe große Pläne für den Jungen; du weißt wohl, was ich meine, Paraskevi?«

Evangelos' Mutter nickte mit leuchtenden Augen. »Hat je ein Kind unseres Dorfes solch ein Glück gehabt?« gab sie zurück.

Kyria Zoë fühlte sich voll und ganz verstanden. Sehr viel

zufriedener, als sie angekommen war, ritt sie nach Hause zurück.

Aber Simon knurrte: »Kommt uns das jetzt auch bis in die Reben nach?«

Seine Frau verwies es ihm: »Sie ist seine Noná, sie hat ein Recht darauf.«

Er sagte noch etwas, aber es war zu undeutlich, sie hörte es nicht genau. Auch hatte er sich abgewendet und zu den untersten Trauben eines Stockes niedergebeugt.

Wenig später erschienen Levtheris und Evangelos auf dem Rebacker, freudig grüßend und freudig begrüßt. Sie hätten zwei Ladungen Kohle auf den Hof gebracht, berichteten sie, es sei aber noch reichlich ebensoviel bei den Meilern. Die Decken und das übrige Gerät seien auch noch oben. Simon sagte, es sei gut so, das könne warten. Die Reben waren jetzt die Hauptsache. »Levtheris«, fragte er, »du gehst wohl und holst den Rest? Nimm deinen Bruder mit. Evangelos muß hierbleiben, seine Noná will ihn sehen.«

Enttäuscht sah Evangelos den Freund an. Aber Levtheris sagte, das sei ihm recht, nahm Paraskevi den gefüllten Korb ab und lud ihn dem Esel auf. Erst nach Feierabend gelang es Evangelos, ein paar Worte mit ihm zu sprechen, ohne daß die andern zuhörten.

»Was meinst du, was sie von mir will?« fragte er.

»Du sollst beim Mandelschütteln helfen«, meinte Levtheris leichthin.

»Aber wir sind doch bei den Trauben!« protestierte Evangelos.

»Ja, aber wenn deine Noná ruft –! Paß auf, morgen schüttelst du Mandeln in ihrem Garten.«

»Nein«, sagte Evangelos.

»Bestimmt«, versicherte Levtheris. »Und wenn die Mandeln der Archontissa süßer sind, bring mir ein paar mit.«

Er nahm seinen Schultersack auf und sagte: »Jassou, Vangeli.« Dann sagte er noch etwas, und es beruhigte den

Jungen sehr: »Vergiß nicht, wie wir gelacht haben, draußen vor Muriá!«

Damit ging er, und Evangelos' schöne Zeit war wirklich zu Ende.

6

Ganz arglos war er nicht, als er zu dem Haus seiner Patin hinaufstieg. Wie stattlich es dastand auf seiner sanften Höhe, im Grün seiner Bäume und Gärten! Diese Gärten, in breiten, flachen Stufen angelegt, reichten bis zur Terrassentreppe; im Vorfrühling schauten die Mandelblüten über die steinerne Balustrade. Evangelos bewunderte jedesmal das kunstvolle Backsteinmuster der Mauern, die Säulen und Bögen, die vorn und auf der Westseite das Dach trugen und so um den oberen Saal einen luftigen Wandelgang bildeten, und wie jedesmal ging er am Haupteingang vorbei zum Tor des hinteren Hofes.

Eine Magd ließ ihn ein. »Rinió!« rief sie ins Haus. »Der Evangelos!« Sie trat zur Seite und ließ ihn in die Küche treten.

»Er soll nach oben kommen«, tönte es zurück, und sie hörten Riniós flinke Füße auf der Treppe. Aber sie kam gemessenen Schrittes durch die Tür und reichte Evangelos die Hand. »Durch die Hintertür kommt er ins Haus«, rügte sie, »aber Joanna!«

»Ich komme doch immer so«, sagte Evangelos erstaunt. Joanna schwieg. Sie blickte den beiden nach, folgte ihnen bis in die Halle und sah ihnen nach, wie sie die Treppe hinaufstiegen. »Er ist ja genau wie vorher«, murmelte sie enttäuscht.

Auch Kyria Zoë fand das, nachdem sie ihn begrüßt hatte. Etwas gewachsen, das schon, kein Kind mehr, bald ein junger Mann. Um so besser: desto schneller würde der Tag kommen, an dem man ihn zum Mönch weihte... Und während sie ihm Mandelgebäck und Konfekt aus Sesam und Honig reichen ließ, dazu den Trunk frischen Wassers im silbernen Becher, malte sie sich das braune Gesicht im ersten jungen Gekräusel eines mönchischen Bartes aus.

Evangelos nahm von den Süßigkeiten und wunderte sich über die Noná, weil sie ihn so ungewöhnlich herzlich empfing. Gnädig war sie immer gewesen, aber dieses Mal –! Und wie sie ihn bewirtete – wie einen Prinzen, fand Evangelos. Da kam Rinió mit einer Schale duftenden Wassers, die klebrigen Finger darin abzuspülen; mit einem bestickten Tuch, sie zu trocknen. Sein Argwohn wurde aufs neue geweckt und war im Wachsen. Da Kyria Zoë immer noch nicht sprach, sondern nur blickte und lächelte, mußte er selbst beginnen, wenn er wissen wollte, um was es sich handelte. »Der Vater läßt sagen, wenn Ihr mich bei der Mandelernte braucht, Noná mou – ein paar Tage könnte er mich schon entbehren.«

»Mandelernte?« wiederholte sie verständnislos. »Aber es geht doch nicht um Mandeln, Evangelos! Es geht um größere, um heilige Dinge. Geh hinaus, Rinió, ich habe mit Evangelos zu reden.«

Die Kleine nahm die Platte mit Becher und Schalen auf und ging aus der Tür. Bevor sie verschwand, schickte sie einen Blick zu Evangelos zurück, der beinah wie Mitleid aussah. Die Noná hatte mit ihm zu reden – sie kannte das.

Und Kyria Zoë ergriff das Wort. Sie war sehr beredt, und ihre Begeisterung machte sie noch beredter. Nur nahm sie es als selbstverständlich an, daß Evangelos diese Begeisterung teilte, daß ihre Wünsche ihm aus der Seele gesprochen waren.

»Nein«, sagte Evangelos plötzlich. »Verzeihung, Noná mou, aber – nein.« Mitten in einen ihrer schöngeschwungenen Sätze hinein warf er dieses doppelte Nein.

Kyria Zoë brach ab und schnappte hörbar nach Luft.

Hatte der Junge den Verstand verloren? Sie wollte ihn zu himmlischen Höhen führen, jawohl, an ihrer eigenen Hand – sie sah ihn schon auf der ersten Stufe zur Heiligkeit, und er sagte ganz einfach nein?

Aber sie begriff, sie begriff. Sie hatte sich fortreißen lassen, sie war zu schnell und hastig vorwärtsgeeilt. Er war nur ein Bauernkind, er hatte ihr nicht folgen können. Sie mußte in schlichtere Worte kleiden, was sie ihm sagen wollte. Geduldig und sehr sanft versuchte sie es von neuem.

»Nein«, sagte Evangelos.

Kyria Zoë war zum erstenmal in ihrem Leben ratlos. Sie faßte sich, sie wurde scharf und knapp: »Verstehst du überhaupt, Evangelos, was dir bestimmt ist?«

»Ich verstehe, was Ihr gesagt habt, Noná mou.«

»Und warum das Nein?«

»Weil ich nicht Mönch werden will.«

»Bist du von Sinnen!« rief Kyria Zoë in höchster Erregung. »Du, den die Allerheiligste selbst zu ihrem Dienst berufen hat –!«

»Es war nicht die Allerheiligste.«

Kyria Zoë starrte ihn an. Sie kannte nur Kyria Eusebias Darstellung der Begebenheit; die Priestersfrau hatte felsenfest behauptet, daß dem Jungen die Panagia erschienen sei. Und nun verleugnete er es?

»Wer sollte es sonst gewesen sein«, sagte sie. »Sprich! Wer sonst?«

»Niemand, nichts. Es war eine Täuschung«, murmelte Evangelos.

»Du lügst!« rief sie heftig, und das Verhör begann. So fest Evangelos sich vorgenommen hatte, nicht mehr über das rätselhafte Erlebnis zu reden – sie wußte sehr geschickt zu fragen, und sie ließ nicht nach. Ihr die Antwort zu verweigern, stumm und störrisch dazusitzen, bis sie das Fragen leid wurde, fiel ihm nicht ein. Von klein auf war er angehalten worden, dieser Frau höflich und mit Ehrerbietung zu begegnen; er war wehrlos ihr gegenüber. Aber was sie ihm auch nahelegte, was immer sie ihm einzuflößen suchte, sie konnte ihn nicht von dem abbringen, was er für die Erklärung hielt: »Das Licht war so stark, es blendete – ich weiß nicht recht, was ich sah.«

Mehr brauchte sie nicht. Mit einem Freudenruf sprang sie auf und schloß ihn in die Arme. »Die Panagia sahst du, umgeben von lauter Licht«, triumphierte sie, »nur hast du es nicht geahnt. O du Glücklicher, daß du das Himmelslicht schon mit irdischen Augen sehen durftest! Aber gesteh es ruhig, es war zu mächtig für dich. Du fürchtest dich und willst nicht glauben. Wir andern aber, wir glauben für dich mit – selig, die nicht sehen und doch glauben –«

Verzückt erhob sie die Hände und fing an zu beten, den Ikonen ihres Hausaltars zugewandt. Für den Augenblick war Evangelos vergessen. Geräuschlos verließ er den Saal.

Aber am nächsten Morgen schickte Kyria Zoë nach ihm. Er sollte bei der Mandelernte helfen.

»Daß der Vater es zugibt!« rief Evangelos aus der Krone eines Mandelbaums Rinió zu, die unten sammelte, was er hinunterwarf. Er war immer noch empört. Am Abend vorher hatte er den Eltern Kyria Zoës Eröffnung mitgeteilt und den Vater gebeten, sogar von ihm gefordert, daß er dem ganzen Wesen ein Ende mache. Der Vater hatte ihn bitter enttäuscht, und Vater Gerasimos, der dazukam, fast noch mehr. Sicher war es abgesprochen gewesen, daß der Priester erschien. Er und die Mutter hatten mit vereinten Kräften versucht, Evangelos umzustimmen und ihn zum Eintritt in das Kloster zu bewegen. Der Vater, dachte Evangelos, während sie ihm zusetzten, der Vater ist auf meiner Seite. Er hatte sich geirrt, sein Vater half ihm nicht. Er äußerte sich die ganze Zeit weder für noch wider, nur zum Schluß hatte er gesagt: »Du wirst dich fügen müssen. Alle wollen es so«, und war aus der Tür gegangen.

Nun, der Vater war so, er ging Bitten, Beschwörungen

und Tränen aus dem Wege, wenn er irgend konnte. Und davon hatte es an diesem Abend reichlich gegeben. Aber Vater Gerasimos, der ihm gesagt hatte, es sei eine Täuschung gewesen, er solle nicht mehr daran denken – daß der jetzt an die Erscheinung glaubte, daß er ihn zu überreden suchte, es auch zu tun! Warum dieser Wechsel?

»Warum, Rinió?« fragte er die Kleine, der er das alles erzählt hatte. Irgend jemandem mußte er sich anvertrauen, sonst sprang er in tausend Stücke. Levtheris war nicht zu finden gewesen, und wen hatte er sonst?

»Die Noná steckt dahinter«, antwortete Rinió, emsig auflesend, was von den Zweigen prasselte. Ihr kleiner Handkorb war voll, sie leerte ihn in einen großen, zweihenkligen aus. Ein Körbchen graupelziger Mandeln nach dem andern; bald würde auch dieser voll sein. Sie arbeitete flink, mit beiden Händen klaubend. Es gab viele Mandelbäume in Kyria Zoës Garten, und alle waren schwer beladen in diesem Jahr. Ah, ein Jahr für Mandeln! Sie richtete sich kurz auf, um das Haar aus der Stirn zu streichen; dabei warf sie einen Blick nach oben. Evangelos hielt auch ein. »Weißt du etwas, Rinió?« fragte er leise.

Sie schaute um sich. Niemand war zu sehen. Der Gärtner und sein Junge waren anderswo beschäftigt.

»Ich weiß viel«, gab sie zurück, »aber komm herunter. Ich kann's nicht durch den ganzen Garten rufen. Hilf mir den großen Korb tragen, es geht nichts mehr hinein.«

»Und dieser Baum ist leer.« Evangelos stieg von Ast zu Ast, als ob es Leitersprossen wären, und sprang zu Boden. Er bückte sich und las die letzten verstreuten Mandeln auf. »Sag's mir, Rinió«, drängte er.

Die Kleine lachte. »Sie spricht mit sich selbst«, vertraute sie ihm an, »und sie vergißt, daß ich im Raum bin. Ich muß ja immer still sein wie eine Maus. Nein – wie ein braves, sittsames Mädchen. Und so höre ich, was sie denkt. Sie ist so voll Ungeduld! Am liebsten finge sie morgen schon mit dem Klosterbau an, mit ihren eigenen Händen.« Sie schwieg einen Augenblick, sah ihn fest an und sagte bedeutungsvoll: »Es soll bald ein Baumeister kommen. Agia Triadha schickt ihn.«

»Ach, so schnell geht das nicht.«

»O doch. Wenn unsere Noná dahintersteckt, geht alles schnell.«

»Meinetwegen. Soll sie doch ihr Kloster bauen – aber nicht für mich. Ich habe es ihr deutlich gesagt.«

»Du glaubst doch nicht, daß sie sich darum kümmert«, sagte Rinió überlegen. »Wenn die Noná etwas will – «

»Still, da kommt sie«, flüsterte Evangelos.

Sie antworteten auf ein paar freundliche Worte der Patin, nahmen den leeren Korb und gingen an ihre Arbeit zurück.

Kyria Zoë blickte den beiden nach, wie sie dahinliefen, den großen Korb zwischen sich. Sie lächelte. Ein hübsches Bild! Gleich darauf krauste sie ihre Stirn: Eigentlich schickte es sich nicht, daß Rinió so vertraulich mit Evangelos umging. Sie waren immer wie Bruder und Schwester gewesen, und Kyria Zoë hatte es gut und richtig gefunden, aber die Dinge lagen nun anders. Gerade heute hatte sie in Evangelos ein gewisses Abstandhalten, fast eine neue Würde zu entdecken gemeint – aber jetzt?

Sie würde strenger mit Rinió verfahren müssen. Evangelos jedoch . . .

Kyria Zoë, die es als reiche und vornehme Frau nicht gewöhnt war, einem glatten Nein zu begegnen, dachte nicht daran, Evangelos' Weigerung ernst zu nehmen. Sie wußte auch, daß steter Tropfen den Stein höhlt, und handelte meistens danach. Wenn sie ihn hierbehalten könnte, wenn sie ihn immer um sich hätte – ihr Einfluß würde bald wirken! Auf den rechten Einfluß kam es an.

Zu Hause war ja wohl seine Mutter ehrlich bemüht, ihn auf den gewünschten Weg zu bringen, aber sich selbst traute Kyria Zoë mehr an Klugheit und Überredungskunst zu. Sie begann zu überlegen, wie Evangelos aus dem Haus seiner Eltern in das ihre zu ziehen wäre – Simon und Paraskevi mußten einsehen, daß es das beste für ihn war.

Das also war beschlossen. Ihre Gedanken wandten sich einem andern Gegenstand zu. Wenn der Baumeister kam – aber wann, wann würde er kommen? Alles ging so langsam, und sie brannte doch vor Ungeduld. Vorgestern noch hatte sie zu Vater Gerasimos gesagt: »Wie schnell Ihr mit der Bewilligung zurückgekommen seid, ehrwürdiger Vater!« Heute konnte sie es nicht abwarten, den Baumeister bei seiner Arbeit zu sehen, die Pergamente mit den Grundrissen, das Bild des Bauwerks unter seinem Stift. Bis die Pläne vorlagen, konnte sie nichts tun, nichts. Dieses untätige Warten war ihr eine Qual. Sie konnte nicht einmal nach Theben reisen, um bei den Seidenwebern die prächtigen Behänge zu bestellen, die ihr vorschwebten; um die Silberschmiede zu besuchen, den besten Freskenmaler zu finden. Nur das hätte ihr die Wartezeit erträglich gemacht, aber sie hatte die Maße nicht. Für dergleichen war es zu früh.

Oder – wenn Evangelos sich bereit erklären würde, sofort nach Agia Triadha zu gehen! Dann würde sie Ruhe haben, Ruhe und Erfüllung.

»Rinió! Bring die Muster, bring die Rolle Seidenstoff, die Gold- und Silberfäden! Und den Korb mit den bunten Garnen, Rinió.«

»Sogleich, Noná mou.«

Mit der Altardecke konnte sie immerhin beginnen.

Der Gemeinderat von Rodhakion tat indessen den ersten Schritt zum Bau der Kirche. Vollzählig erschien er auf dem Hof des Simon und holte Evangelos ab, damit er ihnen genau den Ort der Erscheinung zeige. Evangelos, in einem neuen Kittel und auf seines Vaters bestem Esel, ritt mit ihnen fort. Er war gespannt, was die Männer zu dem Bauplatz sagen würden.

Sie sagten nur ein Wort, aber das sagten sie einstimmig: »Unmöglich!« Ratlos wanderten ihre Blicke über die Steilwände der Schlucht zu der seichten Nische hin, die Evangelos ihnen bezeichnete.

»Dort hat sie gestanden?« fragten sie zweifelnd.

»Genau hier«, bestätigte Evangelos, der ohne Scheu auf den Steinen zum andern Ufer hinübergesprungen war.

Die Männer bekreuzten sich ehrfürchtig, Theodoros aber sprang dem Jungen nach, stieß ihn unsanft fort und warf sich vor der Nische zu Boden. Er küßte die harte Erde; als er sich erhob, standen Tränen in seinen Augen. Die andern taten es ihm nach, sie küßten die Felswand, als wäre sie die Ikone in ihrer Kirche daheim. Dieser Fleck war gewiß der verehrungswürdigste im ganzen Land; trotzdem raunte einer dem andern zu: »Wie, im Namen Gottes, wie sollen wir hier eine Kirche errichten? Hier ist kaum Platz genug für einen Altar.«

»Steigen wir den Hang hinan«, schlug einer vor. »Vielleicht, wenn wir von oben in die Schlucht hinunterschauen –«

»Glaubst du, sie wird sich weiter auftun?« sagte ein andrer.

Keiner lachte. Sie stiegen hinauf, weil sie nichts anderes zu tun wußten. Evangelos folgte ihnen; Theodoros lag immer noch vor der Nische, Gebete murmelnd.

Vom oberen Rand der Schlucht aus überblickten sie ein weiteres Stück des Bachlaufs. Es war zwecklos, dort engten die Wände ihn noch mehr ein. Sie schauten bachabwärts – und nun gewahrten sie, was sie zuerst nicht bemerkt hatten. Fast genau der Nische gegenüber, aber ziemlich viel höher, trat die Wand in einer stufenartigen Schräge zurück.

»Dort ginge es vielleicht«, murmelte der Gemeindevorsteher.

»Ja, aber dort ist sie nicht erschienen«, gaben zwei oder drei zurück.

Sie seufzten und kehrten zur Straße zurück. Es blieb ihnen nichts anderes übrig, als heimzureiten und der Gemeinde ihren Befund mitzuteilen.

Hoffnungsvoll ritt Evangelos in ihrer Mitte. Wie schwierig die Aufgabe sein würde, hatten sie nun selbst gesehen. Es konnte noch viel Wasser durch die Schlucht fließen, bis mit dem Werk begonnen würde.

7

Vater Gerasimos hörte den Bericht zuerst und schickte sofort einen Jungen mit dem Simantron durch das Dorf, der auszurufen hatte, alle Männer, jung und alt, hätten sich auf dem Platz vor der Kirche zu versammeln, um die Zeit des Sonnenuntergangs.

Sie kamen, eine stattliche Schar, die meisten von den Rebäckern, in Arbeitskleidern, müde und verschwitzt, klebrig vom Saft der Trauben. Sie ließen sich auf der niederen Mauer nieder, die den Vorhof der Kirche umgab. Andere standen in kleinen Gruppen beieinander, und halb vom Gebüsch verborgen sah man die blassen Gesichter und dunklen Kopftücher einiger älterer Frauen. Als Kyria Zoë mit ihrer Begleitung ankam, denn als Bauherrin hatte sie ein Recht darauf, bei der Verhandlung zugegen zu sein, gesellten diese Frauen sich zu ihr, so daß sie wie von einem kleinen Hofstaat umgeben war.

Vater Gerasimos trat aus der Kirche, ihm vorauf der Junge, der das Simantron, eine hölzerne Klapper, schlug. Es wurde still auf dem Hof. Er grüßte würdevoll und empfing den Gegengruß der Leute. Er bat Kyria Zoë, auf der Bank an der Kirchenwand Platz zu nehmen; ein Kissen lag bereit. Sie dankte und setzte sich. Ihr kleines Gefolge zog sich zurück und blieb außerhalb des Männerkreises. Wieder erschallte das Simantron. Alle waren nun dem Priester zugewandt, aufmerksam, gespannt. Er begann seine Ansprache, indem er sie segnete; alle Köpfe neigten sich tief.

Die weisen alten Augen blickten auf die Versammelten, die ruhige Stimme des Priesters hub an: »Kyria Zoë – Männer von Rodhakion, ich habe euch rufen lassen, um euern Rat zu erbitten, denn es hat sich unserm gemeinsamen Unternehmen zu Ehren der Panagia eine große Schwierigkeit, ein fast unüberwindliches Hindernis in den Weg gestellt . . .« Und er beschrieb ihnen dieses Hindernis, er teilte ihnen die Bedenken der Männer mit, die heute den Ort besichtigt hatten.

Ein Gemurmel sprang auf. Die meisten Männer kannten die Stelle, sie wiegten betroffen die Köpfe.

Der Gemeindevorsteher trat vor und sagte: »An dem Ort, wo die Allerheiligste erschienen ist, können wir nicht bauen. Es ist einfach kein Raum vorhanden. Die Schlucht –«

Kyria Zoë sprang auf: »Und das Kloster?«

»Für ein Kloster, und sei es noch so klein, erst recht nicht.«

Tief im Gebüsch, außerhalb der Mauer, hockte einer, dem klopfte das Herz: »Gut, gut! So ist es – wenn ihr's nur einseht!«

Aber im Hof der Kirche schwirrte es schon von Rufen: »Trotzdem werden wir bauen, sie will es! Wir werden es schaffen, irgendwie werden wir es schaffen!« Und über alle Rufe hinweg stieg die Stimme des Theodoros: »Wir schaffen es, und wenn wir die Schlucht mit den Händen auseinanderreißen!«

Das Simantron klapperte wieder, langsam legte sich der Lärm, aber die Erregung blieb. Vater Gerasimos hob die Hand: »Freunde, Nachbarn, beraten wir es mit Vernunft. Die Felsen auseinanderreißen, wie könnten wir das? Wir sind keine Riesen. Und so willig wir sind – in geduldiger Arbeit den Ort zu erweitern, würde eine Lebenszeit dauern. Einige Männer des Gemeinderates haben vorgeschlagen, daß wir in der Nähe einen besseren Bauplatz wählen. Darauf antworte ich mit einer Frage: Wißt ihr, was auf einer der

Inseln geschehen ist, als sie versuchten, der Panagia ein Kloster anderswo zu erbauen als an der Stelle, die sie klar bezeichnet hatte?«

Eindrucksvoll schwieg er einen Augenblick und blickte von einem gespannt horchenden Gesicht zum andern. Dann fuhr er fort: »Jeden Morgen fanden die Arbeiter ihre Werkzeuge, die sie abends beim Bau gelassen hatten, hoch, am steilsten Felsen aufgehängt. Jeden Morgen wieder. Sie mußten neue Werkzeuge holen. Aber einer stieg hinauf, um das seine zu holen. Er konnte nicht zurück. Da hing der arme Mensch am Felsen und konnte nicht vor und zurück! Keiner konnte helfen. Sie liefen in die Kirche, das ganze Dorf versammelte sich und betete für seine Errettung, sie gelobten Gehorsam, was es auch koste; stundenlang schrien sie zur Panagia, Erbarmen zu haben. Die ganze Nacht hindurch – und als der Morgen kam, trat er in die Kirche: der Mensch, der am Felsen gehangen hatte, heil und gesund! Aber wie er heruntergekommen war, wußte er nicht. Und sie bauten das Kloster dort, wo sie es wünschte, an jene unmöglich steile Wand, und – merkt auf! – es wurde ihnen so leicht wie den Schwalben, die ihr Nest bauen. Sie hatten gehorcht, und die Panagia half ihnen. Sie selbst half, die Panagia.«

Ein Aufatmen lief durch die Versammelten. Auch sie waren gehorsam, auch ihnen würde sie bei der schweren Aufgabe helfen. Sicher fand sich ein Weg.

Kyria Zoë war aufgestanden und bat, etwas fragen zu dürfen. »Wäre es schwierig, auf der Felsstufe gegenüber zu bauen?« erkundigte sie sich.

Der Gemeindevorsteher antwortete ihr: »Immer noch sehr schwierig, aber nicht unmöglich.«

»Auch das Kloster?«

»Wenn es ein kleines wäre –?«

»Für zwölf Mönche.«

»Dann – ja.«

Sie sprach ein paar leise Worte mit dem Priester. Überrascht hob er den Kopf. »Michalaki, das Simantron«, rief er.

Und als die Klapper mit ihrer Mahnung aufhörte, als er die Aufmerksamkeit aller auf sich gerichtet sah, verkündete er, was Kyria Zoë vorgeschlagen hatte. »Wir wollen auf ihre Güte, auf ihre Nachsicht vertrauen«, sagte er, »wir werden einen Bittgang halten, mit Hymnen und Gebeten zur Schlucht pilgern. An dem Ort, den sie geheiligt hat, werden wir die Liturgie feiern und sie anflehen, daß sie uns erlaube, auf der Stufe gegenüber Kirche und Kloster zu errichten, an dem Ort selber aber einen Altar. Sie weiß, daß wir guten Willens sind. Vielleicht wird sie gnädig sein. Versuchen müssen wir es.«

Alle waren damit einverstanden, nur der Tag des Bittgangs mußte noch festgesetzt werden. Es war bald geschehen.

Da war der, der im Gebüsch verborgen gelauscht hatte, schon fort, schweren Herzens.

Bis dahin hatte Evangelos seine Hoffnung auf das entmutigte Wort der Männer beim Anblick der Schlucht gesetzt, auf ihr entsetztes »Unmöglich!«, als er ihnen die Nische im Gestein wies. Auch Levtheris hatte gemeint, wenn ihnen die Schwere der Aufgabe erst richtig klar wäre, würde der fromme Eifer des Dorfes wenn nicht erlöschen, so doch beträchtlich erlahmen.

»Mit der Zeit«, tröstete er, »legt sich die Begeisterung. Du wirst sehen.«

So gut die Worte gemeint waren und so überzeugt sie klangen – jetzt glaubte Evangelos nicht mehr daran. Nicht seit der Versammlung bei der Kirche. »Sie bauen«, beharrte er düster.

»Schön, laß sie bauen. Wie lange, rechnest du, bis ein Kloster steht? Zwei Jahre, drei? Und bei dem Bauplatz! Was sage ich – es gibt nicht einmal einen Bauplatz, den müssen sie erst erschaffen. Aber in drei, höchstens vier Jahren bist du kein Kind mehr, Vangeli, denk daran. Sie können dich nicht mehr leiten, wohin sie wollen.«

»Der Sohn ist seinem Vater immer untertan«, wandte Evangelos ein.

»Das ist wahr. Aber«, fragte Levtheris und lachte schlau, »ist dein Vater so versessen auf den Klosterbau?«

Evangelos setzte sich auf. Darüber hatte er nicht nachgedacht. Er tat es jetzt, er ließ die Tage, die Gespräche an sich vorüberziehen und prüfte scharf.

Nein, nie ein Wort des Vaters, das mehr als eine lauwarme Billigung verraten hätte. Kaum eine Antwort, wenn die Mutter davon anfing, meist nicht mehr als ein Grunzen. Das konnte auch das Gegenteil von Zustimmung bedeuten.

»Bedenke, wieviel es ihn kosten wird«, bemerkte Levtheris.

»Den Vater?«

»Natürlich, deinen Vater. Von ihm werden sie erwarten, daß er den größten Zuschuß gibt.«

»Nein, den größten gibt sicher die Noná.«

»Zum Klosterbau; nicht zu der Kirche.«

»Das ganze Dorf –«

»Ja, alle werden zusteuern, dies und das, tropfenweise. Was meinst du, was ein solcher Bau kostet?«

Evangelos wußte es nicht.

»Gold, mein Junge, Gold, Gold«, rief Levtheris. »Mit dem Erlös für ein paar Krüge Öl und Wein ist es nicht getan, und wenn auch noch ein paar Herden draufgehen. Noch rechnen die Leute nicht, aber warte, es wird ihnen bald klar werden.«

»Du glaubst also, es gibt doch noch Hoffnung?«

»Mehr als eine, aber dies ist die beste.«

Nachdenklich ging der Junge nach Hause. So einleuchtend es war, was Levtheris behauptete – völlig überzeugt war er nicht davon. Er setzte die dauernden Bitten und Vorwürfe der Mutter, den Willen der Patin, die Meinung des Dorfes zu gering an. Wenn Levtheris wüßte, wie das alles auf ihm lastete! Er meinte es gut, und das half ein wenig. Wen hatte er außer ihm, der ihm beistand? Nur Rinió. Aber

Rinió war weit weg, mit Kyria Zoë auf eines ihrer anderen
Güter gereist; sie würden erst wiederkehren, wenn sie
Nachricht von der Ankunft des Baumeisters erhielten.
Auch Evangelos hatte mitreisen sollen, aber das hatte der
Vater nicht erlaubt. Er brauche den Sohn zu Hause, hatte er
in seiner knappen Art gesagt. Kyria Zoë war nicht erfreut
gewesen.

Keine Zeit zum Grübeln! Sie preßten jetzt den Saft aus
den Trauben, Evangelos würde einer von denen sein, die
den uralten Tanz auf purpurnen oder grüngoldnen Hügeln
im steinernen Bottich tanzten. Zusammen mit Levtheris,
denn sein Bruder Alekos hatte sich den Fuß verletzt. Er
konnte nicht damit auftreten, geschweige denn die Trauben
stampfen. »Als ob der Kleine dazu taugte«, murrte er. »Der
hält es nicht aus! Warum nicht Pantelis?«

Aber Pantelis hatte sich mit dem Vater überworfen und
war kurzerhand mit der Herde auf den Berg gezogen, gerade in der wichtigsten Arbeitszeit. Der Vater hatte Levtheris rufen müssen und bestimmt, daß Evangelos mit ihm in
den Bottich sollte.

Evangelos war überglücklich, alle Sorge war vergessen.
Von klein auf hatte er sich auf diesen Tag gefreut, der ganz
unverhofft gekommen war, wie ein Geschenk. Evangelos
lachte und prahlte, er antwortete keck auf alle Späße, während er seine Füße scheuerte.

»Das wird ein herber Wein«, weissagte ein Alter, »da so
junge Füße ihn austreten!«

»Dann sollst du allein ihn trinken, Barba Nikolas«, erwiderte Simon trocken.

Immer war es so. Wer irgend Zeit hatte, sah dem Tanz im
Bottich zu, in froher Laune, mit freundlicher Neckerei, mit
endlosen Erinnerungen an besondere Weinjahre und an die
Männer, die damals den Most auspreßten. Sie redeten und
lachten, aber Levtheris und Evangelos begannen ihr Werk.

Zuerst träufelte, dann sprudelte der Most aus dem steinernen Mund des Bottichs in den kleineren Trog, der ihn

auffing. Ein Becher wurde hineingetaucht und den Alten mit einiger Feierlichkeit geboten; sie kosteten und wiegten wissend die Köpfe. »Das wird ein Wein – «, kam das Urteil, »ein Wein für die Panagia!«

Evangelos hielt ein im Treten und Stampfen.

»Weiter, Vangeli«, mahnte Levtheris heimlich. »Laß dir nicht anmerken, daß du müde bist.«

Das war es nicht, müde war er nicht. Aber – ein Wein für die Panagia! Gut, wenn es so war! Warum sollte er ihr nicht den Wein austreten? Er nahm den Tanz wieder auf und rief dem Ring der Nachbarn zu: »Singt denn keiner ein Lied für uns?«

»Oho«, lachte einer, »hört auf das Hähnchen da«, und er stimmte an: »Du mit dem runden Mund, du mit den süßen Augen –«

Die brüchigen Stimmen der Alten, die schrillen der Mädchen, die vollen und kräftigen Frauenstimmen und sogar die keuchende, atemlose des Evangelos fielen ein. Dann kamen die jungen Männer mit einer neuen Ladung Trauben auf den Hof, sie nahmen den Kehrreim auf, aber sie sangen mit Absicht doppelt so schnell. Wer konnte den Takt halten, noch dazu in der warmen, fast heißen Masse zerquetschter Trauben?

Und der Dunst. Evangelos glaubte nicht, es viel länger aushalten zu können. Immer schwerer wurde es ihm, die Knie zu heben, die Füße in den süßen Morast zurückzuschicken. »Levtheris«, murmelte er.

»Durchhalten«, gebot Levtheris.

Er hielt durch. Trotzdem, es war ein Glück, daß nicht lange darauf der Vater hinzukam.

»Seid ihr närrisch, ein solches Tempo anzugeben«, rief er streng. »Und ihr, danach zu treten«, schalt er die beiden im Bottich. »Kommt heraus!«

Sie gehorchten lachend. Simon ließ frisches Wasser bringen und schrubbte die eigenen Füße, schrubbte und spülte und schrubbte aufs neue. Nun stampfte *er* die Runden im

Bottich, langsam und gewichtig. Die jungen Narren konnten ausruhen.

So müde er war – und er war müde, alle Muskeln schmerzten von der ungewohnten Bewegung, selbst die des Nackens und der Arme – Evangelos war überaus zufrieden an diesem Abend. Er wußte, er spürte es in jeder Faser: Dies war sein Beruf, die Arbeit des Weinbauern war die seine, das Leben des Landmanns sein Leben.

Ein Wein für die Panagia! Sie sollte ihn haben, immer, in jedem Jahr, das ihn schenkte. Er gelobte es. Aber nicht den, der ihn anbaute, die Trauben erntete, sie austrat; nicht ihn selbst.

Auch in Klostergärten wuchs der Wein. Alle würden ihm das entgegenhalten, alle, die ihn ins Kloster drängen wollten. Ah, aber er wollte frei sein und auf eigenem Acker seine Trauben schneiden. Sie austreten wie heute, singend. Mönche sangen nicht bei der Arbeit.

Noch bevor sie in Rodhakion mit den Trauben fertig waren, traf der Baumeister ein, Bruder Demetrios, den das Kloster ihnen schickte. Ein ernster, schweigsamer Mann, aber ein großer Meister, hieß es – selbst in Konstantinopolis, der Hauptstadt des Reiches, hatte er Kirchen gebaut. Sein Ruf war glänzend, sein Name ging durch die Länder, aber eines Tages hatte er allen Ehren den Rücken gekehrt und war Mönch geworden.

Diesen hatte das Kloster ausgewählt, und es war nicht leicht gewesen, den Bau in der Schlucht zu übernehmen. Nur die Erklärung, daß die Allerheiligste selbst erschienen sei und dadurch ihren Wunsch ausgedrückt habe, vermochte ihn dazu zu bewegen. Denn er hatte nicht nur der Welt, sondern vor allem seiner Kunst entsagt.

Er wohnte im Haus des Priesters. Kyria Eusebia war zu einer ihrer Nichten gezogen, damit sie den Mönch nicht störe; Vater Gerasimos diente ihm wie ein junger, eingeschüchterter Novize.

Viel brauchte Bruder Demetrios nicht, weder gutes Essen noch weiches Lager. Er lebte fast nur von trockenem Brot und schlief auf dem nackten Boden. Aber einen Tisch brauchte er, einen großen Tisch für seine Entwürfe und Grundrisse. Zuerst allerdings wollte er hinauf zur Schlucht und sich den Bauplatz ansehen. Vater Gerasimos ließ Evangelos rufen, der auch ein Reittier für den Baumeister brachte, und zu dritt ritten sie hin.

Evangelos sah den hageren Mönch in seiner dunklen Kutte immer wieder von der Seite an. Das war er also, der Kirche und Kloster bauen würde. Aber konnte er Wunder wirken?

Er sah die düsteren, tiefliegenden Augen, den harten Mund. Der läßt nicht nach, dachte er. Ich hoffe nur, ich habe weiter nichts mit ihm zu tun. Ein heiliger Mann? Vater Gerasimos nannte ihn so. Mir kommt er vor, als ob man sich vor ihm fürchten könnte.

Sie standen in der Schlucht. Bruder Demetrios maß die Felsen mit scharfem Blick; würde er vor ihnen die Waffen strecken? Doch wohl nicht; er stieg zu der Stufe hinauf und untersuchte, ob sie sich eignen würde. Jede Spalte, jeden Buckel betrachtete er lange, er prüfte und rechnete schweigend. Dann gesellte er sich wieder zu Vater Gerasimos und sagte: »Der Bauplatz wird die Form bestimmen.«

»Haltet Ihr es denn für möglich, ehrwürdiger Bruder?«

»Sie will es, darum wird es möglich sein«, war die Antwort. Dann wollte der Baumeister wissen, wieviel Arbeiter das Dorf stellen würde und wieviel Männer mit einiger Erfahrung des Bauhandwerks darunter wären. Vater Gerasimos konnte ihm mit gutem Gewissen sagen, daß alle sich ein wenig darauf verständen.

Bruder Demetrios nickte, schon etwas abwesend. »Die Stufe erweitern«, murmelte er, »da und dort. Schräge Stützen von unten hinaufführen, das gibt noch etwas Raum; Vorratskammern einbauen, Keller. Jede Handbreit nützen. Stark muß alles sein, sehr stark, wenn es Kirche und Kloster tragen soll.« Er wandte sich dem Priester zu: »Den Altar – wo?«

»Spring hin, Vangeli, zeig uns die Stelle.«

Jetzt erst wurde dem Bruder Demetrios klar, wer sie hierhergeführt hatte: der Junge, dem die Allerheiligste erschienen war. Dort stand er, völlig unbefangen, wies auf die Nische –

»Auf die Knie«, schrie der Mönch, »auf die Knie, Unwürdiger!«

Vater Gerasimos stand fast das Herz still vor Schrecken. Mit Erleichterung sah er, daß Evangelos niedergekniet war. »Ein gutes Kind, Bruder Demetrios«, brachte er heraus, »nur – eben vom Lande – «

Der Mönch hatte sich wieder in der Gewalt, aber einen Augenblick lang war sein Gesicht fürchterlich gewesen.

»Wir müssen nun abwarten, ob unsere hohe Herrin es erlaubt, daß wir auf der andern Seite bauen«, sagte er tonlos.

»Freilich«, beeilte der alte Priester sich, ihm beizustimmen, »wir werden den Bittgang halten, gleich morgen schon.«

»Und die Nachtwache in der Kirche«, fügte der Mönch hinzu, »Nacht für Nacht, wenn wir den Bau beginnen.«

8

Nacht für Nacht erklangen die Preis- und Bittgesänge, wölkte sich Weihrauch vor den Ikonen, flackerten die Opferkerzen in der Kirche von Rodhakion.

Droben in der Schlucht fuhren die schweren Hacken in Gestein, das für die Ewigkeit verankert schien, rollten Blöcke, von Hebeln und vielen starken Armen bewegt, an ihren Platz, quälten sich Menschen bis an die äußerste

Grenze ihrer Kraft, strömte ihr Schweiß. In jeder Frühe flog eines jeden erster Blick zu den Werkzeugen, zu den begonnenen Stützmauern hin – war noch alles am rechten Ort, lagen die Steine in fester Reihe, wie sie sie am Vorabend verlassen hatten? Übte die Gottesmutter Nachsicht, war sie gütig und gnädig?

Sie mußte es wohl sein, denn sie gab kein Zeichen der Unzufriedenheit. Jeden Morgen fanden die Arbeiter alles in guter Ordnung. Keine Hacke, kein Brecheisen wanderte je in der Nacht auf geheimnisvolle Weise zur Felsnische hin, und einer sagte zum andern: »Es war sehr gut, daß wir ihr zuerst drüben den Altar gebaut haben. Sie hat eingesehen, daß wir gehorchen, aber nicht mehr vollbringen können, als in unsern Kräften steht.«

Evangelos blickte mit ganz anderen Gedanken hinüber. Ja, dort stand nun ein Altar. Sie hatten den großen Felsen, neben dem sie gestanden hatte, zertrümmert und die Brocken zum länglichen Rechteck gefügt, mit einer Steinplatte darauf und einem hohen Leuchter daneben. Den Leuchter hatte Theodoros gestiftet. Mit dem Rauch einer geweihten Kerze hatten sie ein Kreuz an die Wand gezeichnet und den Ort geheiligt. Die Weiße, Glänzende aber weilte nicht mehr dort.

Wie wirklich sie ihm nun wieder war. Längst war ihm das seltsame Erlebnis zu einem Traum geworden, fern und verblaßt; es wäre zerflossen wie ein Wolkenstreif, wenn der glühende Eifer der Dorfleute es ihm nicht immer wieder in den Sinn gerufen hätte. Er wußte selbst nicht recht, ob er glaubte oder nicht – sie aber, sie glaubten und wollten nicht wahrhaben, daß ihr Streben in einem Irrtum wurzeln könnte.

Sie, deren Gestalt er einmal dort drüben hatte schimmern sehen, war geflohen. Die Menschen hatten soviel Lärm und Zerstörung in ihre einsame Welt gebracht: Wie hätte sie's ertragen können? Die Wesen der Wildnis scheuten Unruhe, den Einbruch von Menschenstimmen in ihre Stille, Levtheris hatte es gesagt. Sie, die so hell und licht war, wie hätte sie das Krachen und Splittern und Poltern anhören können, wie den Anblick ihres Baches verwinden, erst so klar und rein, jetzt trüb von Erdreich und Geröll?

Scham und Reue überfielen ihn angesichts dieser Verwüstung. Das alles ist durch mich gekommen, dachte er. Doch, sie ist mir erschienen, ich weiß nicht, warum; sie hat mich erschreckt, ich könnte vielleicht sagen, es sei ihre eigene Schuld. Aber wie konnte sie wissen, was daraus werden würde?

»Eh, Junge, schläfst du?« fuhr eine scharfe Stimme ihn an. Hastig beugte er sich zu dem Steinhaufen nieder und beeilte sich, seinen Esel zu beladen. Er ließ das fruchtlose Sinnen, aber eine dunkle Trauer blieb zurück. Ihm war, als sei etwas Kostbares auf ewig verloren und dahin.

Evangelos war einer der ersten gewesen, die sich zur Arbeit in der Schlucht meldeten, und nicht, weil das ganze Dorf es von ihm erwartete. Ihm ging es darum, daß er von zu Hause fortkam, es überraschte ihn jedoch, daß sein Vater ihn ohne weiteres gehen ließ. Die Mutter freilich, die hätte ihn lieber bei sich behalten. Noch lieber wäre es ihr gewesen, wenn er in Kyria Zoës Haushalt eingetreten wäre, wie diese es gewünscht hatte. Aber Simon war nicht darauf eingegangen, er hatte die Ehre sehr bestimmt abgelehnt. Er war mittlerweile das Treiben um Evangelos so leid geworden, daß er beinahe froh war, den Sohn zum Kirchenbau herzuleihen. Wohl verlor er seinen willigsten Helfer gerade zu der Zeit, da er ihm wirklich nützlich war, aber das war das kleinere Übel.

Auch konnte er sich dieser Pflicht schlecht entziehen, die Nachbarn hätten es ihm stark verübelt. Und mit einiger Bitterkeit sagte Simon sich, daß dieses Opfer nicht das einzige bleiben würde. Kirche und Gemeinde erwarteten sicher noch manches andere von ihm.

Die Kirche mußte gebaut werden, das gab Simon ohne Widerspruch zu. Aber er meinte, es sollte auf nüchterne und ordentliche Weise geschehen, ohne Verstiegenheit und Schwärmerei.

Die Männer, die das Werk begonnen hatten, griffen fest zu und förderten es mit aller Kraft, Evangelos war gut bei ihnen aufgehoben. Und er erlernte ein achtbares Handwerk dabei, das auch. Wenn auch sie alle hier ein schlichtes Gemäuer errichten konnten, ein Kirchen-, ein Klosterbau unter einem Meister wie Bruder Demetrios war etwas ganz anderes.

»Was braucht er ein Handwerk zu erlernen, da er doch ein heiliger Mönch werden wird?« wandte Paraskevi ein.

»Schweig, Frau«, befahl er und fügte hinzu: »Es ist noch nicht sicher, ob er ein Mönch werden kann.«

Paraskevi schwieg; sie wußte, worauf er anspielte. Es gab ein Hindernis, von dem man in Dorf und Priesterhaus nichts ahnte, vor allem wußte Kyria Zoë nichts davon. Paraskevi hoffte und wünschte, daß dieses Hindernis sich schnellstens in Nichts auflösen möchte; Kerze auf Kerze zündete sie vor dem Bild der Allerheiligsten an, und es schien, als sollte ihre Bitte erhört werden.

Am letzten Abend der Bittandachten, als Simon die Kirche verließ, gesellte sich der Schmied zu ihm, sein guter Freund.

»Gehen wir den Weg durch die Gärten«, schlug er ihm vor, und Simon stimmte zu: »Gehen wir.«

Er wußte, was Antonis wollte – das mit ihm besprechen, was nicht länger warten durfte.

Der Abend war schön und still, der Vollmond leuchtete ihnen. Sie schwiegen lange. Schließlich sagte Simon: »Rede.«

Der Schmied darauf: »Ja. Nur wird es mir nicht leicht. Was wir zwei vor Jahren abgemacht haben –«

»Deine Eleni und mein Evangelos«, murmelte Simon.

Antonis nickte. »Nun höre ich aber, er soll Mönch werden.«

»Sie sagen, die Panagia will es so«, wich Simon aus.

»Und du, was sagst du?« drängte Antonis.

»Ich sage nur, wenn die Geschichte doch aus der Welt wäre!« rief Simon heftig.

Sie schwiegen wieder und kehrten um.

»Glaube nicht, daß ich dich zwingen will, dein Wort zu halten«, begann der Schmied von neuem und sehr vorsichtig. »Außer uns beiden und unsern Frauen weiß niemand davon. Der Junge weiß wohl auch nichts?«

»Nein, wir haben nie mit ihm darüber gesprochen.«

»Es war ja auch noch kein festes Verlöbnis«, meinte Antonis. Es klang sehr erleichtert. »Ich halte dich also nicht, ich gebe dir dein Wort zurück. Da die Panagia es will . . .«

Damit fiel die einzige Tür zu, durch die Evangelos seinem Geschick hätte entweichen können. Denn kein Kloster nahm einen Novizen auf, der ein Ehe-Verlöbnis gebrochen hatte, um sein Leben gänzlich Gott zu weihen.

Die Stützmauern wuchsen zu beachtlicher Höhe, unzählige Eselladungen an Erde und Geröll füllten den Hohlraum dahinter. Ein ebener Streifen entstand, hier schmal, da breiter, nirgends breit genug zu nennen – aber der Bauplatz war geschaffen, das feste Fundament für Kammern, Gänge und Kellerräume war da. Diese wiederum würden Klosterhof und Zellen tragen, Kirche und Refektorium, all das dicht an den hohen Fels gemauert. Wie Schwalbennester, dachte Evangelos.

Bisher war seine Arbeit schwere, eintönige Mühe gewesen, die auch von ihm das äußerste an Kraft verlangte. Von früh bis spät füllte er die Körbe zu beiden Seiten des Eselrückens mit Erde oder Steinbrocken, trieb das Tier mit seiner Last zum Bau, leerte die Körbe und begann von neuem, ein Glied der Kette von Männern und Tieren, die den Mauern Baustoffe zuführten. Er fühlte sich sehr bald wohl dabei, seine Kräfte wuchsen; alle Arbeit im Freien freute ihn von jeher. Beinahe vergaß er, woraufhin dieses emsige Wühlen und Wirken zielte. Er ging völlig in der regen Tätigkeit und in der Gemeinschaft der Werkleute auf.

Sie waren freundlich, sie behandelten ihn wie einen ihresgleichen, so jung er war. Das machte ihn stolz, er reckte sich, er griff noch eifriger zu.

Aber einer war da, den scheute Evangelos: den Baumeister selber, Bruder Demetrios. Der, meinte er, konnte einem den hellsten Tag verdunkeln. Wenn er dessen finsteren und doch brennenden Blick spürte, beschlich ihn ein Unbehagen, fast so etwas wie Furcht, und er drückte sich eiligst hinter den nächsten breiten Rücken. Aber der Mönch war nicht alle Tage auf der Baustelle; er arbeitete im Dorf, im Priesterhaus an seinen Plänen, er war tagelang unterwegs, um Balken einzuhandeln oder tüchtige Steinmetzen zu dingen, vor allem aber gab es lange Unterredungen mit Kyria Zoë, die den Klosterbau allein betrafen. Dann war es Evangelos, als sei eine schwere und drohende Wolke fortgezogen.

Er wußte nicht, warum er den Mann fürchtete. Er sagte sich oft: »Er ist ein Mönch, ein Heiliger beinah – wie könnte er Böses tun!« Es half nicht, ihm war nicht wohl in Bruder Demetrios' Nähe. Er spürte dessen verborgene Feindseligkeit, deren Grund er nicht wußte, die er sich nicht erklären konnte, und doch merkte er, daß sie bestand.

Mit der zweiten Schicht freiwilliger Arbeiter kam Levtheris, um einen Kalkofen herzurichten. Er ließ sich als Gehilfen Evangelos zuweisen, da waren sie abseits von der Schar, es war wieder wie damals bei den Meilern. »Schönes Leben«, sagte Evangelos und lachte.

Noch war das Wetter hell und heiter, wenig Regen war gefallen. Es gab kein Anzeichen eines frühen Winters. Die Leute hofften, noch mehrere Wochen bei der Arbeit bleiben zu können und ein gutes Stück voranzukommen, bevor Sturm und Kälte sie von der Höhe vertrieben. Es waren jetzt nicht mehr so viele wie am Anfang, denn die Olivenernte sollte beginnen; das Dorf konnte nur wenige Männer entbehren.

Der Kalkofen war schnell gebaut, ein offenes Mauer-

werk, wie ein Hufeisen geformt. Auch als es an die nächste
Aufgabe ging, behielt er seinen Handlanger, und wenn der
Baumeister nun auch wieder öfter heraufkam, seine düsteren Blicke konnten nicht soviel ausrichten. Evangelos fühlte
sich in Sicherheit an Levtheris' Seite, ging jedoch Bruder Demetrios aus dem Weg, so gut es ihm möglich war. Meist
glückte es ihm, obschon es die Zelle für den Mönch war, an
der sie im Augenblick bauten.

»Verstehst du das?« fragte Levtheris, einen Stein in der
Hand wiegend und ihn achtsam in den feuchten Mörtel bet-
tend. »Hier will er leben, in diesem Loch!« Er rückte den
Stein um eine Kleinigkeit zurecht, trat zurück und blickte mit
Mißfallen auf die zukünftige Behausung des Baumeisters.

Die Stelle, die Bruder Demetrios sich erwählt hatte, war
eine Felsspalte hinter dem Bauplatz, durch eine vorsprin-
gende Klippe von diesem geschieden. Dem Spalt sollte nur
ein rohes Mauerwerk hinzugefügt werden, eigentlich nicht
mehr als zwei niedrige Wände mit der Klippe als der dritten;
die Rückwand bildete der Berg. Gedeckt wurde die Zelle mit
Kiefernstämmchen und Reisig, darüber schichteten sie Erde
und beschwerten das notdürftige Dach mit Steinen. Drinnen
durften sie kaum den Boden ein wenig glätten, nur eine
Steinbank bauten sie: die sollte Sitz und Lager zugleich sein.
Levtheris und Evangelos betrachteten ihr Werk mit Kopf-
schütteln, aber so hatte Bruder Demetrios es befohlen, und
so hatten sie es ausgeführt.

»Ah«, meinten die Männer, die ab und zu kamen und ihnen zuschauten, »er ist ein Heiliger.« Einer streckte sich auf
der Steinbank aus und wiederholte mit einer Grimasse:
»Wirklich ein Heiliger«, sprang auf und rieb sich den Rük-
ken. Auch dieser Mann konnte, wie sie alle, auf hartem Erd-
boden so gut schlafen wie andere in einem Bett, aber, rief er,
man legte sich doch keine groben Steinbrocken unter!

Schwere Regengüsse machten der Arbeit ein Ende. Die
Leute kehrten ins Dorf zurück; nur Bruder Demetrios wollte
in der Schlucht bleiben, ein Einsiedler in seiner engen Zelle.

Sie hatten getan, was sie konnten, um sie ihm ein wenig erträglicher herzurichten, ihm das steinerne Bett mit Kiefernstreu bedeckt, ihm eine härene Decke und einiges an Vorräten dagelassen. Außerdem sollte Theodoros einmal in der Woche zu ihm hinaufreiten und ihm das Nötigste an Nahrung bringen.

»Trotzdem –«, sagte Evangelos. Er schickte einen Blick in die Runde, auf die Felswände, schwarz vor Nässe, auf die trostlose Behausung, und ihn schauderte. »Levtheris«, fragte er, »nicht einmal ein Feuer –?«

»Ach, es regnet nicht immer«, meinte Levtheris ungerührt. Er fügte aber doch schnell ein paar schwere Steine zur schlichtesten Feuerstätte zusammen, so, daß der Rauch durch den Spalt abziehen konnte. »Wenn er bis zum Januar hierbleibt, wird er den Winter zu spüren bekommen«, bemerkte er, als sie ins Freie traten.

»Schnee«, nickte Evangelos.

»Wölfe«, fügte Levtheris hinzu. Er rüttelte an der Plankentür: »Die ist fest«, sagte er zufrieden. Sie verließen den unfreundlichen Ort, ohne sich umzusehen.

Die anderen Arbeiter waren ihnen weit voraus, die beiden Freunde hatten den Weg für sich. Ihre Esel trabten eilig bergab, einer ein wenig vor dem andern, ihre langen Ohren spielten vergnügt, weil es heimwärts ging. Evangelos sang, und Levtheris nahm den Kehrreim auf. Plötzlich brach er ab und rief: »Vangeli, hör mir zu.«

Der Junge wandte sich um, eine Hand auf die Kruppe des Esels gestützt: »Ja, was ist?«

»Dieser Mönch, dieser Bruder Demetrios – hat er etwas gegen dich?«

»Was soll er gegen mich haben?«

»Ich weiß nicht – vielleicht hast du ihn geärgert?«

»Ich? Nein. Wie kommst du darauf?«

»Nur so. Ich habe bemerkt, wie er dich ansieht.«

Evangelos rückte unbehaglich die Schultern. »Ja, die Augen«, stimmte er zu, »unheimlich.«

Levtheris schwieg einen Augenblick oder zwei. Dann fuhr er fort: »Wenn er nicht ein heiliger Mann wäre, würde ich sagen, er hat den bösen Blick. Ist dir etwas zugestoßen, seit du unter ihm arbeitest?«

»Nichts. Er spricht auch nie mit mir. Aber ich habe Angst vor ihm, ich weiß nicht, warum.«

»Siehst du«, sagte Levtheris. »Heiliger Mönch oder nicht, nimm dich vor ihm in acht, ich rate es dir.«

Evangelos versprach es, drängte aber den Baumeister und seine unheimlichen Augen in den Hintergrund. Es ging nach Hause, und er freute sich auf zu Hause.

9

Er war mehrere Wochen lang fort gewesen, und er kehrte heim zu einem Willkommen, wie er es sich herzlicher nicht hätte wünschen können. Der Lieblingsbruder seiner kleinen Schwestern war er immer gewesen; nun schien er der Lieblingssohn seiner Mutter geworden zu sein. Sie konnte sich nicht genug tun an Lobsprüchen und kleinen Diensten, sie selbst versorgte ihn, legte ihm das Beste der Speisen vor, lief nach diesem, nach jenem Leckerbissen, den sie für ihn vorbereitet hatte.

»Mutter«, bat er endlich, rot vor Verlegenheit, »laß es gut sein, ich habe genug, es ist zuviel!«

Aber sie jammerte, weil er nicht alles nahm, das sie ihm bot, und mit dem nächsten Atemzug rühmte sie seine Bescheidenheit. Alle Gevatterinnen und Nachbarinnen, die hinzugekommen waren, drehten ihre Spindeln und wiegten die weisen Köpfe: »Ist es etwa nicht wahr, was sie sagt?«

Evangelos entfloh ihnen und lief zum Olivenacker.

Am nächsten Morgen gingen sie alle hinaus, sogar die

kleinen Schwestern mußten mit und die schwärzlichen Früchte sammeln helfen. Wie große bunte Käfer kriechen sie herum, dachte Evangelos, der durch Gezweig und feine graue Blätter hinunterblickte. Er stieg auf den starken Ästen umher und schlug mit seiner Stange auf die beladenen Zweige, so daß die reifen Früchte zu Boden prasselten wie dunkler Hagel. Unten waren große Laken ausgebreitet, auf daß sauber geerntet würde, denn die Oliven von Rodhakion gaben ein feines und kostbares Öl. Mit diesem Öl bestritten sie den größten Teil ihrer Abgaben an Agia Triadha.

In breiten, flachen Stufen stieg das Gelände an; jede dieser Stufen stützten festgefügte Mauern. Links und rechts an Simons Äcker fügten sich die der Nachbarn, immer der Kontur des Hanges folgend. Überall bot sich das gleiche frohe und bewegte Bild: die Jungen und die Männer in den weitausladenden Kronen, die Mädchen und Frauen unten, emsig klaubend und in Körben sammelnd, was unablässig von oben regnete. Viel Scherz flog hin und her, noch mehr von unten nach oben als umgekehrt. Die Frauen von Rodhakion hatten einen scharfen, treffenden Witz und flinke Zungen. Sogar Simon lächelte, er sagte nicht ein einziges Mal: »Schweigt, ihr da unten!« Denn die Ernte war reich, es war ein gutes Jahr. Selbst das Wetter half ihnen, selten unterbrach Regen die Arbeit.

»Die Gnade der Panagia«, sagte Theodoros. »Sie gibt so reichlich, weil wir ihr Kirche und Kloster bauen.« Er sagte es oft, denn er stieg überall zwischen den rastlos Arbeitenden umher und legte ihnen ans Herz, der Allerheiligsten Preis und Dank für ihre Güte zu zollen. Die Nachbarn lachten ein wenig über ihn, aber nicht boshaft, und einer, Petros, hob ihm den vollen Korb entgegen: »Nimm, trag ihn hinauf!«

Wahrhaftig, immer noch predigend hob er den Korb auf die Schulter und trug ihn dahin, wo die Esel auf ihre Lasten warteten.

Evangelos sah ihn lieber gehen als kommen. Sicher war der Mann harmlos, ein wenig lächerlich sogar, aber er ließ ihn nie vergessen, daß ihm, Evangelos, das Kloster bestimmt sei. Wo immer er den Jungen traf, grüßte und beglückwünschte er ihn als den Auserwählten der Panagia, lenkte er die Aufmerksamkeit anderer auf ihn, suchte er ihn in geistliche Gespräche zu verwickeln. Ein lästiger Mensch, dachte Evangelos voller Überdruß, ein verdrehter Kopf – kann er mich nicht in Ruhe lassen?

Nein, das konnten sie nicht, weder Theodoros noch etliche andere von seiner Art. »Nimm es nicht ernst«, riet ihm Levtheris, »kümmere dich nicht darum. Sprich nicht – oder so wenig wie möglich.«

Guter Rat; Evangelos suchte ihn zu befolgen. Trotzdem wurde es ihm oft schwer, die Geduld zu bewahren. Wie sie steif und fest darauf bestanden, daß er Mönch würde! Immer zielte alles darauf hin, selbst ihr Scherz. »So ist es recht«, hieß es, »du baust dir selbst die Zelle dort oben«, und: »Ja, dann wird sie so, wie er sie haben will.«

»Wie, im Kittel, noch nicht in der Kutte?« rief man ihm zu, und »Mönchlein« war sein Spitzname unter den Jüngeren, deren Anführer seine Brüder Alekos und Pantelis waren. Da hatte Levtheris leicht »Kümmere dich nicht« sagen. Evangelos kümmerte sich schließlich doch. Er ärgerte sich heftig, wenn auch im stillen, darüber, und die erste Freude des Wiederdaheimseins war ihm vergällt.

An schönen, trockenen Tagen zogen immer noch einzelne Männer zur Baustelle hinauf und förderten das Werk. Sie berichteten, daß der Baumeister, der Einsiedler, in seiner Zelle völlig dem Schweigen verfallen und noch finsterer sei als zuvor. Aber die Einsamkeit und Kälte schien er besser zu ertragen, als sie erwartet hatten. »Ein harter Mann«, urteilten die Dörfler.

Dann fiel dort oben Schnee. Nur Theodoros ritt noch zu dem Eremiten hinauf, um ihm den Beutel mit zweifach gebackenem Brot zu bringen, hin und wieder auch einen Käse,

einen Krug mit Öl. »Ein großer Heiliger«, erzählte er voll
Bewunderung, »er ißt nur das Brot, er trinkt nur Wasser . . .
mit dem Öl füllt er die Lampe des Altars . . .«

Vater Gerasimos machte sich trotzdem Sorgen: »Wenn er
uns nur nicht eingeht da droben. Hunger und Kälte – vielleicht kasteit er sich auch sonst noch. Er muß doch die Kirche bauen; was tun wir ohne ihn, wenn er den Winter nicht
übersteht?«

Aber Kyria Zoë beruhigte ihn. Sie war überzeugt, die Panagia würde den heiligen Eremiten für die ihr wohlgefäl-
lige Aufgabe erhalten. Die Priesterfrau war ganz derselben
Meinung.

Der Januar ging dahin, kalt und naß, wie er sein mußte,
mit scharfen Winden. In den engen Räumen glimmten die
Holzkohlebecken, und wer nicht gerade viel zu tun hatte,
saß mit den Alten im Kreis und hielt die Hände über die
wärmende Glut. Niemand kam nach Rodhakion, niemand
ging fort. Die Ölpressen drehten sich, riesige Mahlsteine in
ihren Bottichen, sonst aber ruhten alle größeren Arbeiten.

Mit dem Februar kam eine andere Luft, wurde die Sonne
stärker, und auf den Mauern hing wieder Wäsche zum
Trocknen. Paraskevi rüstete für die Reise ihres Sohnes
Evangelos zum Kloster Agia Triadha.

Denn Vater Gerasimos hatte Bescheid erhalten, er möge
den künftigen Novizen bringen, damit man seine Eignung
für das mönchische Leben prüfe. Als Evangelos das hörte,
war ihm, als stürze alles über ihm zusammen. Die ersten
Frühlingstage hatte er mit den Schafen draußen verbracht,
auf den oberen Hängen, in voller Freiheit. Jetzt fühlte er
sich wie der Vogel im Netz. Der flatterte auch, krallte sich in
die Maschen, atmete in seiner schrecklichen Angst mit weit
geöffnetem Schnabel – wie ihm das kleine Herz pochen
mußte! So, wie jetzt sein eigenes Herz schlug, hart und heftig. Es gab wohl kein Entkommen mehr.

Und doch sträubte er sich noch. Er wolle nicht, er ginge
nicht hin, sie könnten ihn nicht zwingen! Da begann das

Zureden, das der einen schmeichelnd, das der andern ungestüm, fast war es ein Drohen. Nur sein Vater, Simon, mischte sich nicht ein.

»Vater«, flehte Evangelos, da sie nicht von ihm abließen – die Mutter, die halbe Sippschaft, die Nachbarn, die Patin –, »Vater, so sprich doch! Du weißt, daß ich nicht will!«

»Was ist dabei, wenn du ein paar Tage im Kloster verbringst«, wich Simon aus. »Du siehst es dir an, lernst, wie es dort zugeht –«

»Vater!«

Es klang so enttäuscht, so vorwurfsvoll, daß Simon sich beinahe schämte. »Laßt ihn in Ruhe«, sagte er schließlich.

»Schande«, rief Paraskevi aufgebracht, »das sagst du nur, weil du ihn auf dem Hof behalten willst! Du hast drei Söhne: einen davon verlangt die Panagia. Kannst du ihn ihr abschlagen?«

Drei, vier Basen, die am Eingang ihre Spindeln drehten, hoben ihr Kinn und erklärten: »Er kann es nicht.«

Der Großvater im Winkel bekräftigte: »So ist es.«

Simon hob die Hände in einer fast hilflosen Bewegung, sah Evangelos an und sagte: »Siehst du?«

Evangelos wandte sich ab. Im Dorf ging das Gerücht um, unglaublich, unvorstellbar: Der Evangelos weigere sich, dem Ruf des Klosters zu folgen.

Dennoch sah man ihn wenige Tage später an Vater Gerasimos' Seite das Dorf verlassen, in neuen Kleidern und sogar Schuhen. Mit unbewegtem Gesicht erwiderte er jeden Gruß; auch der Priester blickte nicht eben fröhlich drein. So hatte er sich doch ergeben – zum Glück, sagten die Leute. Es wäre nicht auszudenken, was sonst ihr Dorf befallen hätte.

Als sie Rodhakion hinter sich hatten, als die Gegend, durch die sie ritten, nicht mehr ganz vertraut war, sondern fremde Züge annahm, löste sich Evangelos' Starrheit. Er lebte auf, blickte um sich und fing an, nach diesem und jenem zu fragen. Erleichtert antwortete Vater Gerasimos; es war ihm schwergefallen, den Jungen wie einen Verurteilten fortzuführen.

Tausend lachende Anemonengesichter besternten den rötlichen Boden, purpurn, weiß, blauviolett, rosa. Sie hatten kaum Stiele, sie hockten dicht an der harten Erde, oft zertreten, und strahlten doch in den Tag. Elstern schrien, Wildtauben gurrten – lauter Stimmen, die Evangelos tausendmal gehört hatte; lauter Blumen, über die er achtlos dahingelaufen war. Jetzt sah und hörte er, wie es schien, mit neuen Sinnen. Die Blumen blühten leuchtender, die Vögel lärmten lustiger; er war auf einer Reise, alles war neu. Das wollte er auskosten und an das Ziel nicht denken.

Der Priester kannte den Weg und die Umgebung und wußte von diesem Gehöft, von jenem Ort zu erzählen: wie sie hier einen merkwürdigen Fastnachtsbrauch einhielten und dort ihr Osterfest feierten; jene Kirche sei berühmt wegen ihres ausgezeichneten Psaltisten . . .

Fern gleißte ein blanker Streif, das Meer. »Wart Ihr jemals dort, Pater mou?« fragte Evangelos. Und er ließ sich berichten von geschäftigen Häfen, von Schiffen, die von weit her kamen, von den großen Wogen, die der Sturm ans Land trieb, von den silbern und golden glänzenden Fischen, die in den Netzen der Fischer zappelten. Da blitzten Evangelos' Augen: Dergleichen hörte er lieber als von Osterbräuchen und Psaltisten.

Bei einem lichten Gehölz hielten sie an und brachen ihr Brot, in Gesellschaft eines Ziegenhirten und seiner buntscheckigen Herde. Er gab ihnen frische Milch in einer hölzernen Schale, und sie bedankten sich mit etwas mürbem Gebäck, das Kyria Eusebia ihnen mitgegeben hatte. Der Hirt, ein Junge etwa in Evangelos' Alter, genoß die unverhoffte Begegnung mit den fremden Reisenden wie ein Fest. Er dankte ihnen immer wieder für ihre Freundlichkeit, für ihre Herablassung, er küßte dem Priester die Hände, als die beiden aufbrachen; er blickte ihnen lange nach. Evangelos, der sich umwandte, sah ihn stehen, auf seinen Stab gestützt – ein armer, abgerissener, halbwilder Mensch. Und doch brannte er plötzlich vor Neid.

Der war frei! Den zwang niemand in die Kutte. Frei wie Wind und Wolken, die ganze lichte Welt war sein. Er konnte hindurchziehen, so weit und so lange sie ihm Futter für seine Herde bot.

Da wurde es wieder düster in ihm. Die liebliche Gegend konnte ihn nicht mehr erheitern. Schweigend verging Stunde auf Stunde des langen Ritts.

»Sieh, Vangeli«, rief Vater Gerasimos endlich. Er wies auf bräunliche Dächer und Kuppeln. Agia Triadha war nun ganz nahe.

Das Kloster empfing sie freundlich, wie alle Reisenden, die an seine Tür klopften. Der Bruder Gastpfleger wies ihnen im Hospiz ihre Lager an, und sie ruhten ein wenig, müde vom weiten Weg. Dann wurden sie zum Abendbrot gerufen.

Außer ihnen waren wenige Gäste im Kloster. Vor jeden wurde eine Schale mit steifem Linsenbrei gesetzt; an jedem Platz lag auf hölzernem Teller ein kleiner Brotlaib. Ein Krüglein dünnen, sauern Weines gehörte dazu – das war die Mahlzeit, die das Kloster seinen Gästen spendete. Aber Evangelos wußte, daß sie im Speisesaal der Mönche noch kärglicher war. Er war hungrig und aß mit Genuß, nur den Wein lehnte er ab und bat um Wasser. Er erhielt es, kaltes, kristallklares Klosterbrunnenwasser. Eigentlich das beste von allem, dachte Evangelos, aber auch der Brei war nicht schlecht . . . Wäre nicht schlecht gewesen, berichtigte er sich, wenn sie ein wenig Öl hinzugetan hätten! Was fingen die Mönche nur mit all dem guten Öl an, das Rodhakion ihnen schickte? Und nicht allein Rodhakion, auch die andern Dörfer – noch drei andere Dörfer, alle reich an Ölbäumen.

Er behielt seine Gedanken für sich, denn der Mönch, der sie bewirtete, saß neben Vater Gerasimos und führte ein langes und ernsthaftes Gespräch mit ihm. Evangelos hörte ihnen nicht zu, er staunte die bemalten Wände des Raumes an. So viele Heilige und Engel und fromme Bischöfe! So kunstreich dargestellt, es war, als lebten sie. Schade, daß es schon dämmerte. Morgen, er versprach es sich, wollte er das alles genau ansehen, bei Tageslicht.

Dieses »Morgen« begann schon vor Sonnenaufgang, als die hohe Tür der Kirche dem Volk aufgetan wurde, zum ersten Gottesdienst des Tages. Die Mönche, erklärte Vater Gerasimos, hatten den größten Teil der Nacht mit Gesang und Gebeten zugebracht. Es gab kein Frühmahl, nicht einmal ein Stück trockenes Brot für die Gäste; sie betraten den Speisesaal gar nicht, sondern eilten von ihrer Kammer sofort zur Kirche. Aber die Pracht, in die Evangelos an diesem Morgen trat, verschlug ihm den Atem.

Hier war kein Halbdunkel, sondern der goldene Schein unzähliger Kerzen- und Lampenflämmchen. Unter den Gewölben hingen erzene Reifen, die brennende Öllampen trugen, links und rechts und überall. Sie warfen ihr Licht auf vielfarbige Mosaikbilder, auf Ikonen, mit Silber beschlagen, auf die granatblütenrote Seide eines Vorhangs. Evangelos stand wie verzaubert und starrte nur. Ein leiser Stoß erinnerte ihn an seine Pflicht, er erschrak, schlug sein Kreuz und küßte die Ikone, zu der Vater Gerasimos ihn hinschob. Dann vergaß er das Frommsein wieder, sein Sinn schwamm mit Weihrauchwolken zur Höhe, zur Kuppel hinauf, in der ein strenger Christ Pantokrator umgeben von seinen Aposteln thronte; er wurde von den Wellen der Hymnen fortgetragen, ihm schien es, in blaue, grüne, goldene Grotten hinein. Aber in seinem Innern erhob sich eine Stimme, die ihn zurückrief. Sein Blick fiel auf ein Bild, das ihm vertraut war: ein Esel, auf dem ein schmaler weißgewandeter Mann in eine Stadt einritt, der Christós, ja, und die Stadt hieß Hierusalim, die hochgebaute. Eine große

Menge Volkes begleitete den Erlöser, streute Blumen, breitete Gewänder auf den Weg und schwang Palmen. Auf dieses Bild, besonders auf das Eselchen, heftete Evangelos seinen Blick und ließ sich nicht mehr zu blauen, grünen, goldenen Grotten wegschwemmen.

Stunden später brachen sie ihr Brot in dem Saal mit den bemalten Wänden, die Evangelos nun nicht mehr ganz so wundersam erschienen, nicht nach all den Wundern der Kirche. Dennoch betrachtete er sie eingehend. Er hatte reichlich Zeit dazu, denn sie mußten lange warten, bis sie zum Empfang gerufen wurden.

Zwei Mönche hohen Ranges erwarteten sie in dem weißen, kühlen Gemach: der Meister des Noviziats und der Leiter der Klosterschule. Vater Gerasimos wurde gütig begrüßt und sogleich wieder entlassen. Evangelos stand vor seinen Prüfern, allein.

Gestern unterwegs, dann am Abend und während des langen Wartens heute morgen hatte der Priester ihm unermüdlich eingeschärft: »Antworte ohne Furcht, sprich nur die Wahrheit, gib dich, wie du bist – dann kann's nicht fehlen. Aber verweigere nie eine Antwort.«

Es wäre ein guter Rat gewesen, wenn Evangelos den Wunsch gehabt hätte, ins Noviziat einzutreten. Zuerst hatte er gedacht, er brauche nur das Gegenteil zu tun von dem, was der gute alte Mann ihm anbefahl: furchtsam antworten, statt der Wahrheit die halbe Lüge geben, anders scheinen, als er war. Aber das lag ihm nicht. Auch meinte er, man müßte wohl recht klug sein, um es überzeugend anzubringen. Er würde antworten, so gut und ehrlich er konnte; mochten die Herren daraus machen, was sie wollten.

Unter der geschickten Fragestellung der beiden erfahrenen Lehrmeister gelang es ihm nicht schlecht, den geraden Weg zu gehen. Manchmal erfaßte er nicht sogleich, was man von ihm wollte, es wurde ihm schwer, freimütig zu bejahen oder zu verneinen. Geduldig formulierte der Fragende dies oder jenes anders, schlichter, und es ging wieder vorwärts. Er mußte erzählen, was er von der Geburt des Erlösers wußte, von seinem Opfertod, von der Auferstehung; damit war Evangelos wie alle Kinder seines Dorfes völlig vertraut. Der Präzeptor fragte ihn, welches Ereignis im Leben des Herrn ihm das liebste sei. Er dachte an das Mosaikbild in der Kirche, an das er sich gehalten hatte, und antwortete: »Der Einzug in Hierusalim.« Als er dann sagen sollte, warum gerade dieses, da mochte er nicht sagen, des Esels wegen – er wurde rot und murmelte etwas von Hosiannah und Palmen, faßte sich aber und fügte hinzu: »Wie ein Panegiri war es –« Die beiden Herren lächelten.

Sie nannten ihm einen Hymnos, den der Karfreitag-Nacht: »Sing ihn«, befahlen sie. Und dann horchten sie auf. Die Stimme des Jungen, noch nicht gebrochen, stieg empor wie eine Lerche. Aber von Verständnis für den Inhalt, für seinen Ernst und seine schmerzliche Klage war bei Evangelos' Gesang nichts zu spüren. Er war ganz einfach glockenhell, ganz ohne inneres Gefühl.

Soweit war alles gutgegangen, aber jetzt kam das, was er heimlich fürchtete und scheute, die Frage nach der Erscheinung in der Schlucht. Die weisen Mönche merkten es gleich, hier stießen sie auf Abwehr. Der Junge verschloß sich, mehr als ein Ja oder ein Nein brachten sie nicht aus ihm heraus.

»Hat die Allerheiligste dir befohlen zu schweigen?«

»Nein.«

»Du willst nicht darüber reden?«

»So ist es.«

Es war merkwürdig, zumindest ungewöhnlich. Sonst konnte man Menschen, die gelaufen kamen und von Visionen berichteten, kaum zum Einhalten bringen, so eifrig sprudelten sie hervor, was sie erfüllte. Sie waren außer sich, oft in großer Verwirrung – dieser Junge aber behielt nicht nur den Kopf, es schien sogar ein wacher und vernünftiger Kopf zu sein. Und von Gesprudel war nicht zu reden, eher vom Gegenteil.

»Was du erlebt hast, ist dir teuer, du willst es für dich behalten, in deiner Seele?« forschte der Präzeptor behutsam.

Evangelos war dankbar für diese Frage. Er konnte zustimmend darauf antworten, und er tat es. Das leise Lächeln, ein fast unmerkliches, mit dem er sein »Ja« sprach, entging dem Hochwürdigen nicht. Doch, er hat wirklich etwas gesehen, dachte er. Er fabuliert nicht.

»Hast du nochmals diese Erscheinung erblickt?«

»Nie.«

Er spricht die Wahrheit, dachte auch der Novizenmeister.

»Jenes war das erste und einzige Mal?«

»Das erste und einzige Mal.«

Sie entließen ihn, indem sie ihm die Erlaubnis erteilten, frei überall hinzugehen, in die Werkstätten und Küchen, in die Gärten und Höfe des Klosters. Ein junger Mönch wurde gerufen, in dessen Obhut sie ihn gaben. Evangelos grüßte, froh, die Prüfung hinter sich zu haben, und ging hinter Bruder Adamantios aus der Tür.

An diesem Tage sah Evangelos wahre Wunder. Er durfte fleißigen Mönchen zuschauen, die Farben rieben und mischten, um damit Heilige und Märtyrer auf Tafeln von Zypressenholz zu malen, und andere, die diesen Tafeln den kostbaren Goldgrund auflegten. Er sah auch die Werkstatt, in der die Tafeln hergestellt wurden, und eine andere, in der ein mönchischer Künstler das Schnitzmesser führte. Er durfte ein Kästchen aus Elfenbein in die Hand nehmen, damit er die winzigen Figuren, die zierlichen Ranken und Sinnbilder, mit denen es bedeckt war, genau betrachten konnte. Es war das erstemal, daß er ein solches Ding sah, und die Mönche freuten sich an seinem ehrfürchtigen Staunen.

Sie sahen in einem andern Gebäude die Brüder Schuhmacher in ihrem Winkel und die Gewandkammer der Mönche, in der ihnen jede Woche eine frische Kutte verabreicht wurde; die große Küche mit ihrer ruhigen Geschäftigkeit und den Raum des Arztes neben dem Krankensaal. Zum Schluß kamen sie in die Bibliothek des Klosters und gleich daneben zu der Schule, in der die jüngsten Novizen lernten, die Schriften der heiligen Kirchenväter zu lesen und zu verstehen. Auch Schriftzeichen sauber und akkurat nachzumalen lernten sie, um später, als Mönche, solche Bücher abzuschreiben und zu vervielfältigen.

Überall sah Evangelos die gleiche bienenfleißige Beschäftigung zu Ehren und Gewinn des Klosters und darüber hinaus zum Ruhm ihres Schöpfers und seiner hochheiligen Mutter, der sie dienten.

Wahrhaftig, solch ein Kloster war eine kleine Stadt. Draußen die langen Schuppen, in denen zahlreiches Gesinde Leinen webte und das schwerere Zeug für Mönchshabite, wo unter der Leitung der frommen Brüder Garne gefärbt und Leder gegerbt wurden – alles wird hier betrieben, alles, dachte Evangelos tief beeindruckt.

Wirklich begeistert aber war er, als ihm die Klostermühle gezeigt wurde. In den Schulsaal hatte er hineingeblickt, als ginge er ihn nichts an, nicht eine Frage hatte er gestellt und die Schüler höchstens mit flüchtigem Mitleid angesehen. Hier nun wurde er lebendig! Er wollte alles genau erklärt haben und verriet dabei ein gutes Verständnis, eine schnelle Auffassung. Er ließ von dem Mehl, feiner als das Mehl daheim, etwas in seine Hand rinnen und versuchte es mit der Zunge, er stand vor dem großen Rad, als könnte er ihm ewig zuschauen und nicht müde werden. Bruder Adamantios bemerkte es wohl, und er formte seinen Bericht danach.

Am gleichen Abend, nachdem er sich schlafen gelegt hatte, erlebte Evangelos noch etwas Neues. Ein nie gekanntes Gefühl überkam ihn. Er spürte, daß er in der Fremde war, daß er die Seinen, Haus und Hof, Dorf und Gefild, alles Liebvertraute schmerzlich vermißte. Er lag auf seinem Strohsack und hörte Vater Gerasimos zu, der leise schnarchte. Er selber konnte nicht einschlafen, ihm war, als müßte er weinen, aber dazu war er zu groß, er erlaubte es sich nicht.

Wenn er nun nicht wieder heim durfte, wenn die Mönche ihn gleich behielten? Vielleicht war alles schon mit seinem Vater und der Noná abgesprochen, und er saß in der Falle? Nein, das nicht. Vater Gerasimos hätte sich nicht zu solchem Verrat hergegeben. Der war zu gut und zu ehrlich, einen Ahnungslosen in die Falle zu führen.

Evangelos stützte sich auf seinen Ellbogen und blickte zu der kaum unterscheidbaren Gestalt unter der rauhen Decke hinüber. Eben noch war er sich beraubt, verwaist vorgekommen – jetzt erfüllte ihn ein tröstlicher Gedanke mit seiner Wärme: das Vertrauen zu dem alten Priester.

Beim Frühgottesdienst brachte Evangelos der Panagia ein Anliegen dar, denn er wußte, heute brauchte er Hilfe. »Du weißt, wie es war«, rief er sie an, stumm, aber um so eindringlicher. »Du hast mich nicht gerufen, wie alle sagen. Du hast auch nie verlangt, daß wir dir Kirche und Kloster bauen. Und doch will ich dein Sklave sein, bis der letzte Stein auf seinem Platz ist, die letzte Wand getüncht, das Kreuz auf der Kuppel steht. Hör mich an! Dann aber möchte ich frei sein und leben dürfen, wie ich will. Hilf mir heute, gib mir Mut. Gib mir das rechte Wort!«

Unwillkürlich hob er die Handflächen zu dem Bilde auf. Sie waren voll von Schwielen und Schrammen, eine große Blutblase war an der rechten, ein schwarzer Daumennagel an der linken Hand zu sehen. »Sieh, ich habe sie nicht geschont«, flüsterte er.

Ihm fiel nicht auf, daß es zumindest sonderbar war, gerade sie, die Allerheiligste selber, zu seiner Verbündeten zu machen, sie herbeizurufen gegen ihre eigenen Diener. Er wußte nur, daß er den mächtigsten Beistand brauchte, den es gab – und hier war er. Wenn die Panagia gerecht war, konnte sie ihn nicht versagen.

Inzwischen hatten die hohen Herren den Bericht des Bruders Adamantios entgegengenommen und ihr Urteil gebildet, ihren Beschluß gefaßt.

»Keine Spur von Berufung«, war die Meinung des Novizenmeisters, »aber ein aufgeweckter, vor allem vernünftiger Kopf. Ein guter Junge. Ich glaube nicht, daß er jemals eine Leuchte unseres Klosters sein könnte, aber er hat Gaben anderer Art. Ich bin bereit, ihn aufzunehmen.«

»Keine Spur von Berufung«, wiederholte der Präzeptor nachdenklich, »und doch wurde uns gesagt, die Allerheiligste selber hätte ihn gerufen. Hier ist ein Rätsel.«

»Sollen wir ihn noch einmal befragen, diesmal schärfer, eingehender?«

»Nein«, entschied der andere. »Wir nehmen ihn auf wie jeden anderen Schüler. Er ist jung, er wird seiner Berufung zuwachsen – in deinen Händen, Bruder«, und er verneigte sich leicht, mit einem weisen Lächeln.

Bruder Adamantios wurde geheißen, ihnen den zukünftigen Klosterschüler kurz vor der Mittagsmahlzeit nochmals vorzuführen. Im übrigen sollte Evangelos heute frei umhergehen, ohne Aufsicht.

Dann läuft er zur Mühle, dachte Bruder Adamantios. Er unterdrückte ein Lachen. Aber er irrte. Evangelos war mit Vater Gerasimos in den Klostergarten gegangen und Bruder Nektarios zugeführt worden. »Dem besten Gärtner hier und dem besten Herzen bringe ich dich«, erklärte Gerasimos, »und er ist mein Freund.«

Dann erschien es aber, als ob es doch auf Evangelos nicht so sehr ankäme. Bruder Nektarios begrüßte ihn wohl freundlich und hatte ein gütiges Wort für ihn, ja, mehr als eines – dennoch, in kürzester Zeit steckten die beiden alten Freunde tief in Dingen, die Gärtner vor allen andern beschäftigen, und der Junge war vergessen. Er wanderte weiter, zwischen Kräuterbeeten und Rebengeländern dahin, ein paar Stufen hinan, einen Pfad entlang; er hielt an, als er das Plätschern eines Brunnens hörte. Unter Platanen und Weißpappeln fiel aus marmornem Widderkopf ein starker Wasserstrahl in einen Trog, der seinen Überfluß einer steinernen Rinne anvertraute. Evangelos beugte sich hinunter und hielt den Mund an den Strahl. Gutes Wasser haben sie hier, dachte er, viel besser als der Klosterwein. Er wischte sich den Mund mit dem Handrücken und blickte sich um. Ein stiller Ort, einsam und abseits, aber er war nicht allein hier. Ein Mann saß auf einer Bank und warf fünf, sechs bunten Tauben Krumen hin. Er blickte auf und lächelte Evangelos zu. Der Junge näherte sich ihm und grüßte.

Bei Frage und Antwort erfuhr Evangelos, daß der Herr ein Gast des Klosters sei und sich nach schwerer Krankheit hier erholen sollte. So freundlich und angenehm war seine Rede, daß Evangelos sich zu seinen Füßen niederließ, nachdem ihm erlaubt worden war, ein wenig zu bleiben. Der Fremde war bleich und abgezehrt, und seine Augen waren übergroß; das Fieber brannte wohl noch darin. Eine Schrift lag neben ihm, alt, vergilbt und zerlesen.

»Ist das ein frommes Buch?« fragte Evangelos zutraulich.

»Wie man es nimmt«, antwortete sein neuer Freund. »Wenn man es in Frömmigkeit liest –« Und er erklärte, daß ein Sänger in grauer, ferner Vorzeit dieses Werk geschaffen hätte und daß die Menschen damals und viele Jahrhunderte später noch daran glaubten, wie heute der gute Christ an die Heilige Schrift. Evangelos schüttelte verwundert den Kopf. »Soll ich dir daraus vorlesen?« fragte der blasse Mann.

»Ja, ja!« rief der Junge begierig. Noch nie hatte einer, der lesen konnte, ihm vorgelesen; er glaubte, Lesen, das sei ausschließlich Priestern, Mönchen und sonstigen gelehrten Männern vorbehalten. Und nun las jemand für ihn, teilte ihm mit, was auf solchen Blättern stand! Es war unerhört, es war gewaltig. Zwar verstand er die Sprache jenes Sängers nicht, aber die Verse der Odyssee rauschten wie große Flügel der Winde! Sie schienen vertraut, ihren Rhythmus, ihren Klang erkannte er. Der Fremde machte ihm den Sinn verständlich, indem er geschickt von der alten in die jetzige Form der Sprache hinüberwechselte – Evangelos hörte atemlos und mit brennendem Gesicht von Odysseus, wie er am Strand von Ogygia sitzt und mit unbezwingbarem Verlangen an die Heimat denkt, die er so viele Jahre nicht gesehen hat.

Was das eigene Heimweh nicht fertiggebracht hatte, der Schmerz des unglücklichen Wanderers tat es. Große Tränen liefen dem Jungen über die Wangen, der Lesende unterbrach sich und wischte sie ihm sacht mit dem weiten Ärmel ab. Er las weiter, er kam zu der Grotte mit Hermes, dem Gott, »und fand die Nymphe zu Hause«, singend, während sie mit goldener Spule ein schönes Gewebe wirkte. Aber als dann von der Umgebung der Grotte die Rede war, von Bäumen und Vögeln und dem Weinstock mit purpurnen Trauben, da setzte Evangelos sich auf und rief: »So ist es daheim bei uns! Keine Grotte, sondern ein Haus, aber ein großes Feuer auf dem Herd, wintertags, und die Mutter singt beim Weben! Wer war denn die Frau in der Grotte?«

»Die Nymphe Kalypso«, erwiderte der freundliche Herr.

»Was ist eine Nymphe?«

»Fast eine Göttin, Kind. Eine von den Unsterblichen.«

»Wie die Panagia?«

»Nein; wo denkst du hin! Die Panagia war ein Mensch wie du und ich, nur eben sündenlos, und sie wurde die Mutter Gottes. Das weißt du doch.«

Evangelos nickte beschämt. »Ich weiß es, Herr, aber von Nymphen weiß ich nichts. Gibt es sie noch?«

»Wer könnte das sagen? Es soll Geister geben, Dämonen, unsere Kirche bekämpft sie, und es heißt, sie siegt.« Er betrachtete den Jungen und fügte hinzu: »Ein Klosterschüler bist du nicht, sonst wüßtest du davon, aber willst du einer werden?«

Evangelos faßte einen schnellen Entschluß. »Nein«, sagte er, blickte in das gütige Gesicht, ihm so teilnehmend zugewandt, und begann zu erzählen, was ihn bis hierher gebracht hatte. Alles: vom Berg, von den Meilern, der Schlucht. Vom Bach dort oben und von der Weißen, Schönen, flimmernd wie Licht und verschwunden – von seinem Schrecken und was davon gekommen war. Er merkte nicht, daß der blasse Mann ihm so gebannt zuhörte wie er selbst den Worten Homers, daß ein Blühen in sein Gesicht kam, ein Leuchten in seine Augen. Es war, als sähe er einen schönen Traum, der ihn beglückte. Evangelos hatte längst geendet, aber er schwieg immer noch.

Endlich schien er zu sich und wieder in die Gegenwart zu kommen. »Sie leben noch«, murmelte er staunend, »sie sind nicht vergangen!«

Schüchtern fragte der Junge: »Herr, wißt Ihr denn, wer sie war?«

»Die Nymphe des Baches, Kind. Du weißt nichts von Nymphen, sagst du, und hast eine von ihnen erblickt, mit diesen Augen hier!«

»Ich?«

»Ja, du. Siehst du öfter solche – Wesen?«

»Nie«, erwiderte Evangelos und sah ihn fragend an. Der blasse Mann belehrte ihn, daß die Alten, die Vorväter, geglaubt, ja gewußt hätten: Die Natur ist beseelt. Jeder Ort hatte seinen Geist, der Quell seine Nymphe, der Wald seine Dryaden, der Berg Oreaden. »Alles lebte ihnen, siehst du«, schloß er. »Quell und Baum und Berg.«

Evangelos verstand. »Das sind die, die Levtheris meint«, sagte er, »aber er glaubt, sie sind gefährlich. Sind sie das?«

»Nicht alle«, war die Antwort, »oder sie wollten es doch nicht sein. Nur ging es manchmal nicht gut aus, wenn sie sich den Menschen näherten. Wie sollten sie auch wissen, was es heißt, sterblich zu sein?«

Das letzte sagte er leise, wieder zu sich selber. Evangelos hörte es nicht, ihn beschäftigten die Worte »wenn sie sich den Menschen näherten«. Angestrengt runzelte er die Stirn. »Aber warum kam sie?« fragte er.

»Wer weiß? Sie necken gern. Oder hast du etwas gesagt, etwas gerufen, dort am Bach?«

»Tausend Jahre habe ich den kleinen Wellen gewünscht, ewiges Leben.«

»Und du wunderst dich, daß sie erschien! Das mußte sie

ja herbeilocken.« Wieder verfiel er in tiefes Sinnen, in seinen seligen Traum. Plötzlich ergriff er die Hand des Jungen und flüsterte: »Vieles gäbe ich darum, vieles, wenn es mir geschehen wäre.«

»Ja?« fragte Evangelos vertrauensvoll. »Es ist also nichts Böses?«

»Es ist –«, begann sein neuer Freund – aber er kam nicht weiter. Bruder Adamantios erschien, um Evangelos zu holen. Er ließ ihm kaum Zeit, sich zu verabschieden von diesem Christen, der ein so frommer Heide war.

10

Diesmal erwartete ihn nur der Novizenmeister, zusammen mit Vater Gerasimos. Sie eröffneten dem Jungen, daß er sein Noviziat antreten könne, sofort, wenn seine Eltern es wünschten. Das Kloster sei bereit, ihn aufzunehmen.

Hier war er, der Augenblick, den er bestehen mußte. Jetzt kam es darauf an – auf allen Mut, auf alle Besonnenheit, die ihm gegeben war. Und nicht allein auf das: vor allem auf die mächtige Helferin, die er beschworen hatte.

»Antworte, mein Sohn. Willst du gleich bei uns bleiben?«

»Nein.«

Eine Stille war im Raum, in die plötzlich die Erleuchtung fiel wie ein Strahl: »Ich muß doch erst helfen, das Kloster und die Kirche zu bauen.«

Er sagte es mit solcher Überzeugung, daß der geistliche Herr aufhorchte. »Hat die Allerheiligste dir das befohlen?« forschte er.

»Sie hat mir nie etwas befohlen. Ich habe es ihr versprochen.«

Ein Gelöbnis also. Das war etwas, das geachtet werden

mußte. Auch wußte der Meister, durch dessen Hände so viele junge Menschen gegangen waren: Der Junge war in diesem Punkt unerschütterlich. Wie er mit dem letzten Wort den Blick erhoben und ihn angeschaut hatte – hinter dem Blick stand ein fester Wille. Er hob die Hand wie zum Segen und verfügte: »So sei es. Diene ihr mit deinen Händen und mit deinem Herzen, und sie wird zufrieden sein.«

Vater Gerasimos saß dabei und traute seinen Ohren nicht. Er hatte ein Aufbegehren gefürchtet, eine störrische Weigerung, einen Trotz, der unter Gegendruck leicht ausgeartet wäre. Und nun löste sich der Knoten so schnell und gefällig, fast wie von selbst?

Evangelos durfte gehen, während der Meister und Vater Gerasimos noch einiges Wichtige besprachen, vor allem das Wort, das der Priester Kyria Zoë bringen sollte: Der Junge sei noch nicht reif für den Schritt über die Klosterschwelle, es sei noch zu früh. Man möge ihn nicht drängen oder doch nur unmerklich. Ihn ermutigen – immer. »Und sie soll wissen, lieber Bruder, uns liegt an ihm.« Mit freundlichen Worten verabschiedete er den alten Priester. Früh am nächsten Morgen wollte Gerasimos mit seinem Schützling aufbrechen, bis dahin hatte er noch etliches mit dem Bruder Schatzmeister zu besprechen, Dinge, die den Kirchenbau betrafen.

Unterdessen suchte Evangelos nach jenem gütigen Herrn, der ihn in eine leuchtende Welt hatte blicken lassen. Ihm wollte er sagen, was sich begeben hatte. Er fand ihn nicht, die Bank am Brunnen war leer. Aber Bruder Adamantios versprach gern, ihm Gruß und Dank zu übermitteln.

»Wer ist er?« fragte Evangelos.

»Ein großer Gelehrter, weise und gut.«

»Sein Name?«

»Philaretos von Antiochia.«

So wußte Evangelos doch, wem er die gute Stunde am Brunnen zu verdanken hatte; er wußte den Namen dessen, den er nicht vergessen würde.

Im Dorf Rodhakion war große Verwunderung, als Vater Gerasimos mit Evangelos zurückkehrte. Alle hatten es für selbstverständlich gehalten, daß er gleich im Kloster blieb – war nicht Zweck der Reise gewesen, ihn den Mönchen zu übergeben?

Auch Paraskevi hatte es geglaubt. Nun fühlte sie sich nicht wenig gekränkt; war ihr Sohn dem Kloster etwa nicht gut genug? Vater Gerasimos erklärte und beruhigte, konnte sie aber nicht völlig überzeugen. »Diese Mönche«, rief sie ärgerlich. »Der Panagia genügt er und ihnen nicht?« Das Herz der Mutter hatte längst gelernt, den Sohn zu vergöttern, es sah ihn schon in überirdischem Glanz. Die Priestersfrau war nicht ganz unschuldig daran, denn während Evangelos' Abwesenheit hatte sie täglich mit Paraskevi zusammengesessen und von nichts anderem reden können als von der Auserwähltheit und hohen Bestimmung ihres Sohnes.

Ebenso wie der leiblichen Mutter erging es der geistlichen, Evangelos' Patin. Kyria Zoë war nicht nur befremdet, sie hörte mit wahrem Zorn, daß der Junge von Agia Triadha zurückgekehrt sei. Noch ehe Vater Gerasimos zu ihr gehen konnte, hatte das Gerücht sie erreicht. Theodoros, der ihr die Neuigkeit brachte, hatte nicht zu sagen gewußt, warum. Er vermutete, daß die Mönche ihn gewogen und zu leicht gefunden hätten, aber das sprach er vor Kyria Zoë nicht aus. Im Dorf war er nicht so zurückhaltend, hier und da steuerte er es in offene Ohren, mit boshafter Befriedigung.

Kyria Zoë schritt in ihrem großen Saal auf und ab, sehr ärgerlich. »Was kann er nur getan haben, wie konnte es anders als gutgehen?« fragte sie sich halblaut. »Alles war so gut vorbereitet, so klug eingefädelt –«

Klug eingefädelt, dachte Rinió. Sie wagte ein Wort: »Um Vergebung. Noná mou, aber ich glaube es nicht.«

»Was glaubst du nicht, dummes Ding?«

»Daß der Vangelis etwas getan hat und das Kloster ihn abgewiesen hat.«

»Irgend etwas muß aber geschehen sein, das hat den Plan verdorben!«

»Aber nichts Arges, Noná.«

»Nein? Wie willst du das wissen?«

»Der Vangelis ist nicht so.«

Ein wenig schämte sich Kyria Zoë, weil sie sofort Ungutes von dem Jungen geglaubt hatte. Aber das konnte sie vor der Kleinen nicht zugeben. Sie bestand auf ihrem Ärger und war den ganzen Tag übelgelaunt.

»Laßt ihn rufen, Noná mou«, schlug Rinió vor.

»Nein«, sagte Kyria Zoë schroff. Das Mädchen beugte den Kopf über sein Nähzeug und war still.

Am Spätnachmittag kam endlich Vater Gerasimos und richtete aus, was ihm vom Kloster aufgetragen war. Das klärte den Himmel beträchtlich, aber ganz wolkenlos wurde er trotzdem nicht.

»Zu jung?« zürnte Kyria Zoë. »Ich weiß von Kindern, die mit zehn, mit zwölf Jahren ins Kloster geschickt wurden!«

»Die Umstände mögen anders gewesen sein«, gab der Priester zu bedenken. »Übrigens wirkte ein Gelöbnis des Evangelos bei der Entscheidung des Klosters mit.«

»Ein Gelöbnis!« horchte Kyria Zoë auf.

»Ja: Er hat der Allerheiligsten versprochen, an ihrem Haus mitzubauen, bis der letzte Stein gelegt, die letzte Wand getüncht sei.«

Da brach die Sonne durchs Gewölk, dies war mehr, viel mehr, als Kyria Zoë erwartet hatte. »Also doch«, rief sie freudig, »also doch die Berufung! Er hat sich der Panagia angelobt – nur will er ihr dienen auf seine Art.«

»So wird es sein«, stimmte der Priester ihr bei. Aber Rinió, die mit Erfrischungen hereingekommen war, blieb betroffen stehen. Das hatte so sicher geklungen, so überzeugt! Und es gefiel ihr gar nicht. Evangelos hatte sich ihr anvertraut, und sie stand ganz auf seiner Seite. Wenn er kein Mönch werden wollte, dann sollte er es auch nicht, und von Berufung und dergleichen wollte sie nichts hören.

Aber sie preßte die Lippen fest zusammen und schwieg wie immer, wenn Kyria Zoë Gäste hatte. Es war ihr nicht erlaubt mitzureden.

Gleich am nächsten Morgen schickte Kyria Zoë nach Evangelos. »Sonst läuft er uns wieder davon zu seinem Bau dort oben«, scherzte sie.

Wahrhaftig, sie scherzte! Rinió sah sie mit großen Augen an. Sie war es nicht gewöhnt, daß ihre Noná so heiter war.

Evangelos kam. Er wurde von der Patin so huldvoll aufgenommen wie seit langem nicht. Sie ließ sich berichten, was er im Kloster gesehen hatte, und er war klug – oder vorsichtig – genug, nicht von Wassermühlen und Gerbereien zu reden, sondern von goldglänzenden Bildern und vielen Lichtern, von Gewölben und Kuppeln und dem Gesang der Mönche. Es kam alles reichlich verworren heraus, denn Evangelos war wenig geübt in solchen Reden. Sie unterbrach die Aufzählung auch bald, indem sie erinnerte: »Und die Klosterschule, Vangeli, nicht wahr, die Klosterschule!«

Er wollte gerade antworten, daß er nur kurz hineingeschaut hätte, da wurde Kyria Zoë weggerufen. Ein Glück, dachte er aufatmend und bemerkte, daß Rinió ihm zublinzelte.

»Wie war's wirklich, Vangeli?« fragte sie.

»In der Klosterschule? Langweilig, Rinaki; da saßen sie alle, still wie die Toten, jeder über seine Tafel gebeugt –«

»Nein. Ich meine, hat dir's gefallen, wirst du zurückkehren und dort bleiben?«

»Vieles hat mir gefallen, Rinió, die Werkstätten und die Wassermühle –«

»Wassermühlen gibt's auch anderswo«, sagte die Kleine scharf, »deswegen solltest du nicht ins Kloster müssen!«

»Nicht wahr?« rief Evangelos so aus vollstem Herzen, daß sie beide laut lachen mußten.

»Du bist aber noch längst nicht aus der Falle heraus«, warnte Rinió dann, »glaub' nur nicht, daß du's geschafft hast. Die Noná läßt nicht locker. Weißt du, was sie gesagt hat, zuerst im Ärger? Es sei alles so fein eingefädelt gewesen. Siehst du? Gewiß fädelt sie nun noch feiner ein, gib nur acht.«

»Wenn sie so für die Klöster ist, warum geht sie nicht selbst in eins?« fragte Evangelos unmutig.

»Ah«, begann Rinió weise, »das –«

Sie brach ab, ihr Kopf fuhr herum, und sie horchte. »Die Noná kommt«, flüsterte sie, »ich sag' dir's ein andermal.«

Ihm war, als hätten sie ein Bündnis geschlossen, er und Rinió. Und er spürte, daß es gut war, Verbündete zu haben. Levtheris zuerst und jetzt Rinió.

Am nächsten Tag trat er auf der Baustelle an, in seinem alten, derben Kittel mit dem schäbigen Ledergurt. Levtheris war nicht da, sonst aber war die Zahl der freiwilligen Arbeiter eher größer als gewöhnlich. Es wurde mächtig geschafft, der Baumeister trieb und trieb, er gönnte weder seinen Leuten noch sich selbst Ruhe.

Evangelos erschrak, als er den Mann wiedersah, so hatte ihm der Winter in der Einöde zugesetzt. Bis auf die Knochen war er abgemagert, seine Schultern waren gebeugt, Haar und Bart von weißen Strähnen durchzogen. Das Schlimmste waren seine Augen: so tief lagen sie in ihren Höhlen, so unheimlich glommen sie unter den düsteren Brauen hervor. Es war kein guter Blick, der den Jungen traf, ja, als Bruder Demetrios ihn zuerst gewahrte, war er zurückgewichen wie vor einem Feuerbrand.

Trotz vieler Unterbrechungen war das Werk gut fortgeschritten. Sie waren jetzt dabei, die meterdicken Wände und Bögen des Unterbaus auszuführen, eine Arbeit für Riesen, aber diese Männer, wenige über Mittelgröße hinaus, waren von unglaublicher Kraft und Zähigkeit. Sie wuchteten Blöcke herbei und an ihren Platz, die aussahen, als ob kein Mensch an ihnen auch nur rücken könnte; sie nützten jede Schwäche, jeden winzigen Vorteil des schwierigen Bauplatzes, jede Rippe des Felsens selber mit erstaunlicher Geschicktheit. Nicht mehr lange, und sie würden den

Grundstein ihrer Kirche legen können. Sie redeten gern davon, es sollte ein großer Festtag werden.

Der größere Teil der Mannschaft ritt gegen Abend zurück ins Dorf zu den Höfen, zu Frauen und Kindern, die Jüngeren dagegen blieben auf dem Berge. Auch Evangelos und ein paar andere Jungen hielten es so. Bruder Demetrios verschwand in seiner Zelle, sobald das letzte Werkzeug aus der Hand gelegt wurde. Sie sahen ihn dann nicht mehr bis zum nächsten Sonnenaufgang, und die Leichtherzigen unter ihnen meinten, sie könnten nur froh darüber sein.

»Was für ein Mensch ist das«, rätselten sie. »Ist er noch ein Mensch?« Und sie schüttelten sich ein wenig.

Theodoros, der immer alles wußte, wußte auch dies. »Er will zurück zum Kloster, er will nicht hierbleiben. Es ist ihm zu sehr in der Welt.«

Da lachten die Männer schallend – diese Einöde, diese Felswildnis zu sehr in der Welt!

Theodoros war vor einer Weile in Agia Triadha gewesen und hatte dort allerlei aufgelesen, denn auch fromme Mönche reden übereinander.

Er sah sich vorsichtig um und erklärte im Flüsterton, das allein sei es gewesen, was Bruder Demetrios dazu bewegt habe, dieses Werk zu unternehmen: »Als er der Welt entsagte und ins Kloster eintrat, soll er gelobt haben, nie wieder seine Kunst auszuüben. Der Panagia hat er es versprochen, heißt es. Und dann hat gerade sie verursacht, daß er sein Gelübde bricht.«

Die Männer meinten, das könne doch wohl nicht sein, und Theodoros möge sich vorsehen mit solchem Gerede. Es sei sicher nicht weise, mit dem Baumeister anzubinden. Theodoros zog den Kopf ein und nahm alles zurück. Er bat sogar, nicht zu verraten, was er gesagt hatte. Aber alle waren sich einig darüber, daß »etwas den Baumeister fräße«.

Das Osterfest sollte in diesem Jahr besonders prächtig gefeiert werden, und zwei Tage darauf wollten die von Rodhakion den Grundstein ihrer Kirche legen. Evangelos war dazu ausersehen, als der Erwählte der Allerheiligsten, die weihevolle Handlung auszuführen; alle, besonders aber die Frauen, sagten, es sei sein Amt.

Er wehrte sich heftig. Die Ehre sei zu hoch für ihn, er dürfe sie nicht annehmen! Vater Gerasimos müßte es tun, nicht so ein Junge wie er. Darauf sagten einige andere, Kyria Zoë als Bauherrin käme es zu. Aber nein, Bauherr der Kirche war das Dorf. Wieder andere meinten, mindestens ein Bischof müßte es sein.

Es war die bescheidenste aller Klosterkirchen, deren ersten Stein sie in den Boden setzen wollten, aber in den Augen der Dörfler war sie wichtiger als anderswo ein Dom. Die Verkörperung ihrer Frömmigkeit, ihrer Opfer, das Werk ihrer eigenen Hände: Ganz gewiß mußte ein Bischof her, es zu heiligen.

»Der kommt erst, wenn die Kirche fertigsteht«, wehrte der Dorfvorsteher. Jetzt gehe es erst um den Grundstein, und er selber stimmte für Vater Gerasimos. Evangelos aber solle ihm zur Hand gehen. So wurde es denn beschlossen, und der alte Priester erklärte sich bereit.

Inzwischen aber war es schön, am Berg zu sein. Das Ende des Märzmonats war in diesem Frühling heiterer als sonst der April, das Grün der Kiefern glänzte frischer und reicher im Sonnenlicht. In den Zweigen hüpfte es, zwischen den Kronen schwirrten Vögel; das Zwitschern und Singen lag über dem Berg wie ein feines Netz. Evangelos dachte an den letzten Sommer, an seinen Vogelfang – damit hatte alles angefangen.

Ich muß den Levtheris fragen, dachte er, ob es ihm auch aufgefallen ist. Ich gehe nach meinen Schlingen sehen, es ist heiß, ich bin durstig und laufe zum Wasser – weiter nichts, und nun wird hier eine Kirche, ein ganzes Kloster gebaut. Eins ist aus dem andern entstanden, aber warum, warum?

Wie eine Kette ist es. Eine so leichte Kette, und die soll

mich binden, auf immer? Eine seltsame Kette, die stärker und schwerer wurde, je länger er sie trug. Hier oben am Berg spürte er sie kaum, aber jedesmal, wenn er heim und ins Dorf kam, klirrte sie vernehmlicher und hemmte seinen Schritt.

Rinió war es, die ihm vorwarf, er hätte sich dem Willen des Dorfes gebeugt. »Nie hätte ich es von dir gedacht, Vangeli«, sagte sie zornig und herb. Sie standen auf der unteren Terrasse in Kyria Zoës Garten, das Mädchen warf den Tauben Futter hin. Rund um ihre Füße tippelte und pickte es eifrig, falbes Gefieder, sanft wie warmer Staub im späten Licht, weiß, schimmernd wie Schnee.

»Was meinst du damit?« fragte Evangelos verblüfft.

»Ich höre es doch. Immerzu höre ich, wie freudig du schaffst dort oben am Bau, wie kein Tag dir zu früh beginnt, keine Arbeit dir zu schwer ist. Und wie fromm du bist – dein erster Gang, wenn du ins Dorf kommst, zur Kirche . . .«

»Rinió«, flüsterte er und lachte, während er sich umsah – aber sie waren allein –, »dir kann ich es sagen und niemandem sonst: Sie in der Kirche ist doch meine Verbündete!«

»Sie in der Kirche?« wiederholte Rinió verständnislos. »Wen meinst du?«

»Die Panagia natürlich«, sagte Evangelos. »Ich wäre heute schon im Noviziat, wenn sie mir nicht geholfen hätte.« Er erzählte ihr von seinem Gebet vor der Ikone von Agia Triadha, von seinem Versprechen, von der Antwort, die sie ihm eingegeben hatte – »Niemand anders, Rinió!« –, als die Klosterleute ihn gleich hatten behalten wollen.

Rinió staunte. Um ihren Mund begann es zu zucken, es tanzte in ihren Augen: »Willst du sagen, sie hilft dir gegen sich selbst, Vangelis?«

»Nicht gegen sich selbst. Gegen all die andern. Gegen die Noná, das Kloster, das ganze Dorf; wer sonst könnte es? Nur sie hat die Macht.«

Rinió schüttelte den Kopf. »Und darum gehst du immer zuerst zur Kirche, wenn du herunterkommst?«

»Selbstverständlich«, sagte Evangelos. »Ich sage ihr, wie

weit wir sind. Sie soll es doch wissen, daß ich meinen Teil des Abkommens ausführe, und ich erinnere sie an den ihren.«

Das Mädchen betrachtete ihn zweifelnd. »Aber Vangeli«, meinte sie, »das weiß die Panagia doch, ohne daß du es ihr sagst.«

»Sicher weiß sie es, aber sie will's doch gern hören!«

Rinió überlegte das. Ja, es hatte Sinn, was er sagte. Aber sie war noch nicht ganz mit ihm fertig. Langsam ließ sie die Körner durch ihre Finger rieseln und sah ihnen dabei zu. »Vangelis«, begann sie von neuem.

»Rinió?«

»Es ist auch . . . Die Noná ist so zufrieden mit dir!« platzte sie heraus.

»Ja und?«

»Darum habe ich gemeint, daß du nachgegeben hättest.«

»Und darum warst du böse auf mich?«

Rinió gab es zu.

Eindringlich sagte Evangelos: »Hör, du darfst nie böse auf mich sein, du nicht! Du weißt doch alles, du glaubst mir, wenn ich dir etwas sage. Das ist es, du glaubst mir, du bist auf meiner Seite, Rinió.« Er schwieg eine Weile. Dann fügte er hinzu: »Ich habe nicht viele auf meiner Seite.«

Rinió ließ immer noch Körner durch ihre Finger rinnen, kleine blaßgelbe Ströme. »Die Noná, weißt du . . .«, sagte sie geheimnisvoll.

»Was ist mir ihr?«

»Sie möchte selbst gern heilig sein! Aber das kann sie nicht, sie ist zu reich. Und weil sie es nicht kann, sollst du es für sie werden, weißt du das?«

Evangelos sah sie verwundert an, aber ehe er etwas sagen konnte, rief die scharfe Stimme der Köchin nach dem Mädchen.

»Ich komme«, rief Rinió zurück. Sie sprang schon die ersten Stufen hinan, kehrte aber noch einmal zurück. »Ich soll ja nicht mehr mit dir allein sein, Vangelis«, flüsterte sie.

»Nicht mehr mit dir reden und lachen, wie wir's früher immer getan haben. Denn du stehst hoch über mir, ich bin nur ein Mädchen und voll von Fehlern.«

Er blickte so verdutzt drein, daß sie trotz des Verbotes hell auflachte. Sie gab ihm die Schale in die Hände: »Da, du großer Heiliger! Füttere du die Tauben«, und flog die Treppe hinan, flink wie die Schwalben, denen sie so ähnlich war.

Am Tag vor dem Palmsonntag leerte sich die Schlucht, wurde es stiller darin, endlich ganz still. Das Werk ruhte, die Arbeiter waren in ihr Dorf zurückgekehrt. Während der Karwoche, die sie die »Große Woche« nannten, gehörten sie dahin, zu ihrer Gemeinde, zu ihrer Kirche.

Es war auch droben kaum mehr etwas zu tun bis zur Feier der Grundsteinlegung, der Platz war geebnet und sauber aufgeräumt, der Grundriß des Gebäudes abgesteckt, die Steine lagen bereit. Alles war, wie es sein sollte, nur der Schmuck fehlte noch, die grünen Zweige, die fröhlichen Blumen. Am Tag nach Ostern wollten die Kinder des Dorfes und all sein junges Volk hinaufpilgern, um Kränze zu binden und Bögen aus grünem Gezweig zu errichten. Was der Frühling an Blumen bot, sollte den Ort zieren: Anemonen und Muskathyazinthen, wilde Tulpen, purpurne Gladiolen und viel duftendes Kraut. Das offene Land, der Wald und die Hänge waren ein einziger großer Garten um diese Zeit.

Nur Bruder Demetrios ging weder zum Dorf hinab, noch zog er zum Kloster Agia Triadha. Er wollte die Karwoche allein begehen, ungestört durch Menschenstimmen, fern von den Geräuschen des Werktags. Er nahm keinen Abschied von der heimziehenden Schar, er gab ihnen keinen guten Wunsch mit auf den Weg. Er blieb in seiner Zelle, bis auch der letzte hinter der Wegbiegung verschwunden war. Da erst trat er ins Freie.

Sein finsterer Geist verfluchte die Sonne, weil sie

strahlte, die Welt, weil sie lachte, die Lerche, die sang. Wie wagten sie es, unschuldig und heiter zu scheinen, da die Kirche sich rüstete, die Passion des Erlösers zu feiern, zum ewigen Gedächtnis? Und die Menschen, in allen Kirchen des Landes würden sie singen mit ihren tönenden Stimmen, mit ihren lügenden Zungen – singend die furchtbaren und erhabenen Geschehnisse dieser Woche wieder erstehen lassen, fromm und heilig tun. Er selber würde im Gestein der Einöde zu leiden suchen, was sein Herr gelitten hatte, und drunten am Altar der Erscheinung den Schmerz der Allerheiligsten Mutter an seinem eigenen Fleisch spüren.

Bruder Demetrios stieg den Berg hinan, um Dornen abzuhauen. Er hatte nicht weit zu gehen, Dornen gab es überall, Gebüsch mit fingerlangen, eisenharten, spitzigen Stacheln, scharfbekrallte Ruten, grausam genug selbst für ihn.

11

Drunten im Dorf gingen die Tage der Karwoche schnell vorüber. So fleißig die Frauen auch im voraus gearbeitet hatten, es warteten doch noch viele Pflichten auf die Männer, die wochenlang ihre Zeit dem Kirchenbau geschenkt hatten. Jetzt war niemand müßig: In jedem Hof ging die steinerne Mühle, die das Korn zu Mehl zerrieb, zu feinem duftenden Mehl für die Osterbrote; von allen Hängen kamen die Esel mit hohen Ladungen struppigen Reisigs. Alte Männer suchten Gerät zusammen, eiserne Ständer und lange Spieße, an denen die Osterlämmer über der Holzkohlenglut braten sollten, und brachten sie in Ordnung. Denn auf den Straßen wurden ganze Herden von fetten Lämmern und Zicklein zum Markt getrieben; so wenig Fleisch die

Leute das Jahr über bekamen, am Osterfest aßen sich alle satt daran.

Darauf freuten sie sich, denn sie hungerten in dieser Woche. Die Fastenzeit war lang und streng, in dieser Woche aber am strengsten. Und wie müde sie waren! Die Abende und die Hälfte der Nacht gehörten der Kirche, nicht dem Schlaf.

Vater Gerasimos, so alt er war, schien nicht ermüden zu können. Allnächtlich versah er den Dienst am Altar, unaufhörlich erschallten Strophe und Gegenstrophe. Schweigend horchte die Gemeinde, nur weinte vielleicht ein kleines Kind auf, das während der langen Andachtsstunden unruhig geworden war.

Dies war, was sie darbrachten, ihren Hunger und ihren Schlaf. Vierzig Tage, so gebot es die Kirche, mußten sie fasten, aber sie erlaubte ihnen das Nötigste; in dieser letzten Woche lebten viele nur von Wasser und Brot. Es hieß, daß die Frau des Priesters an den drei letzten Tagen keinen Bissen zu sich nahm, und mehrere andere Frauen, fromm wie sie, versuchten ihrem Beispiel zu folgen.

So durchlitten sie die Passion, jeder auf seine Art – ekstatisch die einen, in Ehrfurcht und tiefer Ergriffenheit die andern, gehorsam und in dumpfer Frömmigkeit die meisten. Aber die Augen aller waren auf den Tag der Auferstehung gerichtet, auf die Nacht, die ihm voranging, die ihnen das Licht wiedergeben würde und der die Osterfreude folgte.

Diese Woche war die hohe Zeit des Psaltisten und seines Chors. Evangelos hatte seit seinem zwölften Jahr mit dazugehört, und auch früher schon lauschend und lernend im Hintergrund. In diesem Jahr fehlte seine hohe, kräftige Stimme, gerade zu Beginn der Großen Woche war sie gebrochen. Psaltieren konnte er einstweilen nicht mehr.

»Im nächsten Jahr wieder«, sagte Vater Gerasimos mit einem halb tröstenden, halb ermunternden Lächeln, und er hieß ihn, bei der Prozession das silberne Kreuz auf seiner hohen Stange zu tragen, allen vorauf. Eigentlich kam es einem der Jungmänner zu, trotzdem – es ging nicht an, daß Evangelos sich einfach in der Menge der Andächtigen verlor.

Kyria Zoë, die in diesem Jahr das Osterfest in Rodhakion feierte, sah diese natürliche Entwicklung ihres Patenkindes mit Mißfallen, ja, mit Verdruß. Daß ihm geschah wie allen Jungen seines Alters! Sie konnte sich nicht damit abfinden. Beinahe ließ sie sich dadurch irremachen; gekränkt sagte sie zu Rinió, sie hätte es nicht erwartet. Diese engelreine Stimme, klagte sie, nun auf immer dahin!

Rinió erwiderte nichts darauf und wurde bezichtigt, gar keinen Sinn für himmlische Dinge zu haben.

Der Grundstein war gelegt worden, in seine Grube gebettet mit Silber und Gold, gesalbt mit Rosenöl, besprengt mit geweihtem Wasser. Vater Gerasimos hatte sein Amt mit Würde versehen, und Evangelos war ihm zur Hand gegangen, zur Erbauung aller. Seine Mutter schwoll dabei sichtbar vor Stolz und Freude, Kyria Zoë lächelte wieder, selbst seine Brüder nickten beifällig.

Mehrere Nächte nach der Feier wachten einige Männer in der Nähe des Baus, aber es regte sich nichts in der Schlucht. Kein übernatürliches Licht erschien, keine fremde Frau in Schwarz kam, die Mauern umzustoßen, noch wanderte das Werkzeug auf unerklärliche Weise zur andern Seite des Baches hinüber. Die Arbeiter atmeten auf. Sie priesen die Allerheiligste wegen ihrer Duldsamkeit, und so nannten sie sie von da an gern: Unsere duldsame Panagia.

Evangelos konnte sich einer leisen Heiterkeit nicht erwehren, wenn er es hörte. Sonst aber gab es wenig, das ihn erheitert hätte. Die Arbeit am Bau freute ihn nicht mehr recht, er wäre lieber drunten im Dorf geblieben. Es zog ihn zu seinen Altersgenossen, zu ihrem freieren, ungebundeneren Leben.

Es war mehr als das. Er fand nicht mehr so leicht den ruhigen Gleichmut, nicht mehr den kindlichen Gehorsam, die ihm bisher eigen gewesen waren. Kurz, beinahe unwillig antwortete der auf die Anweisungen des Vorarbeiters und mußte sich vorsehen, daß er nicht die Fäuste ballte, wenn Bruder Demetrios in seine Nähe kam. Die stumme Feindseligkeit zwischen den beiden wuchs. Früher hatte Evangelos wohl den Haß des Baumeisters gespürt, sich aber nicht erklären können, was der Grund dafür sei. Er hatte sich schuldlos gewußt, damit war die Sache für ihn abgetan. Das war vorbei, er fühlte sich gehaßt und haßte wieder. Bruder Demetrios brauchte nicht einmal sichtbar anwesend zu sein; nur zu wissen, er war da, dort hinten in seiner Zelle, nahm ihm alle Freude an seiner Arbeit.

Evangelos verstand es nicht. Immer hieß es doch, der Mann sei ein Heiliger – warum war ihm denn, als müsse er ein Kreuz schlagen, um sich vor Unheil zu schützen, sobald er auf der Baustelle erschien? Er hörte auch, daß einige von den andern sich vor ihm fürchteten. Der alte Theophilos zum Beispiel, ein guter und frommer Mann, sah dem Baumeister nach und murmelte: »Wie kann Segen auf dem Werk ruhen, das dieser leitet?« Und Evangelos sah den starken Lakis das Zeichen machen, das gegen den bösen Blick wirkt, als Bruder Demetrios mit ihm sprach. Die meisten waren froh, daß nun die Erntezeit kam, die die Arbeit in der Schlucht unterbrach.

Rodhakion, obwohl sein Reichtum in Öl- und Weingärten bestand, besaß unterhalb der Hänge gutes Ackerland, auf dem Anfang Mai die Gerste reifte. Wenn die Sonne das reiche Gold zu hellstem Blond gebleicht hatte, kamen die Schnitter mit ihren Sicheln, jede Familie auf ihr Feld, und die heißeste Mühe des Jahres begann. Nur Vater Gerasimos hatte keins zu schneiden, denn die Gemeinde zollte ihm Korn und Brot das ganze Jahr lang. Aber er kam, um Mäher und Sicheln zu segnen, die Mühe und den Lohn.

Evangelos richtete sich von den Garben auf, die er zu binden hatte, wischte sich den Schweiß von der Stirn und atmete tief. Ein Duft stieg von den Feldern auf – warm und gut, der Duft ihrer Frucht. Auf den Pfaden lag tiefer Staub, die Hufe der Esel sanken hinein wie in Samt. Viel Kommen und Gehen auf allen Wegen, denn schon wurden von den zuerst gemähten Feldern die Garben heimgeführt. Nach Wochen im öden Gestein war es gut, wieder mit der lebendigen Frucht der Erde zu tun zu haben, meinte er, und er wunderte sich von neuem, wie gern er früher auf dem Berg gewesen war und nun nicht mehr.

Wie leicht und frei war ihm gewesen, wenn er als Köhlerbub, als Hirt dort oben gearbeitet hatte, ja, auch noch beim Kirchenbau in der ersten Zeit. Aber wie konnte er leichten Herzens sein, wenn jeder Stein, den er den Maurern brachte, ihm zum Verhängnis wurde?

Steine, Steine: Aus ihnen wurden Klostermauern. Dies aber, was er hielt, die Garbe in seinem Arm: Aus ihr wurde Brot.

»Träumst du?« rief sein Bruder Alekos, für den er band. Er lachte und arbeitete schneller.

Unter dem mächtigen Feigenbaum in der Mitte des Feldes hüteten die kleinen Schwestern einen Kessel dicker Suppe, einen Berg Brot, Käse und Oliven in einem irdenen Krug. Überall auf den Feldern, in jedem Flecken Schatten, sammelten sich Gruppen dunkler Gestalten um solche Kessel, um Brot und Oliven und um die großen, feuchten Wasserkrüge. Niemand nahm sich die Zeit, zum Dorf zurückzugehen, aber nach dem Essen ruhten sie, denn sie hatten seit Tagesanbruch ununterbrochen geschafft. Die Arbeit war ermüdend und die Hitze des Mittags groß.

»Ah, schönes Leben«, lachte Evangelos, als er sich ausstreckte. Er hatte sich wiedergefunden, und er sah alles frisch und neu.

Solange die Arbeit auf den Feldern währte, durfte er sich dessen freuen, niemand störte ihn dabei. Die Leute hegten jetzt keinen anderen Gedanken als an ihre Ernte; Kyria Zoë hatte sich auf eine längere Reise begeben, die Priestersfrau litt unter der jäh aufgestiegenen Hitze und verließ ihr Haus nicht – selbst Evangelos' Mutter hatte ihren Sinn völlig aufs Irdische zu richten und war wieder wie einst. Sie schimpfte sogar mit Evangelos, weil er seine Garben nicht ordentlich aufgebaut hatte, und er war glücklich.

Die Nächte waren warm und dunkelblau, nun wußten sie es wieder, da die Müdigkeit sie nicht mehr aufs Lager warf, sobald sie vom Feld heimgekehrt waren und etwas zu sich genommen hatten. Denn die Ernte war eingebracht, das Brot für das kommende Jahr ihnen sicher.

Atmende, duftende Nächte mit einem runden, blaßgoldenen Mond: Die Jugend des Dorfes verschlief sie nicht, sondern zog singend durch die Gassen, durch die Gärten, oft bis an den neuen Morgen. Hinter den Fensterläden horchten die Mädchen.

Auch Evangelos horchte, und sein Herz klopfte. Noch war er zu jung dazu, mit denen zu gehen, die da sangen. Aber nächstes Jahr, nächstes Jahr!

Ob er dann wie Niketas singen würde, hell und hoch, aber nicht mehr mit seiner Kinderstimme, sondern mit der wärmeren, volleren des jungen Mannes? Oder tief und weich wie Charalampos? Möglich war es. Nie so tief und tönend wie Nikos – was für eine Stimme er hatte, dieser Nikos! Eine Stimme in der mittleren Lage, dachte Evangelos, wäre ihm am liebsten. Nur stark und rein mußte sie sein.

Nun kamen die Sänger zurück. Es waren fünf oder sechs, aber die drei schönen Stimmen überstrahlten die bescheideneren, die sie begleiteten.

Sie waren vorüber, er lauschte ihnen nach. Nun war ihr Lied zu Ende, er hörte ihr Gelächter, ihr lebhaftes Reden. Langsam entfernte sich auch das.

Auf einmal war ihm, als verdecke eine schwere Wolke den Mond. Er stand sehr still. Seine Stimme würde sich wieder festigen, vielleicht sogar schön werden wie die des Charalampos, aber singend mit seinen Freunden durch die Sommernacht gehen – es war ihm nicht bestimmt.

Die Hymnen der Osterwoche zogen ihm durch den Sinn, die dunkle, tiefe, mitleidende Klage der Kirche. Sie waren sein Teil. Es war besser, wenn er es nicht vergaß.

Kurz nach dem Fest der Heiligen Petros und Pavlos feierte Levtheris Hochzeit. Das Dorf verlor ihn, denn seine Braut war eine Hirtentochter aus der Gegend von Muriá, ein hübsches, lachendes braunes Mädchen, das einzige Kind seiner Eltern. Eine Erbin also, wenn auch nicht gerade eine reiche Erbin; Levtheris' Mutter hatte gut für ihn gewählt.

Es war eine große Hochzeit, ganz Muriá und halb Rodhakion nahmen an ihr teil. Sie dauerte mehrere Tage lang, aber Fleisch und Wein und weißes Brot gingen ihnen nicht aus, noch süßes Gebäck, noch Sesam und Honig, Rosinen und Mandeln.

Gäste und Gastgeber tanzten und sangen die Tage und Nächte durch. Evangelos, voll von einem starren und bitteren Trotz, tanzte mit den Besten. Mißbilligende Blicke hefteten sich auf ihn, bedeutsame Blicke, vorwurfsvolles Gemurmel dort, wo die von Rodhakion saßen; ihm war es gleich, er tanzte. Jung und alt tanzte, warum nicht er?

Die Gastgeber hörten das Murren und Mäkeln und begütigten: »Laßt ihn. Noch ist er kein Mönch, laßt ihn ruhig noch eine Weile fröhlich sein.«

Die andern schwiegen, aber man sah es wohl, Evangelos' Treiben war ihnen eine unliebsame Überraschung. Es beleidigte sie, sie waren tief befremdet. Seine Mutter konnte es nicht mehr mit ansehen, sie wartete, bis wieder ein Tanz endete, und nahm ihren Sohn beiseite. Schweigend hörte er ihre Worte an, viele Worte, beschwörende, zankende, schließlich weinerliche Worte. Er machte sich von ihr los, holte seinen Esel und verließ das Fest.

Er ritt heimwärts über den Berg, an der Schlucht entlang. Wie das Wasser dort unten rauschte! Die Nacht war still, da war es, als sänge das Wasser lauter als am Tage. Wenn ich verstehen könnte, was es sagt, dachte Evangelos, aber die Sprache versteht ein Mensch nicht.

Er sprang ab und suchte unter den Kiefern nach einem ebenen Fleck. Der fand sich bald, schmal und etwas vertieft, fast wie eine Wiege, mit einer dicken Schicht brauner Kiefernadeln darin. Der Baum, von dem sie stammten, neigte seine Krone darüber, ein schützendes Dach. Dies war, was er brauchte, er kroch hinein und streckte sich aus.

Der Esel war ihm gefolgt, verstand, daß es einstweilen nicht weitergehen würde, war zufrieden und blieb auf der andern Seite des Kiefernstammes stehen. Evangelos wußte, er würde sich nicht entfernen. Ach, eine Weile ausruhen, schlafen sogar, wenn es ihm vergönnt war!

Aber der Schlaf kam nicht, so weich und kühl er auch lag. Er war überwach, lag mit weit offenen Augen da und starrte zu seinem struppigen Dach auf. Durch das Gewirr der Nadeln sah er Sterne wie freundliche Augen herniederblicken.

Wenn ich nur wüßte, sann Evangelos halblaut, was das Wasser ruft, was die Sterne meinen. Vielleicht wollen sie raten, vielleicht wollen sie trösten, und ich verstehe es nicht.

Ach, Grübelei! Er wies sie von sich. Wasser ist Wasser, es rauscht zwischen den Steinen, in der Schlucht klingt es laut. Sterne sind ... Niemand weiß, was die Sterne sind. Die Lichter der Nacht, Gott hat sie an den Himmel geheftet. Ganz einfach Leuchten; wie könnten sie trösten?

Und doch trösteten sie. Wie ein banges Kind vom Schein seiner Nachtlampe beruhigt wird, so fühlte auch Evangelos, daß er unter dem Blick jener unendlich fernen Augen stiller wurde. Er lächelte sogar. So einsam war er, daß er über die Gesellschaft der Sterne froh sein mußte?

Ein überwältigendes Mitleid mit sich selbst stieg in ihm hoch, füllte seine Augen und wollte überfließen – da wurde tief unter ihm in der Schlucht eine Stimme laut. Ein fürchterliches Röhren übertönte den Bach, halb Gebrüll, halb Gesang.

Evangelos fuhr auf und kniete wie erstarrt auf seiner Kieferstreu. War das ein Mensch, der dort unten brüllte und schrie? Oder eines von den Ungeheuern der Einöde, mit denen man die Kinder schreckte?

Nein, es mußte ein Mensch sein. Ihm war, als finge er Fetzen einer Hymne auf. Dann ein erschütterndes Schluchzen, das nur langsam erstarb. Steine rollten: Dort stolperte jemand umher.

Der Esel war unruhig geworden. Wenn er nun zu schreien anfing! Evangelos kroch zu ihm hin, griff in den Strick an seinem Hals, strich mit der andern Hand über das lange, sanfte Gesicht, klopfte leise den Hals. Das Tier stand wieder still, aber seine Ohren blieben aufmerksam hoch- und nach vorn gerichtet. Noch einmal schrie es drunten unendlich jammervoll: »Kyrie eleison – Erbarmen, Herr, Erbarmen –«

Nun wußte Evangelos, wer es war, der da schluchzte und schrie. Bruder Demetrios, allein mit der Nacht und seiner Not.

Das Toben entfernte sich. Evangelos atmete tief, auf einmal fühlte er, daß er zitterte. Er mußte fort von hier, fort von diesem Ort, der ihm jetzt schauerlich erschien. Er zog den Esel bis zum Weg zurück und ritt wieder bergan; dann wählte er sich ein neues Versteck und blieb dort bis zum Morgen. Schlafen konnte er nicht, zuviel bewegte seine Gedanken. Einmal blickte er zu den Sternen auf. »Und ihr seht das an –!« murmelte er.

Es war doch kein Trost bei den Sternen.

12

Nach diesem Erlebnis kehrte Evangelos nur mit großem innerem Widerstreben zur Arbeit am Bau zurück. Was erwartete ihn da oben – ein Werk, das er fördern half, obwohl es ihm zum Gefängnis werden sollte, und der Leiter dieses Werkes, der in Nacht und Einsamkeit brüllte am Berg wie ein verwundetes Tier.

Zu Hause aber konnte er nicht bleiben. Seine Mutter und alle weiblichen Anverwandten taten, als hätte er ihnen die größte Schande bereitet, nur wegen der paar Tänze auf Levtheris' Hochzeitsfest. Wohin er sich wendete, begegnete er strafenden Blicken und strengen Worten. Kyria Eusebia wischte sich die Augen und wimmerte: »Wenn Kyria Zoë es wüßte!«

»Sie wird es wissen, sobald sie heimkommt«, sagte Evangelos bitter.

»Panagia mou, rette uns! Was wirst du nur sagen, Kind –«

»Gar nichts«, rief Evangelos und entwandt sich den Fingern, die beschwörend nach seinem Ärmel tasteten.

Sein Vater sagte: »Willst du Frieden, dann weißt du, wo du ihn finden wirst.« Er fügte hinzu: »Wir alle hätten dann Frieden.«

Der Junge schwieg.

»Denk an deine Mutter, die ihr Herz daran gehängt hat«, fuhr Simon etwas milder fort.

»Ja, die Mutter und das ganze Dorf!«

»Was willst du? Ergib dich drein. Es ist dir bestimmt.«

»Vater, ich weiß doch, wie sehr du dagegen warst –«

»Ja, zuerst. Aber ich sehe jetzt, daß es sein muß, und ich habe mein Wort gegeben.«

»Dein Wort! Wem hast du es gegeben?«

»Deiner Mutter, dem Priester, dem Dorf.«

»Es ist nicht gut, was du getan hast«, rief Evangelos aufgebracht.

»Schweig«, sagte sein Vater. »Du bist mein Sohn, du hast zu gehorchen.«

Evangelos wußte, daß es vergeblich sein würde, noch einmal zu bitten. Wenn der Vater sein Wort gab, das war wie ein eiserner Riegel, er zog ihn nie wieder zurück.

Niemand mehr, dachte er, während er bergan ritt, niemand mehr auf meiner Seite. Levtheris verheiratet, der denkt nicht mehr an mich. Wenn ich vernünftig wäre, gäbe ich nach.

Er besann sich, trommelte dem Esel heftiger auf die Flanke und sagte: »Ich gebe nicht nach. Nie gebe ich nach!«

Oben begrüßten ihn die meisten mit: »Bist du schon da? Konntest du es nicht abwarten, wieder hier zu sein?«

Er staunte, wie weit der Bau während seiner Abwesenheit gediehen war. Dieses Gemäuer, das sich in den Felswinkel drückte wie das Rebhuhn in sein Versteck, war sichtbar eine Kirche. Wenn es so weiterging, würde es bald keinen Grund mehr geben, seinen Eintritt ins Noviziat hinauszuschieben.

Er bewunderte die Mauern: So hoch schon! Da würden sie wohl in diesem Sommer noch Dach und Kuppel tragen?

Die Männer überlegten das. Möglich wäre es, meinte einer, aber andere sagten, so schnell ginge es nicht. Es war ein Thema, über das sie sich gern unterhielten, und während der Mittagsstunde spannen sie es weiter. Gewölbe, Kuppel und Dächer – Dächer und Dächlein, all das brauchte seine Zeit. Und dann der Verputz innen, er mußte gut trocknen, ehe man mit der Einrichtung der Kirche beginnen konnte. »Die Ausmalung!« erinnerte einer. Ja, Kyria Zoë hatte versprochen, einen Maler zu rufen, sobald es soweit war. Und wie lange der für seine Heiligen und Engel brauchen würde, wer konnte das sagen?

»Aber wir brauchen ja nicht mit der Einweihung zu warten, bis alle Wände fertig bemalt sind«, gab einer zu bedenken.

»Schöner wäre es«, riefen ein paar Eifrige. Aber obwohl

sie alle der Ansicht waren, daß es schöner wäre, wenn ihre Kirche am Einweihungstage sich bis ins letzte vollendet und geschmückt zeigen könnte – sie glaubten doch nicht, so lange warten zu sollen. Mit der Einweihung waren sie ihrer Verpflichtung enthoben und durften sich wieder ganz der eigenen Arbeit widmen. Viel zuviel blieb ungetan, weil sie der Panagia Tage und Wochen schenkten.

»Nächstes Jahr vielleicht, wenn alles gutgeht, im Herbst«, hieß es, »oder im Jahr darauf.« Vom Kirchenbau kamen sie auf den Klosterbau und erzählten, Kyria Zoës Verwalter sei eben jetzt unterwegs, Arbeiter dafür anzuwerben.

»Jetzt schon, für nächstes Jahr?« rief Evangelos.

»Nein, für dieses«, war die Antwort. »Weißt du es nicht? Deine Noná will nicht warten, bis wir unsern Teil ausgeführt haben, sie will mit ihrem Bau anfangen, hier an der Seite, siehst du? Damit wir einander nicht in den Weg geraten.«

»Das wird eng«, sagte Evangelos. »Was hält denn der Baumeister davon?« Eine leise Hoffnung stieg in ihm auf.

Die Männer sahen einander an und senkten den Blick. Schließlich sagte einer: »Er ist nicht hier. Die Zelle steht leer. Es heißt, er will den Bau nicht mehr führen, er will die Leitung aus der Hand geben. Vielleicht ist er nach Agia Triadha zurückgekehrt; wir wissen es nicht. Aber wenn es nun bald an Dach und Kuppel geht, muß er her. Allein können wir es nicht.«

Evangelos schwieg. Er glaubte nicht, daß Bruder Demetrios zum Kloster gegangen war. Er hörte ihn noch schreien und schluchzen, lauter, als das Wasser der Schlucht rauschte; es war erst wenige Tage her. Ob er allein in der Wildnis umherirrte wie jener Hirt, von dem Levtheris ihm erzählt hatte? Dann war er jetzt wohl weit von hier. Trotzdem, dachte Evangelos, würde er sich hüten, sich nicht von den andern entfernen. Die Erinnerung an jene Nacht jagte ihm kalte Schauer über den Rücken.

An diesem Tag bat Evangelos, das Mauern erlernen, auf

dem Gerüst arbeiten zu dürfen, statt immer nur Mörtel herbeizuschaffen, wie er letzthin getan hatte. Es wurde ihm gewährt, der Vorarbeiter selbst nahm sich seiner an. Er beobachtete den Jungen genau, wie der den passenden Stein wählte, die rechte Menge Mörtel aufstrich und den Stein hineinbettete. Und beim zweiten, beim dritten Stein; dann nickte er und stand beiseite, bis Evangelos die Ecke erreicht hatte. »Du machst das recht gut«, meinte er, »ja, du tust es gern, das sehe ich.« Und er nahm die Kelle, um selbst den Eckstein zu legen. Danach aber durfte der Lehrling weitermauern.

Der Dorfvorsteher war zu ihnen getreten und unterhielt sich mit dem Vorarbeiter. »Bald geht's an die Gewölbe, und kein Baumeister hier«, hörte Evangelos. »Traust du es dir zu, Apostolis?«

»Ich weiß nicht«, murmelte Apostolis, »ich habe noch nie eins bauen müssen.«

Später kam er darauf zurück. »Bögen ja —«, sagte er zu Evangelos, »aber ein Gewölbe!«

Soll ich ihn aufmuntern? dachte Evangelos. Er mochte den Mann gern, er war ruhig und tüchtig wie sein Vater, aber nicht so barsch. Auch ließ er ihn jetzt mit Kelle und Mörtel hantieren. Er war ihm dankbar und sagte: »Ihr könnt es doch, Kyrie Apostoli, es ist ja nur ein kleines. Und die Panagia wird helfen.«

Wahrhaftig, der Vorarbeiter lächelte. »Meinst du?« gab er zurück. »Lauf hin und zünde ihr Licht an!«

Es war von Anfang an Evangelos' Pflicht gewesen. Sobald die Sonne verschwunden war und tiefer Schatten die Schlucht füllte, kletterte er zum Bach hinab, sprang hinüber und schlug Feuer für den Docht der Ampel. Ihr Licht war das Zeichen für die Arbeiter, daß nun Feierabend sei. Wer zurück ins Dorf mußte, war schon vor Sonnenuntergang fortgeritten; die übrigen fingen an, ihre Abendmahlzeit herzurichten. Kleine Feuer glühten auf, angenehme Gerüche zogen mit den Rauchschwaden durch die Schlucht.

An diesem Abend war es später als gewöhnlich, die Nische der Panagia lag schon im Dunkeln, als Evangelos zu ihr hinkam. Aber er brauchte seine Augen kaum für diese Aufgabe, er war sie gewöhnt. Wie immer überzeugte er sich zuerst, ob noch Öl in der Lampe sei; nein, es war nicht mehr genug, und er beugte sich nieder, um nach dem Ölkrug zu greifen. Er merkte nicht, daß eine Gestalt sich aus dem Dunkel löste. Harte Hände packten ihn, schüttelten ihn: »Warum du? Warum du?« keuchte es über ihm.

Evangelos schrie auf, der Krug fiel um und zerbrach. Er versuchte, sich loszureißen und glitt in der Öllache aus. Noch einmal schrie er laut, und diesmal um Hilfe.

Sein Angreifer war mit ihm gestürzt, er knurrte wie ein Tier, er ächzte wieder: »Warum du? Warum kam sie zu dir – nicht zu mir, der sie anbetet, nie zu mir, nie zu mir!«

Die harten Hände rissen ihn hoch, nur um ihn wieder hinzuschleudern, packten Evangelos' Kopf, ließen los, klammerten sich um seinen Hals. Evangelos wand sich, schlug um sich, aber der Irrsinnige war stark, der Druck seiner Finger wie von Eisenklammern. »Es ist aus«, schrie er, »aus mit dir!«

Und es war beinahe aus – da fielen die Männer über den Tobenden her, zwangen ihn von seinem Opfer fort, suchten ihn zu überwältigen. Aber er war nicht zu halten, er entglitt ihnen und verschwand in der Dunkelheit. Sie hatten wohl auch nicht gewagt, ihn zu grob anzupacken. Ein heiliger Mönch war er doch, wenn auch beinahe ein Mörder.

Der Dorfvorsteher eilte herbei und hob eine Fackel: »Lebt der Junge?«

»Er lebt«, riefen sie, »aber nur einen Augenblick noch, und es wäre zu spät gewesen.«

Sie richteten Evangelos auf und lehnten ihn sacht gegen den Altar. Er mühte sich, Luft in seine Lunge zu ziehen, seine Kehle war wie zerquetscht. Am Hinterkopf, mit dem er auf die Steine geschlagen war, schwoll schon die Beule, ihm war sehr übel. Er sackte zusammen.

Stimmen schwirrten um ihn: »Der Baumeister! Ist er wahnsinnig geworden?«

»Was hat ihm denn der Junge getan?«

»Ja, was? Er wollte ihn umbringen –«

Der Dorfvorsteher drängte: »Redet später darüber. Bringt den Jungen nach oben! Lakis, du bist der stärkste.«

Lakis hob Evangelos auf, der alte Theophilos leuchtete mit der Fackel vorauf, und alle wollten ihnen folgen, durch den Bach und bis oben. Aber der Vorsteher bestimmte, daß zwei Männer hierbleiben sollten, falls der Mönch zurückkäme. Keiner gehorchte. Hier bleiben – hier unten sitzen und warten, auf einen Mörder, einen Irrsinnigen? Jeder versicherte ihm, daß er oben gebraucht würde, oben Wache halten wolle. Vielleicht griff der Mörder nochmals an! Und Lakis brauchte Hilfe. Es war nicht leicht, mit einer fast leblosen Bürde diesen rauhen Hang hinanzuklettern.

Inzwischen war Lakis oben angekommen, und die andern stürzten ihm nach. Sie richteten ein weiches Lager für Evangelos, indem sie ihre eigenen Schlafplätze plünderten, sie kühlten seinen Hals mit nassen Tüchern, sie konnten nicht genug für ihn tun. »Wenn er ein Messer gehabt hätte!« hieß es immer wieder, und einer sagte: »Wieso war der Baumeister dort, ich dachte, der sei fort zum Kloster?«

Evangelos hörte es und versuchte zu antworten. Er brachte nur ein mühsames Krächzen hervor: »Er war nicht fort. Ich habe ihn gehört, in der Nacht . . . weiter oben . . .«

»Und du hast nichts gesagt!«

»Was sollte ich –«

Das Sprechen tat zu weh, er gab es auf. Sie merkten es auch und geboten ihm, still zu sein; sie flößten ihm kaltes Wasser ein und hießen ihn schlafen. Sie selber wurden lange nicht still, das Geschehene beschäftigte sie zu stark. Vermutungen flogen hin und her, und immer wieder kam die Frage: »Wie bauen wir unsere Kuppel, wie werden wir fertig?«

»Laßt es jetzt, Freunde«, mahnte der Vorsteher, »es gibt andere Baumeister.«

»Morgen müssen wir den Mönch suchen«, sagte Lakis.

»Den finden wir nicht, der Berg ist zu groß«, widersprach ein anderer.

»Der Arme«, murmelte es im Kreis, und manche erschauerten. »Wenn wir ihn fänden, was täten wir mit ihm?«

»Das ist Sache des Klosters.«

»Ja, Kyrie Apostoli, Ihr müßt dem Kloster Bescheid geben, ob wir ihn finden oder nicht.«

Es wurde beschlossen, den morgigen Tag der Suche nach dem Unglücklichen zu widmen, und wenn sie erfolglos blieb, zum Dorf zurückzukehren. Keiner dachte daran, weiter am Bau zu schaffen; die Schlucht war ihnen schrecklich geworden.

Evangelos verfiel in einen unruhigen Schlaf. Die Männer verbrachten die Nacht halb wachend, halb schlummernd, aber nichts geschah, alles blieb still.

Der Morgen kam und mit ihm der Rest der Mannschaft. Mit Entsetzen hörten sie, was geschehen war, sahen sie die dunkelunterlaufenen Fingerspuren am Hals des Jungen, die Beule an seinem Kopf. Das Haar darüber war mit Blut verklebt. »Bringt ihn heim, er braucht Pflege«, sagten sie. Aber es zeigte sich, daß er kaum stehen konnte, ihn schwindelte, wenn er nur den Kopf hob. Da ließen sie zwei Männer zu seinem Schutz bei ihm und begannen die Suche. Niemand fragte, was den Überfall auf den Jungen veranlaßt hatte. Der Baumeister war wahnsinnig, war plötzlich gewalttätig geworden; mehr vermuteten sie nicht.

Evangelos aber hörte immer noch die haßerfüllte Stimme des Irrsinnigen: »Warum du, warum nie zu mir, nie zu mir, der sie anbetet —«

Er wurde sie nicht los. Nun wußte er, warum Bruder Demetrios ihn haßte. Vom ersten Tag an hatte der ihn gehaßt, aus einem Neid heraus, der jeden andern überstieg. Gott würde wissen, was ihn in den Wahnsinn getrieben hatte – zum Mord hatte der Neid ihn getrieben.

Wenn er die Wahrheit gewußt hätte! Unruhig rückte

Evangelos auf seinem Lager. Sein Kopf schmerzte, er lag wieder still. Und wenn ich ihm die Wahrheit gesagt hätte, er hätte sie nicht geglaubt, dachte er trostlos.

Einer hatte ihm geglaubt: der Weise am Klosterbrunnen, Philaretos. Und – aber dies war seltsam! – er hatte das gleiche gewünscht wie Bruder Demetrios. Daß es ihm geschehen wäre, daß ihm vergönnt worden sei zu sehen, was Evangelos gesehen hatte. Er erinnerte sich genau der letzten geflüsterten Worte: »Ich hätte vieles darum gegeben, vieles.«

So viel bedeutete es ihnen. Diesem ein lichter Traum, der Wirklichkeit geworden schien; jenem die größte Gnade, das Wissen, auserwählt zu sein. Ihm selber, was bedeutete es ihm?

Er konnte nur raten, ihm war der Kopf so schwer und wirr. Was war es gewesen? Ein Glanz, ein Lächeln, weiter nichts. Ein Zufall: Er hatte nach seinen Schlingen sehen wollen. Und nun irrte Bruder Demetrios auf dem Berg umher, der hatte ihn ermorden wollen, um eines Trugbildes willen.

Der kranke Mann im Klostergarten hatte keinen Schaden gelitten. Der hatte nichts Schlimmeres als ein Bedauern, einen Wunsch, der unerfüllt blieb, durch seine letzten Jahre mitzutragen. »Ah, er ist weise«, murmelte Evangelos, »ihm wird nichts fehlen. Der andere aber –«

Der andere, der einen Hunger in sich trug wie ein reißendes Tier, den ein Feuer fraß, so daß er nachts durch die Wildnis irrte und die Schlucht mit seinen Schreien füllte!

Evangelos schloß die Augen. Ihm war sehr elend, und doch fühlte er eine Linderung, etwas wie eine kühle, sanfte Ruhe, die ihm zusprach, die ihm die wirren Gedanken wegnahm und ihm einen einzigen, neuen und heilsamen eingab. Er wußte es nun, daß er Bruder Demetrios vielleicht fürchten, ihn aber nie mehr hassen konnte.

Sie hatten nicht lange nach Demetrios zu suchen. Am Fuß einer hohen und steilen Klippe fanden sie ihn, tot. Ob

er im Dunkeln abgestürzt war, ob er sich im Wahn hinabge-
worfen hatte, wer konnte es sagen? Auch in seinem Geist war
Nacht gewesen. Die Männer sprachen ein Gebet und hoben
den Toten auf.

Einer von ihnen machte sich sogleich auf den Weg ins
Dorf, um einen Karren zu besorgen und ihn so nahe an diesen Ort zu bringen, wie der Weg es erlaubte. Die andern fügten aus Ästen eine Bahre zusammen, auf die legten sie ihn
und trugen ihn fort aus der Einöde. So kam Bruder Demetrios nicht mehr zurück zu seinem Bau, auch als Toter nicht,
denn der Weg ging weiter unten an der Schlucht vorüber.

Da ein solches Unglück ihr Werk befallen hatte, wußten
die Männer von Rodhakion sich keinen Rat. Sicher schien
ihnen nur, daß jetzt kein Segen mehr darauf ruhte. Stumm
und niedergedrückt traten sie den Heimweg an; in der Mitte
des kleinen Zuges Evangelos, der sich nur mit Mühe auf
dem Rücken seines Tieres hielt.

Sie holten den Karren ein, in dem ihr Baumeister auf grünen Zweigen lag, mit einem neuen Laken bedeckt. Sie ritten
langsamer, sie lenkten ihre Tiere vom Weg ab und nahmen
den Umweg über den rauhen Hang, um nicht dicht an ihm
vorbei zu müssen. Denn nicht nur Sorge bedrückte sie, sondern Angst. Wenn er nun doch ein Selbstmörder war – was
bedeutete das für ihr Dorf, für sie alle? Selbst wenn es nicht
so sein sollte: Sein Ende war ein gewaltsames gewesen;
würde er Ruhe in seinem Grabe finden? Sie fragten einander: »Wohin mit ihm? Es wird Nacht.«

Jeden anderen Verunglückten hätten sie in sein Haus getragen und ihn den Seinen übergeben. Die hielten dann die
Totenwache bei ihm, wie es sein mußte. Dieser aber war ein
Mönch, er hatte kein Haus, und Agia Triadha war fern. Keiner wußte eine Antwort auf die Frage.

Kurz bevor sie das Dorf erreichten, sahen sie zwei Männer
auf schnellen Maultieren herantraben. Sie erkannten Vater
Gerasimos und Theodoros, den Psaltisten, und sie atmeten
auf. Der Priester war da, er würde Rat wissen.

Mitten auf dem Wege und ohne abzusteigen besprachen sie, was zu tun sei. Vater Gerasimos, bleich und verfallen vor Schreck, blieb dabei: der Tote gehöre dem Kloster. Die Männer stimmten ihm bei, nur – die Sonne war gesunken, in einer halben Stunde würde es dunkel sein. Sie kannten den Weg nach Agia Triadha und waren willig, ihn zu gehen, aber mit einem Toten, mit diesem Toten, durch die Nacht? Das durfte er von ihnen nicht verlangen.

Vater Gerasimos sah es ein. Er wußte um ihre Furcht, um das Grauen, das jeden ihrer Schritte begleiten würde, und er hatte Mitleid mit ihnen.

»Einer von euch – du, Janni! – bringt den Jungen heim«, gebot er, »und ihr andern helft mir einen Raum zu finden, der den Toten für diese Nacht aufnimmt.«

Sie murmelten etwas, sie blickten an ihm, aneinander vorbei. Sie scheuten sich, es auszusprechen, aber im ganzen Dorf gab es keinen solchen Raum. Nicht für diesen Toten. Der Psaltist überraschte sie alle mit einem Vorschlag: »Die neue Scheune des Manolis, die eben erst fertig geworden ist.«

Das war die Lösung. Alle sagten es, nur Manolis nicht. Er hatte seine Scheune nicht für einen solchen Zweck gebaut.

»Das wissen wir, Manolis«, sagte der Priester. »Aber warum willst du sie uns nicht leihen, damit wir den Armen unterbringen können, nur für diese Nacht?«

Manolis gestand, was er befürchtete. Die Scheune würde – danach – nicht mehr zu gebrauchen sein; nicht für die Feldfrüchte, nicht für sein Vieh.

Theodoros geriet plötzlich in hellen Zorn und rief: »Dann verkauf sie uns! Später bauen wir sie zur Kapelle um.«

Aber der Priester beschwichtigte ihn und redete auch Manolis gütlich zu: »Das wird nicht nötig sein, du wirst deine Scheune behalten und sie benutzen, ohne jede Gefahr. Denn ich selber will die Nacht über bei dem Toten wachen, und wenn wir ihn aus der Tür getragen haben, den Raum heiligen. Wirst du uns die Scheuer leihen?«

Manolis war nun beruhigt und gab nach. Als der Karren ankam, hoben sie den Toten heraus und trugen ihn zu der Scheune hin, die weit vom Dorf allein im Felde stand. Drinnen legten sie ihn nieder auf seiner grünen Bahre, und Theodoros lief um Lichter, um Basilienkraut und geweihtes Wasser. Auch er wollte die Nacht über hierbleiben, um zu wachen und zu beten.

13

Ganz Rodhakion war wie betäubt von diesem Schlag. Aber es währte nicht lange, und die Leute fingen an zu reden, zu deuteln, zu mutmaßen. Was war schuld an diesem Unglück? Oder vielmehr: wer?

Es blieb nicht geheim, daß der Baumeister versucht hatte, den Jungen umzubringen. Bald hieß es, was der Junge getan hätte, es mußte doch einen Grund geben.

Theodoros goß Öl ins Feuer. Er tuschelte hier, er raunte da, er fand überall williges Gehör. Bruder Demetrios war immer der Gegenstand seiner Verehrung gewesen; jetzt machte er ihn erst recht zum Heiligen, zum Märtyrer.

»Die Panagia ist doch nicht zufrieden mit dem Ort, an dem wir bauen«, seufzten die Harmloseren unter seinen Zuhörern. »Jetzt zeigt sie es uns.«

»Das ist es nicht, das ist es nicht«, rief Theodoros. »Hört mich an, ich weiß es!«

»Was weißt du?« drängte es sich um ihn.

»Der Junge will nicht ins Kloster, darum hat Bruder Demetrios ihn verfolgt. Und der Junge ist halsstarrig, er hat sich nicht fügen wollen, sich nicht zwingen lassen. Und so . . .«

Ja, es war einleuchtend. Trotzdem gab es einige, die ihm

widersprachen: »Aber Evangelos hilft doch mit, die Kirche zu bauen. Erst danach soll er ins Kloster und Mönch werden.«

Einer fügte hinzu: »Er hat mehr am Kirchenbau getan als du, mein Freund.«

Das Wort traf Theodoros wie ein Stachel. Er tat den nächsten Schritt; unbedacht und hitzig wie er war, säte er aus, daß in dem Jungen etwas Böses stecke. Bruder Demetrios – oh, dieser Heilige! vor seinen Augen blieb nichts verborgen – hatte es gewußt und es vernichten wollen. Da es ihm nicht gelang, war er geflohen, es hatte ihn in den Tod gejagt. Und Theodoros weinte, so sehr erschütterte ihn, was er die Wahrheit nannte.

Schon hielten die meisten von denen, die seine Tränen sahen, es ebenfalls für die Wahrheit.

Das Gerücht lief im Dorf um. Evangelos' Vater hörte es auf dem Markt. Sehr ergrimmt ging er zum Priesterhaus und machte Vater Gerasimos mit dieser neuesten Entwicklung bekannt.

»Mein Gott, mein Heiland«, jammerte der alte Mann, »was ist nur über die Leute gekommen?«

»Euer Psaltist, Ehrwürdiger«, sagte Simon zornig. »Seht zu, daß er nicht weiteren Schaden anrichtet, dieser Mensch mit seiner Giftzunge!«

Vater Gerasimos wußte selbst, daß sofort etwas getan werden mußte. »Warte, mein Freund«, bat er, »laß mich nur das Gewand wechseln, sieh, ich bin im Arbeitszeug. Dann gehe ich mit dir durch das Dorf, damit uns alle sehen, und hin zu deinem Haus. Ich muß mich ja auch um Evangelos kümmern.«

Simon glaubte nicht, daß der Besuch des Priesters viel ausrichten würde; er konnte gar zu leicht anders ausgelegt werden.

»Ich werde auch mit Theodoros reden«, versprach Vater Gerasimos, »ich werde ihn zum Schweigen bringen.«

»Den bringt niemand zum Schweigen«, versetzte Simon.

Er irrte sich. Manolis brachte es in kürzester Zeit fertig. Theodoros, der einen Acker verkauft hatte, lief ihm die Tür ein: Er hatte sich völlig in die Idee verbissen, jene Scheuer zu erwerben, in der die Leiche seines Heiligen geruht hatte. Manolis lag nicht daran, ihm zu Gefallen zu sein, außerdem brauchte er seine Scheuer.

Theodoros, erbost über die Weigerung, war unverschämt geworden, Manolis, dem die Geduld riß, hatte zugeschlagen, und Theodoros kam mit einem zertrümmerten Nasenbein nach Hause. Notgedrungen verhielt er sich eine Weile still.

»Die Panagia sei mit uns«, stöhnte Vater Gerasimos, »was ist nur über die Leute gekommen?«

»Sie zürnt«, wisperten die Frauen. »Seht, sie hat Unfrieden in unser Dorf geschickt.«

Kyria Eusebia rang die Hände und sagte zu allem nur: »Ich wollte, Kyria Zoë käme bald! Wo bleibt sie nur? Es ist längst Sommer, und sie ist immer noch nicht in ihrem Haus.«

Evangelos' Kopfwunde war verheilt, die dunklen Fingerspuren an seinem Hals wurden blasser, verschwanden endlich ganz, und kurz darauf kehrte Kyria Zoë nach Rodhakion zurück. Sie kam nicht allein. Im Kloster Agia Triadha hatte sie erfahren, was sich zugetragen hatte, und sich sofort um einen andern Baumeister bemüht. Das war es, was sie so lange ferngehalten hatte. Sie kam mit der Zusage, daß er im September eintreffen würde.

Dieser Mann, Charidimos, war kein Mönch und konnte sich keiner großen Kunst rühmen. Aber er verstand sich auf sein Handwerk, er war tüchtig und ehrlich. Er würde den Bau, auch den des Klosters, weiterführen.

»Wir haben viel Zeit verloren«, rügte Kyria Zoë streng, »viel zuviel Zeit!«

Sie erschien im Haus des Simon: »Wo ist Evangelos? Er sollte im Kloster sein. Ihr seht, was geschieht, wenn ihr der Allerheiligsten nicht gehorcht.«

Paraskevi, sehr erschrocken, stammelte: »Eben ist er von

seiner Arbeit heimgekommen, er wäscht sich gerade, Kyria mou, er war schwarz! Verzeihung, Kyria Zoë; gleich wird er hier sein.«

Kyria Zoë wurde durch diesen Bescheid nicht versöhnlicher gestimmt. »Ich habe es immer gesagt, schmutzige Arbeit schickt sich nicht für Evangelos. Aber ihr hört nicht auf mich«, schalt sie, »und wir sehen ja, was davon gekommen ist! Der Bau liegt still, das ganze Werk liegt darnieder.«

»Ihr seid zu lange fort gewesen, meine goldene Kyria«, seufzte Paraskevi.

»Ja! Sobald ich den Rücken kehre, geschehen solche Dinge«, schimpfte Kyria Zoë, alles andere als golden.

»Nicht durch unsere Schuld«, rief Paraskevi. »Wir hätten beinahe unseren Sohn verloren, Kyria!«

»Eben, das sage ich ja. Doch eure Schuld! Im Kloster wäre er sicher gewesen. Komm, Rinió!«

Sie ließ sich nicht begütigen, rief nach den Maultieren und verließ den Hof, ohne Evangelos gesehen zu haben.

Es war der Vorabend des großen Marienfestes; Kyria Zoë war eigens aus der Stadt gekommen, um es in Rodhakion zu feiern. Nur würde es in diesem Jahr nicht so froh begangen werden, wie es immer der Brauch gewesen war. Vater Gerasimos hatte darum gebeten, und die Gemeinde war einverstanden. Er ordnete Bitt- und Bußgänge an: Sie gaben ihm recht. Das Unglück in der Schlucht warf seinen Schatten über alle Freude.

Erst am Abend dieses ungewöhnlich ernsten und nüchternen Marientages fanden Evangelos und Rinió die Gelegenheit zu einem Gespräch. »Du bist groß geworden, Vangelis«, sagte sie als erstes.

»Du nicht«, gab er zurück.

»Aber ich habe die Welt gesehen«, trumpfte sie auf.

»Und hier geschehen die seltsamsten Dinge«, sagte Evangelos, »hier bei uns.«

»Ach, in der Welt auch«, meinte die Kleine achselzuckend. »Aber du bist wie immer, Vangelis?«

»Nicht ganz«, erwiderte er. »Bist du denn dieselbe, Rinió?«

»Ich? Immer!« rief sie und sprang davon.

Doch, sie sprang immer noch, sie ging noch nicht gemessenen Schrittes. Das freute Evangelos; er wußte nicht, warum.

Wenige Tage später trafen sich die beiden bei der Mauer, die Kyria Zoës Garten einschloß. Ein mächtiger alter Feigenbaum reckte seine Zweige hinüber, Rinió kletterte leicht hinauf und hockte auf der Mauer, Evangelos wartete auf sie an ihrem Fuß. Niemand würde sie überraschen, es war die heißeste Zeit des Nachmittags, nichts regte sich. Alles ruhte, nirgendwo ein Mensch.

»Sie schlafen alle«, flüsterte Rinió. »Aber jeden Tag wird mir's nicht glücken, herzukommen. Die Noná hält mich strenger denn je.«

»Was tust du denn die ganze Zeit?« erkundigte sich Evangelos.

»Ach, nähen, immerzu nähen«, sagte sie ungeduldig, »und sticken. Ich sticke recht gut, meint die Noná.«

Evangelos mußte sie ein wenig necken. »Und was nähst du, was stickst du?« fragte er. »Deine Aussteuer – schon?«

Das kleine Gesicht verlor sein Lächeln. »Für mich wird keine Aussteuer nötig sein, Vangelis«, erwiderte das Mädchen sachlich. »So lange die Noná mich braucht, behält sie mich, und wenn sie alt ist, werde ich sie pflegen. Dazu hat sie mich zu sich genommen.«

Sie schwieg eine Weile, dann fuhr sie fort: »Wir waren daheim auf meiner Insel, ich habe die Meinen wiedergesehen. Meine Schwestern, Vangelis – sie haben keine feinen Schuhe wie ich, keine langen Kleider mit bestickten Säumen wie dieses hier. Aber wie leicht und flink sie über die Felsen springen, wie sie lachen und schwatzen dürfen! Weißt du was? Ich war die Fremde in unserm Haus.«

Evangelos wußte, wie das war. »Rinaki, es tut mir leid«, sagte er warm.

Sie blickte aus ihrem grünen Schatten in das offene, ihr entgegengehobene Gesicht des Jungen. Sie erzählte weiter: »Die Mutter fragte nach allem. Nach dem Essen, nach meinem Bett, ob es sehr weich sei, nach der gewirkten Decke darauf. Meine Schwestern und Brüder, ja und die Eltern auch – sie alle schlafen auf trockenem Seetang; kennst du den?«

Evangelos hob verneinend das Kinn.

»Er ist wie feine, schmale, dünne Bänder«, erklärte sie, »braun, wenn er naß am Ufer liegt, aber wenn trocken silbernfahl. Es gibt viel davon am Strand bei uns, dicke Polster. O Vangelis, wie gut es sich auf Tang schläft!«

»Ich wußte nicht einmal, daß es ihn gibt«, sagte Evangelos. »Ich weiß nichts vom Meer.«

»Das beste Bett«, versicherte Rinió. Sie stand auf, sie setzte den Fuß auf den Ast, der die oberste Sprosse ihrer Leiter darstellte. »Ich muß gehen, Vangelis. Die Noná weiß, daß ich nach dem Essen nicht schlafe, darum gibt sie mir Arbeit: Soundsoviel muß ich am Laken säumen, und saubere Stiche! Geh zum Guten, Vangelis.«

»Gute Stunde, Rinió mou.«

Rinió wartete zur vereinbarten Stunde oft vergeblich auf Evangelos. Er war zwar im Dorf, aber auf seines Vaters Hof und Äckern war viel zu tun, denn ein paar Hände fehlten. Er mußte seinen Bruder Pantelis ersetzen.

Sie hatten ihn verloren, den Pantelis, er war aus dem Elternhaus, aus dem Dorf entflohen, nach dem bösen Streit mit dem Sohn eines Nachbarn. Mit Messern waren die Jungen aufeinander losgegangen: Pantelis war kaum etwas geschehen, der andere aber, Mitsos, war schwer verletzt worden. Sterben würde er nicht, aber dem Schuldigen konnte es schlimm ergehen, wenn ihn Mitsos' Leute fingen.

Pantelis war nie der Liebling seiner Mutter gewesen. Das war ihr erstgeborener Sohn Alekos, bis Evangelos, ohne es zu wollen, ihn verdrängte. Jetzt, da ihr zweiter Sohn sie verlassen hatte, war Paraskevi untröstlich. Sie tat, als ob er gestorben wäre, als ob sie ihn auf immer verloren hätte. Sie weinte tagelang, sie jammerte laut, wenn sein Name genannt wurde; in ihrem Gedächtnis stand er schön und gut, wie er nie gewesen war. Es währte nicht lange, und sie begann die Ursache des Unglücks in der Ungnade der Gottesmutter zu suchen. Wenn er sich gefügt hätte, wenn er sich ihrem Willen gebeugt hätte, wäre dieses Leid, diese Schande nicht über sie gekommen, warf sie Evangelos vor. Dann erschrak sie, umarmte ihn und bat ihn um Verzeihung.

»Nein, nein, Vangelis«, weinte sie, »ich will ja nicht sagen, daß es deine Schuld ist! Aber . . .«

»Mutter, du denkst es«, sagte Evangelos und ging aus dem Haus.

Der Herbstregen kam früh in diesem Jahr, er war kalt und fiel in schweren Schauern. Mehrmals prasselte sogar Hagel auf Weinäcker und Gärten nieder, zerschlug die Trauben und richtete großen Schaden an. Auch die Mandelernte fiel weniger reichlich aus. Die Leute fragten sich sorgenvoll, womit sie ihre Abgaben zahlen würden.

Aber die Oliven hatten nicht so sehr gelitten, sie würden den Verlust ersetzen, und auch das Korn war nicht schlecht geraten. Hungern würde niemand in Rodhakion, nur würde man sparsam mit den Vorräten umgehen müssen. Der Kirchenbau jedoch –? Nun, er würde langsamer fortschreiten, als man sich's vorgenommen hatte. Der neue Baumeister war da, er hatte sich mit dem Priester und den Ältesten der Gemeinde über die Aufgabe beraten und vorgeschlagen, jetzt mit den Klostergebäuden zu beginnen. Es würde sie auf längere Zeit entlasten, die Kosten dafür trug Kyria Zoë. Sie sei einverstanden, erklärte er, sie habe ihm schon ihre Anweisungen gegeben. Wer von den Dorfleuten für sie arbeiten wolle, solle es tun, gegen Lohn; sie müßten dann aber regelmäßig kommen.

Die meisten waren froh, auf eine Weile von ihrer Verpflichtung frei zu sein; nur einige der jungen Männer verdingten sich für den Winter. Sie ließen sich aber zusichern, daß sie nachts nicht in der Schlucht bleiben müßten. Charidimos versprach es ihnen.

Dann fragte er: »Ist einer von euch Evangelos, der Sohn des Simon?«

»Nein«, sagten sie verwundert.

»Es ist gut«, nickte er und entließ sie.

Evangelos und sein Vater waren wieder dabei, einen Meiler zu schichten, in diesem Jahr aber weiter unten am Hang und fern von der Gegend, in der sie im Vorjahr ihr Holz geschlagen hatten. Der Vater war wortkarg wie immer, finster beinah, und Evangelos sang nicht mehr bei der Arbeit. Sie mühten sich unablässig, aber es war kein gutes Arbeiten mehr, zuviel lag zwischen ihnen. Selbst das Leben in der Einsamkeit brachte sie nicht wieder zueinander. Des Vaters tiefer Verdruß über die Opfer, die der Kirchenbau von ihm forderte, über das Gerede im Dorf und über den Ungehorsam des Sohnes; Evangelos' Bitterkeit über das Versagen des Vaters – Verrat nannte er es sogar –, als er seinen Beistand brauchte: Sie sprachen nie darüber, aber es schwelte in ihnen wie im Innern des Meilers.

Fünf Tage lang brannte ihr Meiler, dann deckten sie ihn ab und breiteten die Kohlen zum Kühlen aus. Sie füllten die Säcke und begannen den zweiten Meiler; vier sollten es in diesem Herbst werden. Simon wollte mehr Kohlen verkaufen als sonst, es ging darum, seinem ältesten Sohn die Hochzeit zu richten.

Er hatte Alekos einen Teil seiner Felder übergeben, einen Rebacker und eine stattliche Herde; die Braut brachte ihm Kästen und Truhen zu, viele wollene Decken und alles, was sie selbst gesponnen und gewebt hatte an Tüchern und Gewandstücken, dazu neues Kupfergerät, die Gabe ihrer Eltern. Dimitrula war eine wohlhabende Braut, sie besaß Herden und Äcker, aber die Krone ihrer Mitgift waren dreißig schöne und reichtragende Ölbäume.

So fröhlich wie die Hochzeit des Levtheris wurde diese nicht. Sie war von den beiden Familien beschlossen worden, Alekos hatte sich fügen müssen, und er hatte es nicht gutwillig getan. Ein anderes Mädchen lag ihm im Sinn, aber sie war seiner Mutter nicht gut genug gewesen. Wenigstens gab sie das vor; heimlich dachte sie: Nicht eine, die er liebhat, er wird sie mehr lieben als mich, sie wird ihn mir stehlen, meinen Sohn, meinen Ältesten! Dimitrula aber war jung und nicht so klug und hübsch wie jene Frosso, sie bedeutete keine Gefahr.

Sehr jung war die Braut und so schüchtern, daß sie nicht den Blick zu heben wagte, als sie im hochzeitlichen Schmuck an der Tafel saß. Der Bräutigam blickte finster drein und sprach kein Wort, bis ihm der Wein zu Kopf stieg. Da wurde er lärmend und prahlerisch. Zufrieden waren die beiden Väter, Simon, weil er Alekos nun auf guter Bahn wußte, Manilos, weil er an den großen Besitz dachte, den der Schwiegersohn einmal erben würde. Allerdings waren da noch die beiden Töchter, die ausgestattet werden mußten, und zwei Söhne, aber die . . .

An das Glück der beiden, die Vater Gerasimos heute für ihr ganzes Leben zusammengegeben hatte, dachte niemand.

Doch, Evangelos dachte daran. Er trank kaum, er tanzte nicht, er hatte viel Zeit, die junge Braut zu beobachten. Sie war nicht älter als er selbst, früher hatten sie miteinander gespielt. Und nun saß sie da in ihren neuen Gewändern und war seines Bruders Frau. Er fing einen Blick auf, den sie ihrer Mutter schenkte, einen Blick so voll Angst und Hilflosigkeit, daß er erschrak. »Wie konntet ihr mir das antun«, sagte dieser Blick, »mich fortgeben, mich diesem Mann geben?«

Aber die Mutter war tief im Gespräch mit den Nachbarinnen. Sie lachte laut über den Scherz, sie sah die Not der

Tochter nicht. Sie war sogar stolz auf Dimitrula, denn die Sitte verlangte, daß unter all den Fröhlichen die Braut traurig sei, verließ sie doch ihr Elternhaus. Alle Gäste rühmten schon Dimitrulas Bescheidenheit und Sittsamkeit.

Evangelos war plötzlich überzeugt, daß man Dimitrula ebenso in diese Heirat getrieben hatte, wie man ihn ins Kloster zu treiben suchte. Sie ist ein Mädchen und wehrlos, dachte er, sie ist nicht einmal gefragt worden. Genauso machen sie es mit mir, sie denken: So muß es sein, und sie erwarten, daß ich mich füge. Dimitrula ist gefangen. Wie ich.

Er suchte nach Rinió und fand sie im Rebengang, wo sie mit seinen kleinen Schwestern spielte. Kyria Zoë hatte sie auf ein Weilchen freigegeben.

»Rinió«, bat Evangelos, »geh hin, setz dich ein bißchen zur Braut.«

»Ich – zur Braut?« wiederholte Rinió erstaunt. »Mein Platz ist nicht bei ihr.«

»Doch, geh zu ihr. Sie ist allein, Rinió. Verstehst du?«

Das Mädchen sah ihn forschend an. »Warum sagst du das? Es ist doch ein Fest, ihr Hochzeitsfest – alle sind da, alle genießen es und sind froh.«

»Dimitrula ist nicht froh«, sagte Evangelos.

»Sie tut nur so. Du weißt, das muß so sein.«

»Nein, es ist mehr als das. Sie fürchtet sich.«

Rinió verstand. »Ich gehe«, versprach sie.

Als er wieder in den Saal trat, sah er Rinió, die mit einer Schale süßer Äpfel auf Dimitrula zuging, sie ihr bot und, da die Braut den Kopf schüttelte, selbst den schönsten Apfel heraussuchte, ihn schälte und zerteilte und mit lächelndem Zureden erreichte, daß sie davon aß.

Er war über sich selbst erstaunt. Wie war er dazu gekommen, sich Dimitrulas anzunehmen?

Weil wir beide im Netz stecken, sagte er sich, sie in diesem, ich in einem andern. Helfen konnte er ihr nicht, aber durfte ein Gefangener nicht den andern trösten? Ihm stand es nicht zu, aber er hatte Rinió schicken können.

Vater Gerasimos, des Hochzeitslärms ein wenig müde geworden, hatte sich abseits an ein Fenster gesetzt und das kleine Nebenspiel wohl bemerkt. Rinió hatte er kaum beachtet; Evangelos war es, der ihn beschäftigte. Da lehnte er am Türrahmen, nahm nicht teil an der Fröhlichkeit, blieb außerhalb. Nun so etwas wie ein Lächeln. Nein, es war schon wieder ausgelöscht. Der Junge starrte vor sich hin. Woran dachte er, mit diesem gramvollen Zug um den Mund? Vater Gerasimos rief die Panagia an – wie hatte der Junge sich in der letzten Zeit verändert! Früher stets heiter und offen, jetzt verschlossen, oft mürrisch; früher gefügig und leicht zu lenken. Und jetzt dieser Starrsinn, ein Maultier konnte nicht störrischer sein.

Ein so guter Junge war er gewesen. Nun, er war auch jetzt nicht böse, das durfte niemand sagen, aber was ging in ihm vor, warum war er anders geworden?

Er rief Evangelos zu sich, um behutsam zu forschen und die Antwort zu entdecken, aber der hatte längst gelernt, Fragen auszuweichen, so harmlos sie auch gestellt wurden. Von klein auf hatte er den alten Priester verehrt und ihm vertraut; das war vorbei. Er und der Vater und die Mutter mit ihrem: »Das wäre nie geschehen – viel Leid und Schande wäre uns erspart worden, wenn Evangelos . . .« und der Chor der Gevatterinnen mit dem ständig wiederkehrenden »So ist es!« Wie ein Kehrreim, dachte Evangelos, sie alle singen dasselbe Lied.

Und dieser alte Mann redete vom Kirchenbau und wie betrüblich es sei, daß er hatte eingestellt werden müssen. Er wollte wissen, wie Evangelos die Zeit nützte, er hätte ihn lange nicht gesehen, er käme gar nicht mehr, ihn zu besuchen.

Evangelos schwieg dazu.

Ob es nicht besser wäre, wenn er diese Zeit in Agia Triadha verbrächte, sich einzugewöhnen, sich vorzubereiten?

»Nein«, sagte Evangelos.

»Eines Tages wirst du ja doch –«

»Bis die letzte Wand getüncht ist, bis das Kreuz auf der Kuppel steht«, erinnerte ihn Evangelos. »Wißt ihr noch, ehrwürdiger Vater?«

Der Priester, sehr betroffen, mußte sich besinnen. Viel war geschehen, er sah nicht mehr ganz klar, wie er im Anfang zum Klosterbau und zu Kyria Zoës Plänen gestanden hatte. Er wollte nur das Beste für diesen Jungen, den er immer gern gehabt hatte, fast als wäre er ein Enkel . . . War es denn nicht das beste, in der Hut des Klosters zu leben, Gott und der Allerheiligsten zu dienen in jeder Stunde, Tag und Nacht?

Wie wirr ihm der Kopf war von dem Lärm, den die Leute machten! Vater Gerasimos erinnerte sich nicht mehr, er wußte nicht ganz, worauf Evangelos anspielte. Er konnte nur hilflos bitten: »Vangelis, geh mir nicht ganz verloren.«

14

Ein Meiler nach dem anderen rauchte im Wald, verwandelte Holz in Kohle, mußte sorgsam betreut werden, Tag und Nacht. Es blieb nicht bei den ersten vier, sie schlugen mehr und mehr Holz und bauten den fünften, den sechsten.

Es war schon recht kalt auf der Anhöhe, aber den Köhlern wurde warm bei ihrer harten Arbeit. Auch in der Nacht, selbst im Tau der Frühe kam es nicht zum Zähneklappern, so scharf mußten sie achtgeben, daß nur ja keine Flamme die Decke aus Erde und feuchtem Laubwerk durchbrach. Dann hieß es hinauf auf den Hügel, das Feuer dämpfen und die schwache Stelle flicken, so schnell es ging. Glühen sollte der Meiler, brennen nicht. Für den, der die Wache hatte, gab es nicht viel Ruhe.

Evangelos' Augen waren gerötet vom Rauch und vom Mangel an Schlaf, seine Hände trugen Brandblasen, sein Kittel war versengt und voll winziger Löcher, wo immer Funken gelandet waren. Er war oft so müde, daß er die Arbeit wie im Traum vollführte, und doch lebte er in Frieden wie seit langem nicht. Im Frieden mit sich selbst, seinem Tagwerk, seiner Umgebung; die vergangenen Tage, so war es ihm, lagen weit zurück, die kommenden noch in weiter Ferne. Für ihn stand die Zeit still.

Besonders in den Nächten fühlte er es. Er liebte diese einsamen Nachtstunden. Der Gefährte, den sein Vater ihm mitgegeben hatte, schlief in der leichten Hütte aus Zweigen, nichts ließ sich hören als die kleinen Eulen. Oder ein aufgescheuchter Vogel strich durch die Zypressen, mit seinem ängstlich klagenden Ruf. Schließlich regte sich nichts mehr, nur er selbst, der seine Runde um den Meiler ging, aus nachttiefen Schatten in bleiches Mondlicht tretend, auf ein Knistern horchend, nach jähem Funkensprühen spähend. Wenn er alles fand, wie es sein mußte, ein paar Schritte weiter bis zum Ende des Ausläufers, bis zu dem weiten Blick über die mondbleiche Ebene in ihrem Schlaf. Fern, sehr fern ein Silberstreif, das Meer. Wie still das Land, wie weit! Hier und da die dunklen Kronen alter Steineichen, unter der einen oder anderen vielleicht ein Hirt mit seiner Herde; einzelne Scheuern, Gehöfte, der Küste näher auch Dörfer; nirgends ein Licht.

Er fühlte sich klein und schutzlos vor dieser großen Leere, wie ein verlassenes Kind, aber ein andermal kam er sich vor wie ein Riese, der allein wachte in all der ungeheuren Einsamkeit. Dann ging er zurück und wurde nach wenigen Schritten, wie er gewesen war, er selbst, weder Kind noch Riese, setzte sich zu einem Meiler und wunderte sich über die Gedanken, die ihm in den Sinn kamen.

Wenn der Gehilfe aus der Schutzhütte trat, gähnend und zerzaust, Kosmakis, ein ungeschickter Mensch und etwas simpel, aber freundlich und fleißig, dann verflog das Hirngespinst. Die beiden aßen kräftig, kein trockenes Brot für sie, sondern was im rußigen Tiegel brodelte, und für den, der gewacht hatte, ein Schluck Wein. Der rollte sich gleich darauf in seine Decken und konnte schlafen, bis der helle Tag durch die Kiefern blickte.

Wenn Evangelos auch jedesmal sagte: »Hundert Jahre könnte ich schlafen!« – er war doch immer wieder auf, sobald die Stunde ihn rief.

Simon kam mit den Eseln, brachte neue Vorräte, lud die gefüllten Säcke auf und führte sie fort. Einmal kam er früher als abgemacht, er zog Evangelos auf die Seite und sagte: »Dein Bruder ist zurückgekehrt.«

»Der Alekos?« fragte Evangelos ahnungslos. »Wo war er denn hin?«

»Nicht der Alekos. Der Pantelis.«

»Was sagst du?«

Der Vater nickte.

»Da wird sich die Mutter gefreut haben«, sagte Evangelos nach einem kleinen Schweigen. Es klang recht trocken, er merkte es selbst.

»Ja, die Mutter! Lange hat die Freude nicht angehalten. Er ist krank, sie hat große Angst um ihn.«

»Das wird nun auch wieder meine Schuld sein«, bemerkte Evangelos.

»Ach, du weißt, wie sie ist. Man darf nicht auf sie hören«, gab Simon zurück. »Du sollst nach Hause kommen, sie will mit dir reden.«

»Ich kann nicht fort; diesen Meiler haben wir gestern erst angezündet.«

»Und ich kann daheim nicht abkommen. Der Alekos will nicht. Was versteht der auch von Meilern«, brummte Simon.

»Bleib ich also hier?«

»Du bleibst hier. Den Pantelis kannst du gelegentlich begrüßen.«

»Gut«, sagte Evangelos, sehr erleichtert.

Das nächste Mal berichtete der Vater, Pantelis sei immer

noch krank, und die Mutter könne nicht verstehen, daß Evangelos nicht gekommen sei, den Bruder zu begrüßen. »Vielleicht solltest du kommen«, fügte er hinzu, »er ist wirklich sehr krank.«

»Was kann ich für ihn tun«, erwiderte Evangelos achselzuckend, »ich bin kein Arzt.«

»Nein, aber du bist deiner Mutter Kind«, sagte Simon und ritt davon.

Was wollte der Vater damit sagen? Ihn an seine Pflicht erinnern, gewiß. Aber die Mutter hatte ja ihren Pantelis, den verlorenen, so laut beklagten Sohn wieder; was wollte sie mehr?

Beim dritten Mal war es nicht der Vater, der heraufkam, sondern Levtheris, mit Lachen und lautem Rufen. »Ganz wie in alter Zeit«, grüßte er und lud ab, was er mitgebracht hatte: einen großen Weinkrug. Er war sehr vergnügt, denn seine Drossula hatte ihm einen Sohn geschenkt – also einen Sohn! Seinesgleichen gab es nicht, nirgends auf der Welt, versicherte der stolze Vater. Er war nach Rodhakion gekommen, um den Gemeindevorsteher zu bitten, Pate zu stehen. »Ich war auch bei euch auf dem Hof«, erzählte er. »Was für eine Neuigkeit – der Pantelis ist wieder da!«

»Deine Neuigkeit ist besser«, wehrte Evangelos ab, »red mir nicht von ihm.«

»Aber das soll ich ja. Deswegen haben sie mich hergeschickt.«

»Überreden sollst du mich?«

»Weißt du denn schon, was deine Mutter von dir will?«

»Mir Vorwürfe machen; du weißt schon, wie sie denkt.«

»Diesmal will sie mehr. Du sollst deinen Bruder retten, hat sie gesagt, sofort die Panagia versöhnen, und sie wird ihn gesund machen.«

»Die Panagia versöhnen, indem ich sofort den Weg nach Agia Triadha antrete«, rief Evangelos. »Und ich habe geglaubt, der Pantelis ist zurückgekehrt, und das beweist, daß sie unserem Haus nicht zürnt!«

»Ah, Vangelo mou, so einfach ist das nicht«, sagte Levtheris lachend. Er ging zur Schutzhütte und brüllte: »Raus mit dir, Kosmakis! Jetzt wird gefeiert!« Und dem Evangelos flüsterte er zu: »Überlaß es mir, ich habe einen Plan. — Was kocht im Tiegel?«

»Bohnensuppe.«

»Ja, Bohnen«, bestätigte Kosmakis, noch sehr verschlafen, »er kocht eine gute Suppe.«

Levtheris erzählte, Kyrios Apostolos sei nicht daheim gewesen, und Evangelos' Mutter hätte ihm kaum etwas angeboten — die Arme, sie hatte Sorgen! —, und nun wolle er sich hier oben schadlos halten. Er öffnete den Weinkrug. »Bringt Brot, bringt, was ihr habt«, rief er, »und trinkt! Trinkt auf meinen Sohn, auf seine Gesundheit, wünscht ihm ein langes Leben und daß ich Freude an ihm habe!«

Kosmakis war begeistert, er trank, und Levtheris trank mit ihm. Er brachte immer neue Trinksprüche aus, einen lustiger als den anderen, und Kosmakis lachte, trank ihm zu, trank Evangelos zu und war selig. Der Narr merkte nicht, daß Evangelos kaum mithielt, der Wein stieg ihm sehr schnell zu Kopf. Aber Levtheris hatte Evangelos ein Zeichen gegeben, daß er nüchtern bleiben müsse, das gehöre zu seinem Plan. So aß Evangelos denn Bohnensuppe, achtete auf den Meiler und sah zu, wie die beiden anderen feierten.

»Der trinkt ja nicht«, rief Kosmakis mitten in der Fröhlichkeit und brach in Tränen aus.

»Er ist zu jung«, tröstete Levtheris. »Einer muß ja auch beim Meiler bleiben.« Er füllte ihm aufs neue den Becher, und Kosmakis vergaß sein Leid, trank und begann zu singen.

»Bald ist er soweit«, meinte Levtheris, der ihn kannte. Es dauerte nicht lange, und er stöhnte tief, sank sachte um und blieb liegen.

»Nun schnell, Vangelis«, drängte Levtheris, »nimm ein Stück Brot und mach dich auf den Weg. Da hinüber —«, er wies ihm die Richtung, »etwa zwei Stunden, und du kommst zu einem Brunnen, daneben ist eine Kapelle, ›Panagia Quell des Lebens‹ heißt sie. Bleib eine Stunde dort, ruh dich aus, iß dein Brot und komm wieder hierher. Ich achte auf den Meiler.«

»Aber warum, Levtheris?«

»Damit ich sagen kann, ich hätte dich nicht angetroffen und von Kosmakis erfahren, dahin wärst du gegangen. Denn glaub mir, mein Junge, wenn ich dich mit heim brächte, und das will deine Mutter, dann wär's um dich geschehen! Jetzt hat sie etwas, womit sie dich zwingen kann.«

»Den Pantelis, seine Krankheit.«

»Das ist es. Wie kannst du dich weigern, wenn sie dich doch vor allen Leuten anfleht, deinem Bruder das Leben zu retten?«

»Ist er wirklich so krank?«

»Ich weiß nicht, wie krank er ist. Aber ich weiß, es ist seine eigene Schuld. Nimm dein Brot, geh!«

»Und der Kosmakis, wenn er aufwacht?«

»Den überlaß mir. Der wird nichts im Kopf haben als sein Schädelbrummen. Ich bleib beim Meiler, bis du zurückkommst.«

Evangelos entschloß sich. »Ich nehme den Esel«, sagte er, »damit du nicht ganz so lange warten mußt.«

»Wie du willst. Du kennst den Pfad?« Er beschrieb ihm den Weg genau, und Evangelos trabte los.

Levtheris' Plan gelang aufs beste, nur kam Evangelos etwas später wieder, als er gedacht hatte. Er fand Kosmakis allein, er hockte am Boden, hatte den Kopf in den Armen vergraben und schien sich mehr als elend zu fühlen. »Was ist los«, rief Evangelos, »bist du krank?«

Kosmakis hob das Gesicht, ließ es aber gleich wieder sinken und stöhnte nur. Nach und nach holte Evangelos aus ihm heraus, daß Levtheris hiergewesen sei und bis vor kurzem auf ihn gewartet hätte: »Wo warst du eigentlich? Den ganzen Tag bist du fort gewesen!«

»Kosmakis, du weißt doch, daß ich zur ›Quelle des Lebens‹ geritten bin, und es war nicht der ganze Tag. Wir haben doch unsere Bohnensuppe miteinander gegessen, erst danach . . . Wann ist denn Levtheris gekommen, und was wollte er?«

Er entdeckte den Weinkrug und hob ihn auf. »Ah!« sagte er strafend. Kosmakis schauderte. »Sprich nicht davon«, bat er und ließ den Kopf auf die Knie zurücksinken. Evangelos hatte Mitleid mit ihm und schickte ihn ins Bett: »Schlaf dich aus, schlaf, so lange du willst«, sagte er. »Morgen wirst du mir erzählen, was der Levtheris hier oben suchte.« Kosmakis taumelte auf sein Lager, und Evangelos begann die lange Wache.

Es war ein weiter Weg gewesen, weiter als nötig, denn er hatte sich verirrt, den falschen Pfad genommen, und war erst spät bei der kleinen Kirche angelangt. Zum Ausruhen war kaum Zeit übriggeblieben, er hatte nur ein Licht angezündet, die Ikone der Gottesmutter gegrüßt – sie war so alt, so von Rauch geschwärzt und von Feuchtigkeit verdorben, daß fast nichts darauf zu erkennen war, aber sicher machte das sie um so heiliger! – und sich wieder auf den Heimweg begeben. Sein Brot hatte er auf dem Hinweg schon verzehrt; nun war er sehr hungrig. Noch durfte er nicht essen, der Meiler bedurfte seiner, Kosmakis hatte in der letzten Stunde wohl nicht auf ihn geachtet. Sobald Evangelos hier eine Flamme erstickt hatte, brach anderswo eine neue durch; war die gebändigt, dann zeigte sich schon ein neuer Schaden. Er hätte an drei Stellen zu gleicher Zeit sein müssen und tat sein möglichstes, es fertigzubringen. Schließlich beruhigte sich das Ungestüm, er hatte die Oberhand behalten, es rauchte wieder friedlich vor sich hin.

Er blickte zu den Sternen hinauf; die Mitternacht mußte längst vorüber sein. Schlafen durfte er nicht, aber ein wenig rasten, einen Bissen zu sich nehmen, doch, das schon.

Er holte Ziegenkäse und Brot und setzte sich ganz in die Nähe des Meilers, denn er traute ihm doch nicht recht.

Langsam kaute er die groben Brocken, ohne darauf zu achten, ob es ihm schmeckte oder nicht. Durstig war er, sehr durstig von der heißen hastigen Arbeit; ein Krug war leer. Der andere? Dieser elende Kosmakis, nicht einmal Wasser hatte er geholt! Aber das hatte sein Gutes . . .

Er schlang die Arme um die Knie und fing an, durch den vergangenen Tag zurückzuwandern, als sei er eine fremde Gegend, in der seltsame Dinge geschahen. Levtheris zuerst, mit Wein und Gelächter war er gekommen, voll Jubel über seinen neugeborenen Sohn. Dahinter war der wirkliche Grund verborgen gewesen, die Warnung, der heimliche Plan, bei dem Kosmakis geholfen hatte, ohne es zu ahnen. Levtheris, der so flink und wendig war, stets auf seiner, Evangelos', Seite, der wußte, was zu tun und wie zu helfen war! Eine große Dankbarkeit durchströmte den Jungen. Er allein wäre diesmal nicht entkommen, das war gewiß; wie die Dinge lagen, hatte er selber nicht mehr zu tun gehabt, als sich zu entfernen und eine Weile fortzubleiben.

Zuerst war er heiter genug dahingetrabt, immer noch lachend über Levtheris' Trinkgelage mit Kosmakis und wie er sein Spiel mit ihm getrieben hatte. Dann aber wurde ihm klar, daß dieses Spiel um ihn selber ging, und er war in ein tiefes Nachdenken verfallen.

Auch das war etwas Neues. Früher, wenn er einen langen Weg zu machen hatte, war er leichten Herzens geritten, eins seiner vielen langen Lieder singend, fast gedankenlos, aber mit wachen Augen für alles, was sich links und rechts zeigte, vor ihm in der Ferne und über ihm in der Luft. Das war ein frohes Dahinziehen gewesen; jetzt war es nicht mehr so. Der Weg muß nur lang genug sein, und die Sorge holt mich ein, dachte Evangelos. So auch heute.

Die Worte des Vaters machten ihm zu schaffen: daß er doch seiner Mutter Kind sei. Und Pantelis, sein Bruder, fügte er selbst hinzu. Er verfiel in tiefes Sinnen. So tief, daß er glatt an jener Stelle, wo er abzweigen mußte, vorbeigeritten war, und er mußte eine beträchtliche Strecke zurück, um den rechten Pfad zu erreichen. Trotzdem war ihm noch immer nicht klar, wieviel ein Kind seiner Mutter schuldete, noch was ein Bruder vom anderen verlangen durfte. Nur eins wußte er – daß ein Bruder, der fordern konnte, anders beschaffen sein mußte als Pantelis. So wie er ihn kannte, schenkte der ihm nie einen Gedanken; für Pantelis war er nur da, wenn der ihn vor sich sah und ihn plagen konnte. Auch Alekos hatte wenig für ihn übrig, aber der war nur achtlos, nicht boshaft wie Pantelis.

Nun fiel ihm auf, daß er nicht einmal gefragt hatte, wo Pantelis gewesen war, wie es ihm ergangen war in der Fremde. »Daran kannst du sehen«, sagte er halblaut zu sich selbst, »wie wenig davon da ist.«

Wenig, wovon? Das Wort war Bruderliebe, aber er sprach es nicht aus. Er lachte nur, trocken, beinahe höhnisch. Und die Mutter glaubte, für einen solchen Bruder würde er sich opfern? Sie hatte ihn oft vor den beiden Großen schützen müssen, und doch glaubte sie das?

Er mußte es zugeben, ja, so fühlte sie. Levtheris tat ihr Unrecht, wenn er meinte, sie nütze Pantelis' Krankheit, um ihn, Evangelos, unter ihren Willen zu zwingen. So war die Mutter nicht. Kyria Zoë würde auf so etwas verfallen; seine Mutter nicht.

Er war beinahe traurig, daß er ihr den Wunsch nicht erfüllen konnte. Und doch, als er in der kleinen zerfallenden Kirche sein Licht anzündete und sich vor der Ikone neigte, bat er nicht um die Genesung des Bruders, sondern um ein langes und glückliches Leben für Levtheris' kleinen Sohn. Das hatte Levtheris wahrhaftig verdient. Und jetzt, da er hier bei seinem Meiler saß, wünschte er, daß auch das nächste Kind ein Sohn sein möchte, dann wollte er sein Pate sein und an ihm vergelten, was Levtheris für ihn getan hatte.

15

Als Evangelos zu Haus eintraf, erwartete ihn ein Willkommen, wie ihm lange keins zuteil geworden war. Seine Mutter eilte auf ihn zu, küßte ihn auf beide Wangen und legte eine überströmende Freude an den Tag. Er begriff es nicht, er ließ alles über sich ergehen, bis sie ihn unter Dankesworten ins Haus zog. Da stand er still und fragte: »Dank? Wofür?«

»Daß du ihn mir gerettet hast«, rief Pareskevi. »Ohne dich lebte er heute nicht mehr – Pantelis, dein Bruder!« Und da Evangelos den Kopf schüttelte und fragte, was er denn getan hätte, wurde sie noch eifriger und erklärte, es sei doch offenbar; außerdem hätte Levtheris ihr berichtet, wohin er gepilgert sei: zur Panagia »Quelle des Lebens«, um für seinen Bruder Fürsprache einzulegen. Das sei eine sehr heilige und wunderkräftige Ikone; wie kam es, daß er von ihr wußte? Sie wartete keine Antwort ab, sondern erzählte weiter, daß sie alle gerade an dem Tag gedacht hätten, Pantelis müßte sterben – und in der Nacht, die diesem Tage folgte, war die Wendung zum Besseren eingetreten. Seitdem war das Fieber gefallen, er konnte etwas Nahrung aufnehmen, er würde leben. Und das alles durch ihn, Evangelos! Wie mußte die Panagia ihn lieben, sofort hatte sie ihn erhört, und alle hatten ihm Unrecht getan, sie selbst am meisten . . .

Evangelos war sprachlos vor Erstaunen, er hob nur die Hand, um abzuwehren, aber das konnte den Strom nicht dämmen. »Ja, so bist du«, schalt sie liebevoll, »so etwas willst du nicht hören! Im Verborgenen wirken und nach außen tun, als wärst du ein ganz gewöhnlicher Mensch – «

»Mutter, das bin ich – «

»Gerade so war es damals, als sie dir erschien, da wolltest du auch nicht reden! Aber komm nun, komm zu deinem Bruder, der dir danken will!«

Sie führte ihn zu der Kammer, an das Krankenbett: »Hier ist er, mein Kind, nun sprich deinen Dank, aber ermüde dich nicht. Vangeli mou, bleib ein wenig bei ihm, ich richte dir derweil etwas zum Essen.«

Sie war fort. Evangelos blieb bei der Tür stehen, er wußte, hier würde er nicht so warm willkommen geheißen werden. Der Kranke wandte ihm das Gesicht zu, und er erschrak. So verfallen, so aschfahl, die Augen so tief in den Höhlen – jetzt sah er selbst, daß Pantelis hart am Tod vorbeigekommen war. Eine abgezehrte Hand hob sich ein wenig, schien ihm zu winken; er trat an das Bett heran. Pantelis flüsterte: »Näher – bück dich, näher . . .«

Und als er es tat, sich so tief hinabbeugte, daß er den kranken Atem spürte, tastete der Bruder nach seinem Kinn, so wie man einem Kind, das die Wahrheit sagen soll, das Gesicht hebt, und er fragte: »Bist du für mich zur Panagia gegangen?«

»Nein«, sagte Evangelos.

Etwas wie ein Lächeln flog um den blassen Mund, und Pantelis, anscheinend befriedigt, ließ die Hand sinken. »Wußte ich«, flüsterte er. »Schön, daß du nicht lügst.«

Evangelos faßte nach seiner Hand. »Schön, daß es dir bessergeht.«

»Nun fang nicht an.«

»Fang nicht an – womit?«

»Lügen«, sagte Pantelis.

Aber Evangelos log nicht, er meinte es wirklich, und nicht, weil ihm der Tod des Bruders ebenso zur Last gelegt worden wäre, wie die Rettung jetzt sein Verdienst sein sollte. Pantelis war so schwach, so elend – wie konnte er anders als Mitgefühl empfinden? »Keine Lügen«, sagte er. »Und du – fang mit dem Necken an, wenn du etwas kräftiger bist.«

Der Kranke versuchte ein Lachen, aber es gelang noch nicht. Er hustete, Evangelos gab ihm zu trinken und fragte, während er den Becher hielt: »Aber die Mutter, was sage ich der?«

»Laß sein«, röchelte Pantelis, »nützt nichts.«

»Meinetwegen. Nun schlaf«, und Evangelos verließ die Kammer, sehr erleichtert, daß doch einmal ein Mensch von ihm die Wahrheit gehört hatte und ihm glaubte.

Er aß, was die Mutter ihm vorsetzte, und beobachtete sie dabei. Sorge und Angst hatten scharfe Furchen in ihr Gesicht gegraben, aber jetzt, während er sie ansah, schienen ihre Wangen sich zu runden, ihre Augen blickten frischer drein, ihre Stimme klang beherzter. Seit Pantelis fortgegangen war, hatte er sie nicht so gesehen, nicht so gehört.

Sie berichtete wortgetreu, was Levtheris über ihn gesagt hatte, und er mußte es anhören, ohne Einspruch zu erheben, ohne das Gespinst zu zerreißen, das aus einigen Andeutungen und dem, was die Mutter daraus entnommen hatte, entstanden war. Solches Unbehagen überfiel ihn, daß er es nicht mehr ertrug. Es war ja alles nicht wahr, es war erdichtet: unverdientes Lob, und er mußte er hinnehmen. Beinah ekelte ihm vor sich selbst, um so mehr, seit die kleinen Schwestern und die neue Schwägerin hereingekommen waren und allem mit leuchtenden Augen zuhörten. Er stand auf, sagte barsch:

»Laß es nun, Mutter!« und etwas weicher: »Ich bitte dich –«

»Ja, ja, ich weiß schon, ich kenne dich. Kein Wort mehr – aber gehst du? Wohin?«

»Zu den jungen Oliven, zum neuen Acker.«

»Warte einen Augenblick. Hier«, und sie kam mit einem neuen Kittel: »Zieh ihn an, ob er paßt! Ich hatte ihn für Pantelis genäht, falls er zurückkäme, aber das tut nichts, bis er wieder gesund ist, habe ich einen anderen fertig. – So, schön, gerade richtig – wie du gewachsen bist!« Sie trat zurück und betrachtete ihn mit mütterlichem Stolz.

Es war klar: Der Platz in ihrem Herzen, von dem sie ihn verstoßen hatte, gehörte ihm aufs neue, er war in alle Rechte wiedereingesetzt. Aber nur, und das war bitter, weil Levtheris einen Plan geschmiedet und ihn ausgeführt hatte.

Damit würde er leben müssen. Auch mit dem Beifall des Dorfes, das natürlich schon wußte, wie es um Pantelis stand, das seiner Fürsprache die Rettung des Bruders zuschrieb – auch hier war er in Gnaden wiederaufgenommen. Lauter Wohlgefallen grüßte ihn, wohin er kam; er hätte sich so recht darin sonnen können. Nur war ihm nicht danach.

Es war gut, den Vater zu treffen, der auf dem Heimweg war, aber mit ihm umkehrte und mit ihm die kleinen Bäume besuchen ging. Der Vater redete nicht von Wallfahrten und Wundern, sondern von der Arbeit der nächsten Wochen und von Evangelos' Anteil daran.

»Wir sind schon an den Oliven«, sagte er, »damit haben wir in den nächsten Wochen alle Hände voll zu tun. Und ich will einen neuen Brunnen graben, mehr Land unter den Pflug bringen –«

Evangelos war nur zu willig, bei alldem mitzutun, aber: »Der Bau da oben?« erkundigte er sich.

»Der ruht. Keiner will hinauf. Für uns fängt ja auch jetzt so recht die Arbeit an, bei den Ölbäumen, auf den Äckern, in den Gärten; wer hat die Zeit?«

»Du hast recht«, sagte Evangelos, sehr zufrieden mit dem Winter, der auf ihn zukam. Damit waren sie auf dem oberen Acker, und er konnte sich an den Reisern freuen, die er selbst den Wildlingen eingesetzt hatte und die sich offenbar willig und kräftig entwickelten.

Am Neujahrstage ritten Vater Gerasimos und der Dorfvorsteher zum Kloster Agia Triadha. Sie hatten Bescheid erhalten, daß die Mönche eine Unterredung über den Kirchenbau wünschten, der ja, wie man erfahren habe, gänzlich niedergelegt worden sei.

Dem Dorf Rodhakion war eine solche Unterredung ebenfalls erwünscht. Es konnte nicht schaden, dem Kloster darzustellen, wie die Dinge nun einmal lagen. Wie schlecht im letzten Jahr die Ernte ausgefallen war, wußten die Mönche, aber das war ja längst nicht alles.

Die beiden unterhielten sich, während ihre Esel sie gemächlich dahintrugen, über den Unstern, der sie zu verfolgen schien. »Seit Bruder Demetrios' Unglück fehlt den Leuten jeder Trieb, das Werk wiederaufzunehmen«, klagte der Vater Gerasimos. »Und was ihren Opferwillen angeht – verdorrt, abgestorben, hingeschwunden, was weiß ich!«

»Könnt Ihr es den Leuten verdenken?« fragte der Vorsteher. »Sie haben das Werk mit solcher Freude begonnen, ihr Bestes haben sie gegeben, und dann trifft sie ein solcher Schlag. Obendrein die Mißernte ... Sie sagen, es sei der Junge, der das alles verschuldet hat. Der Evangelos.«

»Fast habe ich es selbst geglaubt«, sagte der Priester und wiegte sorgenvoll den Kopf. »Und doch – nein. Wenn ich es gründlich betrachte, sage ich mir jedesmal: Nein. In der letzten Zeit reden die Leute ja auch nicht mehr so über den Jungen.«

»Die Mönche werden gewiß über ihn reden wollen. Was werdet Ihr ihnen sagen, ehrwürdiger Vater?«

Vater Gerasimos wußte es noch nicht. »Die Panagia muß raten«, seufzte er.

Eine gute Strecke des Weges wurde in tiefem Schweigen zurückgelegt. Der Tag war mild, aber grau, der Himmel bewölkt. Erst am Nachmittag, als sie dem Ziel nicht mehr fern waren, brach kurz die Sonne durch und schenkte der Welt doch wenigstens ein bescheidenes Abendrot. Die beiden Reisenden achteten nicht darauf.

»Es heißt«, begann Kyrios Apostolos zögernd, »Kyria Zoë steckt hinter diesem Ruf zum Kloster.«

»Es sollte mich nicht wundern«, meinte Vater Gerasimos nachdenklich. »Sie würde am liebsten schon morgen die Einweihung feiern. Die Klostergebäude sind seit dem Herbst so gut vorwärtsgekommen, daß sie denkt, wir sollten mit der Kirche nicht so weit dahinterbleiben.«

»Ja, sie denkt sich das so einfach. Ihr ist soviel mehr möglich als uns: Arbeiter, die tagein, tagaus am Bau bleiben müssen, denn sie zahlt ihnen Lohn; kein ›Heute will ich die

Herde zum Markt treiben‹, oder ›Mein Neffe tauft ein Kind‹, oder was sonst wir alles zu hören bekommen. Fremde Arbeiter obendrein, die das Unglück in der Schlucht nicht miterlebt haben, die also nichts fürchten . . .«

»Das ist es«, stimmte der Priester ihm bei, »die Unsern fürchten sich. Der Ort ist ihnen unheimlich geworden. Sie sind verzagt; sie glauben nicht mehr, daß Segen auf ihrem Unternehmen ruht.« Der alte Mann richtete sich ein wenig auf. »Lieber Freund«, schloß er frischer, als er sich während des ganzen Rittes gezeigt hatte, »das werde ich den Mönchen sagen, genau das. Schließlich waren sie es, die den Baumeister gewählt und uns geschickt haben.«

»Und vergeßt auch nicht, Ehrwürdigster«, fügte Kyrios Apostolos hinzu, »daß zwei Mannschaften sich da oben im Weg stehen würden. Es ist einfach zu eng dort. Kyria Zoë kann nicht alles auf einmal haben.«

In Agia Triadha wurden sie weniger gnädig empfangen, als sie es gewohnt waren. Eine gewisse Zurückhaltung war zu spüren, beinahe eine Kühle, als sie dem Bruder Schatzmeister gegenübersaßen. Gewiß, er war höflich, aber seine Rede schien knapper als sonst. Es war nur natürlich, zu andern Zeiten waren sie mit Geschenken gekommen, mit guten Gaben noch über das hinaus, was sie dem Kloster zollten. Beide Männer dachten bei sich, das Kloster dürfte dessen eingedenk sein, und auch sie hielten sich zurück.

Der Höflichkeit war bald Genüge getan, sie kamen zum Gegenstand dieser Beratung. Zwei weitere Mönche waren eingetreten, ein Bruder Evgenios, der das Noviziat leitete, und ein junger Schreiber mit Stift und Tafeln. Anscheinend sollte alles festgehalten werden, was sie sprachen; Vater Gerasimos und Kyrios Apostolos nahmen sich vor, kein Wort zu äußern, das sie nicht vorher bedacht hatten.

Das Gespräch begann mit der Frage nach dem Stand des Werkes, den Kosten, die veranschlagt waren, den Geldern, die für den Kirchenbau vorhanden wären. Der Vorsteher dachte heimlich, dies sei die Sache der Gemeinde, da er aber auf Vergünstigungen hoffte, antwortete er bereitwillig: Der Kostenvoranschlag sei dem Kloster gleich am Anfang vorgelegt worden; an Geldern sei nicht mehr viel übrig, und seit der Mißernte flösse nicht viel hinzu. Er erklärte, daß nun größere Ausgaben heranrückten, Dachziegel, geglättete Steinplatten für den Fußboden, die Trennwand zwischen dem Allerheiligsten und dem Kirchenschiff; vor allem – der Altar. Das alles seien Dinge, die das Dorf nicht selbst erzeugen konnte, für die gezahlt werden mußte. Die Mönche hörten ihn schweigend an.

Vater Gerasimos bat ums Wort und erklärte, daß alles etwas reichlicher und kostspieliger geplant sei, als bei Bergkirchen der Brauch. Es habe sich durch die Besonderheit des Anlasses ergeben. »Außerdem«, fügte er mit einem leisen Lächeln hinzu, »Kyria Zoës Wünsche spielen mit hinein, und sie sind großartiger als die unseren.«

Auch die Mönche lächelten. »Man soll aber den Kittel nach dem Tuch schneiden«, warnte der Bruder Schatzmeister, jedoch in freundlichem Ton, und Bruder Evgenios meinte, es würde wohl erlaubt sein, Kyria Zoë die Kosten für ihre besonderen Wünsche tragen zu lassen.

Der Vorsteher nickte eifrig: »Marmorstein für die Trennwand . . .«

Aber Vater Gerasimos sagte mit leisem Vorwurf: »Sie tut schon sehr viel.«

»Es liegt Kyria Zoë daran«, ging der Bruder Schatzmeister glatt an dem Einwand vorbei, »Kirche und Kloster gleichzeitig vollendet zu sehen. Auch uns wäre es lieb. Das Kloster in der Schlucht wird eine Zelle von Agia Triadha sein, der Fortschritt des Werkes ist auch für uns von Belang. Dem Dorf Rodhakion sollte es nicht weniger wichtig erscheinen.«

Sehr behutsam deutete Vater Gerasimos an, daß es noch einen schwerwiegenden Grund für die Verzögerung gebe, aber die Mönche schienen nicht darauf eingehen zu wollen.

Bruder Evgenios winkte dem Schreiber, seinen Stift ruhen zu lassen. Ein Schweigen, fast eine Verlegenheit hing im Raum. Der Bruder Schatzmeister fand es an der Zeit, eine Brücke zu schlagen, und fragte, ob das Kloster dazu verhelfen könne, daß Rodhakion sein heiliges Vorhaben wieder angriffe und es vollende.

»Das«, versicherte der Vorsteher, »würde allen neuen Mut geben.«

»Ja, dem Werk Auftrieb, den Menschen Freude«, stimmte Vater Gerasimos ihm bei.

»Es soll nicht daran fehlen«, versprach der Schatzmeister.

Bruder Evgenios nahm das Wort. »Nun zum letzten Punkt«, sagte er, »in unsern Augen der wichtigste: dieser junge Mensch, der bei uns sein Noviziat antreten soll. Wie steht es um ihn?«

Vater Gerasimos ließ den Vorsteher antworten; der tat es willig. Er kenne Evangelos nur als fleißigen und willigen Arbeiter, sagte er, und sein Bericht war des Lobes voll. Die beiden Mönche schüttelten die Köpfe. Das war es nicht, was sie hören wollten, sondern – war er reifer geworden, war er bereit, sein Klosterleben zu beginnen?

Kyrios Apostolos wußte darauf nicht recht zu antworten; Vater Gerasimos mußte es nun doch tun. Ihm war, als griffe er in Nesseln, aber er sammelte sich, schickte der Allerheiligsten ein Stoßgebet und begann: »Das Unglück in der Schlucht –«

»Ja, ja, bester Freund, wir erwähnten es schon«, unterbrach ihn der Schatzmeister.

Aber Vater Gerasimos führte unbeirrt seinen Satz zum Ende: »– hat auch da seine Wirkung hinterlassen. Ich fürchte, es war keine gute. Der Junge hat sich in sich selbst zurückgezogen, die Erschütterung muß zu stark für ihn gewesen sein. Er wird geraume Zeit brauchen, sie zu überwinden. Gewährt sie ihm, Ehrwürdigster.«

»Ein Aufenthalt bei uns würde, so denke ich, wohl am heilsamsten sein«, meinte Bruder Evgenios. »Die strenge

150

Klosterzucht würde ihm die kräftige Stütze sein, die neuen Aufgaben das Vergessen beschleunigen.«

»Zweifellos«, bestätigte der Schatzmeister.

»Ich werde ihm das klarmachen«, versprach Vater Gerasimos. »Wir sind einfache Leute, Dörfler, wir haben es nicht so bedacht. Da ist aber auch noch das Gelöbnis des Evangelos –«

»Es ist uns bekannt; bis der Kirchenbau vollendet ist, muß er dabeibleiben. Aber da die Arbeit schon vor Monaten unterbrochen wurde, hätte er die Zeit nützen sollen.«

»Das tut er«, mischte sich der Vorsteher ein, »er nützt sie gut! Ich weiß nicht, wie sein Vater ohne ihn fertig würde.«

Bruder Evgenios betrachtete ihn mit Mißfallen. »Er nützt sie nicht in unserem Sinne«, rügte er streng. »Und das ist auch der Sinn seiner Patin, der Kyria Zoë.«

Kyrios Apostolos schwieg betreten. Vater Gerasimos dagegen lehnte sich in seinem Stuhl zurück und erklärte fast behaglich: »Aber dieser Punkt ist ja schon beantwortet, er geht Hand in Hand mit dem vorigen. Wenn wir den Bau wiederaufnehmen, das heißt, wenn das Kloster uns die Gnade erweist, ihn zu fördern, dann kann es nicht mehr lange währen. Die Kirche ist fertig, Evangelos hat sein Gelübde erfüllt, und seinem Eintritt ins Noviziat steht nichts mehr im Weg.«

»So ist es, so ist es«, rief der Vorsteher erleichtert. »Wenn wir erfahren dürften, was das Kloster zu tun gedenkt –?«

Nach einigem Hin und Her wurde es festgestellt und niedergeschrieben. Die Beratung war zu Ende, und die beiden Männer von Rodhakion baten um Segen und Entlassung. Beides wurde ihnen zuteil, und sie verließen den Saal.

Mit halbem Lächeln sah Bruder Evgenios sie ziehen. »Diese guten Landleute«, bemerkte er, »man muß mit ihnen umzugehen wissen. Da gehen sie hin, wieder auf dem rechten Weg und dem Kloster gehorsam, zufrieden wie Kinder . . .«

Der Bruder Schatzmeister erwiderte nichts darauf. Aber

als er zu seiner Amtsstube hinaufstieg, dachte er etwas säuerlich, daß die guten, gehorsamen Landleute wohl mit dem Ergebnis dieses Gesprächs zufrieden sein konnten. Sie kehrten heim mit dem Erlaß von nicht weniger als der Hälfte ihrer Abgaben an Öl und Wein, und den Novizen würden sie schicken, wenn es ihm und ihnen paßte. Ihm selber aber fiel die Aufgabe zu, Kyria Zoë wieder zu besänftigen – und wie sie das Gefieder sträuben würde!

Wenn ich ganz ehrlich sein soll, dachte er, so ehrlich wie ich nur vor mir selber bin: Um sie geht es doch. Zuallererst und um niemanden so sehr wie um Kyria Zoë.

16

Indessen war Evangelos zu Kyria Zoës Haus hinaufgestiegen, um der Noná ein gutes neues Jahr zu wünschen. Sie hörte ihn an und antwortete ihm gemessen; einen Unterschied zwischen ihm und ihren anderen Patenkindern schien sie nicht zu machen. Es gab auch keine Gelegenheit zu einem Gespräch, denn es kamen immerzu neue Besucher; er durfte sich bald verabschieden und war froh, das hinter sich gebracht zu haben.

Rinió war vollauf beschäftigt gewesen, er hatte nur die übliche Glückwunschformel mit ihr wechseln können. Aber er wußte, daß sie am nächsten Morgen auf ihn warten würde – nicht in dem großen Feigenbaum, denn er schützte jetzt im Winter nicht einmal eine Amsel vor unerwünschten Blicken – sondern bei den alten, düsteren Zypressen an der untersten Mauer.

Und da war sie, als er ankam, ganz eingehüllt in ihren warmen Umhang. Er sah nicht viel mehr von ihr als ihre Nasenspitze, so eng hatte sie das Tuch um ihr Gesicht gezo-

gen, denn sie harrte schon geraume Zeit in diesem Schlupf-
loch aus, und der Morgen war kalt. Sie wagte nicht, ihre
Stimme zu heben; ein Wächter, ein Gärtner konnte die
Runde machen und sie hören. Ein Beutelchen mit Nüssen
und Quittenbrot flog über die Mauer: »Etwas Süßes für
dich, Vangelis, zum neuen Jahr! Nochmals, viele Jahre, gute
Jahre, Vangelis.«

»Und dir, Rinió. Was meinst du, was dieses Jahr uns bringen wird?«

»Gott weiß, was es dir bringen wird. Ich habe schon, was
es mir zugedacht hat.«

»Was denn, Rinaki?«

»Ich muß lesen und schreiben lernen, hat die Noná mir
gestern morgen gesagt, und auch, was Geschäfte sind. Damit ich ihr zur Hand gehen und sie entlasten kann.«

Mit einer sonderbaren Mischung von Belustigung und
Respekt schaute er in das kleine blasse Gesicht im Rahmen
des dunklen Tuches. Lesen, Schreiben, das war etwas für
Mönche und Gelehrte, und dieses Mädchen sollte sich mit
so schweren Künsten befassen?

»Wirst du es denn können?« fragte er zweifelnd. »Wer
lehrt es dich, die Noná?«

»Nein, Gott sei Dank, sie hat nicht die Geduld dazu. Sie
wird einen Lehrer aus der Stadt kommen lassen. Doch, lernen kann ich es, aber wie ich noch mehr Stillsitzen aushalte,
weiß ich nicht. Am besten schlage ich gleich Wurzeln«,
sagte sie unmutig.

»Wird die Noná den ganzen Winter hierbleiben?« erkundigte sich Evangelos.

»Ja. Sie will dem Bau so nahe wie möglich sein. Der Baumeister muß immerzu kommen und ihr berichten; sie kümmert sich um wenig anderes.« Die Kleine lachte leise: »Bau
du nur schnell den Altar dort oben! Die Decke für ihn liegt
fertig in der Truhe.«

Evangelos runzelte die Stirn. »Mir kann es nicht langsam
genug gehen«, murmelte er finster.

Sie sah ihn mitleidig an. »Den Sommer hast du noch, Vangelis. Aber dann . . .«

Er trieb seinen Esel an. »Dann«, gab er zurück, »werden wir sehen.«

»Hast du wieder Mut?«

»Mut, ja. Hoffnung wenig. Ora kali, Rinió«, und er ritt davon.

Rinió ging langsam zum Haus zurück, und es war ihr völlig gleich, ob jemand sie sah oder nicht. Auf der untersten Treppe stand sie still und dachte: Niemand kann ihm helfen. Ich auch nicht.

Die Tauben sahen sie stehen und flogen herbei, hungrig und hoffnungsvoll. Sie achtete nicht auf das Geflatter, bis ein paar besonders ungeduldige sich ihr auf die Schultern setzten. Eine landete auf ihrem Arm und pickte nach ihrer Hand. »Ach, ihr –«, sagte das Mädchen in plötzlichem Zorn, »ihr denkt nur ans Futter! Fort mit euch«, und sie schüttelte die Vögel von sich ab. »Möwen möchte ich sehen, Möwen«, flüsterte sie, »nicht dies zahme Geflügel.« Sie ging aber doch hin, die Schüssel mit dem Korn zu holen, und während sie es ihnen hinwarf und zusah, wie die Tauben eifrig trippelten und pickten, wurde sie wieder vernünftig. Sie sagte sich, daß schließlich auch Möwen meistens an nichts anderes als ihr Futter dächten – »Trotzdem, frei sind sie, wild sind sie! Ich werde dem Vangelis raten, daß er Seeräuber werden soll«, beschloß sie, lachte, wurde wieder zornig und rief: »Ich und ihm raten! Niemand kann ihm raten«, und lief ins Haus.

Die Gemeinde, beschämt durch die Rüge des Klosters, froh über die neuen Vergünstigungen, vor allem aber erleichtert aufatmend, weil sie nun wußte, daß der Mönch Demetrios in geweihter Erde ruhte – diese reuige und ihrer abergläubischen Furcht ledige Gemeinde wäre am liebsten sogleich wieder ans Werk gegangen, aber Kyrios Apostolos wehrte dem Andrang. »Wo denkt ihr hin«, rief er, »wollt ihr der andern Schar auf die Füße treten?« Er bestimmte, daß drei oder vier der besten Maurer an der Kirche weiterarbeiten sollten; diese wurden wiederum von der gleichen Zahl an Handlangern, unter denen sich auch Evangelos befand, unterstützt. Einige mochten im Steinbruch arbeiten, er stellte es ihnen frei. So hatte der Baumeister Charidimos es ihm vorgeschlagen.

»Und mit den fremden Arbeitern«, schloß der Vorsteher, »lebt ihr in Frieden, daß ihr es wißt! Bei einem heiligen Werk wie diesem gibt es keinen Streit.«

Sie schworen es bei der Panagia. Niemand sollte künftig sagen, es ruhe kein Segen auf ihrem Unterfangen.

Evangelos, sehr verstimmt, sagte den Oliven Lebewohl, schnallte den Riemen fest um seinen wärmsten Kittel und zog mit den anderen hinauf zur Schlucht. Während der nächsten Wochen würde er nur an den Sonntagen daheim sein, immer vorausgesetzt, daß das Wetter es erlaubte.

Die fremden Bauleute hatten als erstes eine Unterkunft gebaut, nicht weit von der Schlucht, an einem geschützten Fleck. Diese Hütte, roh aus Felsbrocken aufgeführt, mit ihrer Tür aus dicken Planken und dem Fensterloch daneben, mit dem festgestampften Lehmboden und dem mächtigen Kamin nahm nun auch Evangelos auf, und wer sonst bleiben wollte, mochte es tun. Nicht jedem behagte es darin, aber Evangelos fühlte sich sofort heimisch: Wie eine Höhle war sie, voll vom Feuerschein und den dunklen Gestalten der Männer, die hier hausten. Sie kochten ihre Mahlzeiten über der roten Glut, suchten Schutz vorm Regen und schliefen, in Felle und rauhe Decken gerollt, unter ihrem struppigen Dach. Jeder hier nahm ihn, wie er war, sah nichts anderes in ihm als in den beiden anderen Jungen, die zur Schar gehörten.

Wenn Rinió uns sehen könnte, dachte er, sie würde ihre Freude an uns haben! Die Arme, die über Schreibtafeln sitzen mußte und über Pergamenten mit krausen Schriftzeichen. Als ob einer eine Schwalbe festgebunden hätte, und so sollte sie leben. Gut, daß sie keine Schwalbe war, sondern ein kluges kleines Ding, das sich zu drehen und zu wenden wußte – aber er wünschte sehr, daß sie hereinschauen könnte und sehen, wie er jetzt lebte.

Wenn er sie das nächste Mal sah, würde er ihr viel zu erzählen haben; er freute sich jetzt schon darauf. Von der Kameradschaft, die das neue Jahr ihm gebracht hatte: Er war nicht mehr allein, ohne Freunde.

Jannis und Nikos, die vor dem Feuer hockten und kleine Spieße mit Brocken Ziegenfleisch bewachten, riefen ihm zu, es sei an der Zeit, das Brot zu verteilen. Und sie brauchten noch Spieße! Er beeilte sich, sie ihnen zu bringen, er brachte ganze Berge von Brot, er holte den Krug mit Oliven, den die Mutter ihm mitgegeben hatte, und stellte ihn zum übrigen.

»Kleiner«, rief es, »ist heute ein Fest?«

»Wo wir sind, ist alle Tage ein Fest«, rief er keck zurück. So fröhlich war er lange nicht gewesen wie hier unter diesem ungefügen Dach. Es war so gut wie mit Levtheris bei den Meilern – damals, bevor alles begann.

Levtheris; dem hatte er einiges zu sagen. Und während er Spießchen gerösteten Fleisches herumreichte, nach Thymian duftend, womit er sie bestreut hatte, hatte er einen Einfall. Am nächsten Sonntag wollte er Levtheris besuchen; hier war niemand, der es ihm verbieten würde.

Wirklich ritt er am Ende der nächsten Woche nach Muriá, zusammen mit Nikos und Jannis. Die beiden hatten sich Esel geliehen und waren voller Übermut. Sie kannten Muriá nicht, kannten überhaupt wenig vom ganzen Berg. Denn sie stammten aus Theben, der großen und prächtigen Stadt, und Theben lag in der Ebene.

Ah, was sie zu erzählen wußten von der Stadt Theben! Was für Leben dort war: die Märkte, die Gassen der Schmiede, der Schuhmacher, der Seidenhändler, der Schnitzer von Elfenbein und kostbaren Hölzern.

»Was glaubst du«, rief Nikos, »schon durch die Gasse der Fleischhauer zu gehen ist ein Schauspiel!«

Evangelos wußte nicht, was ein Schauspiel sei, und sie überschrien einander, es ihm zu erklären. Er fand es großartig, daß sie es ganz ohne Herablassung taten – er, der nichts kannte außer seinem Dorf und Agia Triadha, und sie, die ein so großes Stück Welt wie Theben ihre Heimat nennen konnten, und doch verachteten sie ihn nicht! Sein Herz wurde warm bei solcher Freundschaft.

Spät in der Nacht kamen sie bei Levtheris an, nach einer lustigen Suche durch das Dorf Muriá. Aber dem machte es nichts aus, nach Mitternacht aus dem Bett geklopft zu werden.

Er begrüßte seine Gäste mit heller Freude, ließ seine Drossula in ihrer Kammer und brachte selbst Wein und Brot auf den Tisch. Aber den Sohn holte er und prahlte so mit ihm, daß sie Drossula hinter dem Vorhang lachen hörten. Zeigen würde sie sich erst am Morgen, sie wußte, was sich schickte. Levtheris mochte das Bettzeug besorgen.

Die Lager waren bald bereit, die schweren wollenen Decken auf den Boden gebreitet, die Gäste schläfrig genug nach dem weiten Weg. »Gute Nacht, süße Träume«, wünschte Levtheris und ging zu seiner Lieben zurück.

Am anderen Morgen, als sie gingen, den Hof und die Gärten des Freundes anzusehen, hielt Levtheris seinen jungen Vetter zurück. »Nun erzähl mir, wie es geworden ist, damals – nach deiner Wallfahrt«, verlangte er.

»Ah, Levtheris, Levtheris, was hast du mir damit angerichtet«, seufzte Evangelos.

»Wie, hab ich's denn nicht gut gemacht?«

»Zu gut«, sagte Evangelos und berichtete.

»Freust du dich denn nicht«, rief Levtheris, »daß sie alle wieder zufrieden mit dir sind? Ist es nicht besser als ständig Tränen und Vorwürfe und böse Gesichter?«

Evangelos mußte zugeben, daß es angenehmer sei – und auch wieder nicht.

»Ich verstehe, du sollst nun wohl öfter Wunder wirken«, sagte Levtheris vergnügt.

»Das auch, aber es ist nicht das Schlimmste. Viel schlimmer ist, daß sie mich wieder so sehen wie am Anfang, und ich will das nicht! Ich habe immer gehofft, daß etwas geschehen würde, ganz gleich, was, wenn es ihnen nur den Unsinn aus den Köpfen fegen wollte«, gestand der Junge, »aber nein. Nichts ist geschehen.«

»Was meinst du denn, was hätte das sein können?« fragte Levtheris.

Evangelos lächelte bitter und sagte: »Ein Wunder.«

Sie schwiegen eine Weile, gingen schneller und holten die andern drei ein. Zusammen kehrten sie um, sprachen kurz bei Drossulas Eltern vor, um sie zu grüßen, wurden dringend eingeladen, zum Mittagessen zu bleiben, mußten aber ablehnen. Denn Drossula bestand darauf, sie sei die Wirtin. Da durften sie gehen, nicht ohne mehrere heiße Tiegel, damit sie vom Sonntagsmahl der Eltern doch wenigstens Kostproben hätten.

»Hätte ich gewußt, daß ihr kommt, wie hätte ich euch aufgetischt«, klagte Drossula. Sie fachte das Feuer an und legte Fleisch auf den Rost, öffnete Krüge mit besonderen Leckerbissen und ordnete alles gefällig an. Ihr Brot war braun und frisch, und der Wein, den Levtheris ihnen einschenkte, Eigengewächs und vom besten. Obendrein waren sie alle jung, und ihr Hunger war, wie Jannis versicherte, auch vom besten – sie aßen, tranken und lachten. Drossula glühte vor Freude. Sie selbst saß nicht mit ihnen zu Tisch, nach Hirtensitte bediente sie ihren Mann und die Gäste; doch sah Evangelos, daß sie hin und wieder einen Bissen von Levtheris Schüssel nahm und einen Schluck aus seinem Becher. Wie sie ihn dabei ansah! Dimitrula fiel ihm ein, die Alekos ansah wie ein geprügelter Hund.

Das Kind erwachte und schrie, denn es war auch hungrig, und die junge Wirtin sprang hin, es aufzunehmen. Sie verschwand mit ihm in der Kammer; Levtheris blickte ihr lächelnd nach.

Wie glücklich sie sind, dachte Evangelos. Jannis und Nikos schienen dasselbe zu denken, denn sie stießen einander an, und Nikos fragte: »Wie ist es, Bruder, heiraten wir nicht auch bald?«

»So mußt du nicht fragen«, verbesserte Jannis ernsthaft, »sondern so: Heiraten wir nicht auch – nach Muriá?«

Drossulas junge Schwester, die am Morgen das Kind gehütet hatte, lachte hell auf, erschrak selbst darüber und lief aus der Tür. Nikos merkte aber, daß sie hinter der Tür stehengeblieben war und horchte, und er fragte, indem er die Stimme um eine Kleinigkeit hob: »Ist deine Schwägerin schon vergeben, Levtheris?«

Ah, es war ein gelungener Tag, ein fröhlicher Tag in Muriá! Sie blieben bis zum späten Nachmittag, aber zu einem ruhigen Wort allein mit Levtheris fand sich keine Gelegenheit mehr.

Wieder mußten sie einen Teil der Nacht durchreiten, es begann zu regnen und zu stürmen, und doch war es ein lustiges Heimkehren. Sie sangen über den halben Berg hinweg, auch Evangelos mit seiner noch nicht ganz sicheren Stimme.

Am nächsten Tag konnten die Jungen den versäumten Schlaf nachholen, denn es stürmte und regnete heftig weiter. Die drei hatten nur Brennholz herbeizuschaffen, es war die einzige Arbeit, die getan wurde. »Dieser Kamin«, sagten sie ein übers andere Mal, »er frißt wie ein Riese!« Der Wind blies den Rauch in den Raum zurück, die Männer husteten und schimpften, sonst aber war es behaglich genug in der Hütte.

Gegen Mittag erschien der Baumeister. Nein, er wollte nicht bleiben, nur im Vorbeireiten bei ihnen hereinschauen, sagte er, er habe in Theben zu tun und würde erst in einigen Tagen wieder zurück sein. Ob es etwas zu besorgen gebe? Einige Wünsche wurden laut, und er versprach, sich darum zu kümmern. Dann fiel sein Blick auf Evangelos. Er rief ihn zu sich: »Eh, Junge – dein Vater war bei mir. Über Sonntag hättest du zu Hause zu sein, hat er gesagt, und er will wissen, was du hier treibst!«

»Nur, was Jannis und Nikos auch treiben«, antwortete Evangelos verletzt. »Wir waren in Muriá bei meinem Vetter, weiter nichts.«

»Der Vater hat es wohl nicht böse gemeint«, begütigte Charidimos, fügte aber hinzu, in Zukunft würde er sonnabends nach Hause gehen. Dann rief er der Mannschaft seinen Gruß zu und ritt weiter.

Wirklich, der Vater hätte das anders sagen können, dachte Evangelos verstimmt. Was stellte er sich vor, was konnte einer hier in der Einöde treiben? Man verschwatzte die Zeit, einige tranken einen Schluck, andere schliefen, die zwei dort würfelten beim Feuerschein. Und sie, die drei Jüngsten, taten nicht einmal das. Sie sorgten dafür, daß das Feuer nicht ausging, sie redeten viel dummes Zeug und lachten darüber, sie knabberten die gerösteten Erbsen, die Drossula ihnen mitgegeben hatte – das war alles. Aber so war der Vater, streng und mißtrauisch. Ihm gegenüber jedenfalls; mit Alekos und Pantelis hatte er es nicht so gehalten.

Gehorchen mußte er. Er wollte es auch, er hätte es ohnehin getan. Und doch rebellierte es in ihm. Nicht nur, weil er hier oben viel mehr Freiheit hatte, noch weil dieses Leben vergnüglicher war; wen hatte er schließlich im Dorf?

Nein. Es war ein Aufbegehren: »Was denkt der Vater? Ich bin doch kein Kind mehr!« Bei der Arbeit durfte er seinen Mann stehen, sonst aber nicht, und warum? Weil alle, Eltern, Priester, Nachbarn und Patin, mehr von ihm verlangten als von anderen Jungen. Sie hatten kein Recht dazu, aber sie nahmen sich das Recht.

Und er selbst? Gab es für ihn kein Recht? Er würde es sich zu verschaffen wissen, wenn nicht auf offenen, dann auf heimlichen Wegen. Er ging, Nikos und Jannis zu finden, die hinausgegangen waren, um etwas frische Luft zu atmen. Der Regen hatte beinahe aufgehört. Sie waren nicht weit, er gesellte sich zu ihnen. »Wie ist es«, fragte er, »am Sonnabend muß ich nach Hause. Kommt ihr mit?«

Sie waren nur zu gern bereit, wenn er sie auch warnte: So lustig wie in Muriá würde es nicht werden.

Gut, dachte Evangelos. Die Mutter wird doch vor den beiden Fremden nicht so überschwenglich tun; es wird erträglich sein. Der Vater sollte es wissen, daß mir nicht wohl zu Hause ist.

Er traf den Nagel auf den Kopf und ahnte es nicht. Gerade das war es, was den Vater erboste – daß sein Sohn ungern unter seinem Dach weilte.

Es wurde mehr als ein Sonnabend und Sonntag daraus, denn der Winter kam doch noch, mit Regen und Sturm und allem, was er bis jetzt nicht gebracht hatte. In der Schlucht war an ein Arbeiten nicht zu denken, die Thebaner nahmen die Gelegenheit wahr und zogen heim, bis sich das Wetter bessern würde. In Rodhakion saßen die Leute in ihren Häusern und dankten der Panagia, daß es hier unten doch nicht ganz so wüst herging wie droben auf dem Berg. Einer, der dort nach dem Rechten gesehen hatte, kam zurück und berichtete, die Winde heulten in der Schlucht wie böse Geister.

Zwei Wochen gingen hin, drei – Zeit genug, sich wieder an das Dorfleben zu gewöhnen. Langsam fand Evangelos wieder Geschmack daran, vor allem, als Pantelis kräftig genug war, sein Bett zu verlassen. Der wollte nicht immerzu im Hause hocken, und allein zum Marktplatz zu gehen paßte ihm nicht; Evangelos mußte mit.

»Warum gehst du nicht mit Alekos?« fragte Evangelos, der am liebsten im Hintergrund blieb. Jetzt besonders, weil sich Pantelis' Errettung durch die Panagia »Quelle des Lebens« herumgesprochen hatte. Aber Pantelis bestand darauf, Evangelos mußte ihn begleiten und kein anderer. Allein ließ ihn die Mutter nicht aus dem Haus, er war immer noch sehr bleich und anfällig. Alekos, ja – früher waren die beiden älteren Brüder unzertrennlich gewesen. Aber Alekos hatte andere Dinge im Kopf, und Pantelis sagte düster, er sei ein Narr.

»Meinst du, wegen Kyriaki?« fragte Evangelos, dem dies und das zu Ohren gekommen war.

Pantelis antwortete nicht geradeaus darauf, sondern bemerkte bitter, ob eine Messerstecherei in der Familie nicht genüge? Und Dimitrulas Eltern würden auch nicht stumm bleiben – so, wie Alekos seine junge Frau vernachlässigte! Aus solchem Grund . . .

»Mir tut sie auch leid, die Arme«, stimmte Evangelos ihm bei.

»Mir tut sie so leid«, sagte Pantelis, »daß ich besser bald von zu Hause weggehe.«

»Aber wohin willst du?« rief Evangelos. »Wieder in die Fremde?«

»Nein, die Fremde hat mich zu hart angefaßt. Hat dir die Mutter erzählt, daß mich gleich im Anfang eine Räuberbande erwischt hat? Und mich als Sklaven verkaufen wollte, weil ich kein Lösegeld bieten konnte? Daß ich nur durch einen Zufall entfliehen konnte, als Hunger und Entbehrung mich schon krank gemacht hatten?«

Evangelos blickte ihn sprachlos an. Er hatte nichts davon gewußt; nun verstand er, warum der Bruder so verändert war. Und es trieb ihn schon wieder fort, so schwach er auch noch war! »Wohin also?« fragte er nochmals.

»Ich habe eine Hoffnung, daß deine Patin irgendwo Platz für mich hat«, antwortete Pantelis zögernd. »Glaubst du, daß sie mich nimmt?«

»Ah«, sagte Evangelos. »Und soll ich der Fürsprecher sein?«

Aber das wollte Pantelis nicht, er sagte, er könne selber reden. Evangelos staunte immer mehr, wie ganz anders er geworden war. Es sprach sich gut mit ihm; nicht so gut wie mit Levtheris – mit dem hatte er sich immer am besten verstanden –, denn er traute dem Bruder doch nicht ganz. Aber daß Pantelis ihn nicht ausnützen wollte, wie er es leicht hätte tun können, das rechnete Evangelos ihm hoch an.

»Sag aber noch nichts zu Hause!« warnte ihn Pantelis.

Sie trennten sich, denn Pantelis sah ein paar alte Freunde auf sich zukommen. Evangelos hatte dem Schmied eine Bestellung auszurichten, er ging allein weiter.

Wenn er jetzt am Dorfbrunnen vorüberkam, tuschelten die Mädchen nicht mehr hinter ihm drein, sondern wurden merkwürdig still. Alle, die dort mit ihren Krügen beieinanderstanden, schauten ihm nach, und die eine oder andere seufzte heimlich. Eine einzige sprach aus, was manche dachte, Kyriaki, die Tochter des Theodoros. So wild wie sie als Kind gewesen war, als junges Mädchen war sie nicht besser, und sie kam nicht zum Brunnen, um ihren Krug zu füllen. Sie brachte nicht einmal einen Krug. Jetzt, da sie alle dem Evangelos nachblickten, sagte sie: »Die Panagia weiß zu wählen! Aber mußte sie den hübschesten Jungen im Dorf nehmen?«

Vassiliki, unter diesen Mädchen die erste und vornehmste, schlug nach ihr. »Wirst du auf deinen losen Mund achten?« rief sie ärgerlich.

Kyriaki lachte nur, sah sie aus den Augenwinkeln an und summte ein Liedchen, so lose wie ihr Mundwerk. »Den ich gerne hätte –«, sang sie halblaut, lachte nochmals und schlenderte davon.

Die Mädchen waren entsetzt. Daß eine so frech sein konnte! Aber das war Kyriaki, frech und schamlos; auf Sittsamkeit hielt sie nicht. Sie hoben die Krüge auf die Schultern oder, zu zweien, faßten die schwersten bei den Henkeln, aber bevor sie auseinandergingen, sagte Vassiliki, immer noch empört: »Den Evangelos soll sie in Ruhe lassen!«

Eleni, die mit ihr ging, sagte wegwerfend: »Der sieht uns gar nicht, der weiß nicht, daß es Mädchen gibt.«

Sie irrte sich, Evangelos wußte nicht nur, daß es Mädchen gab, sondern auch, daß manche von ihnen erstaunlich hübsch anzusehen waren. Diese fünf oder sechs, die er oft am Brunnen sah, alle gleichen Alters, vielleicht etwas jünger als er selbst – wie war es nur gekommen, daß sie ihm neu und fremd erschienen? Etwas wie Neugier regte sich, eine neue Freude; er hätte sich ihnen gern genähert. Aber die Sitte verbot es, und außerdem war da noch eine leise Scheu, die ihn zurückhielt. Wenn er die Mädchen sah, waren sie fast immer zusammen. Eine geschlossene Schar, die niemanden einließ; wie hätte ein einzelner den Mut gehabt, sich zu nähern? Und sie hatten blanke Waffen, ihre flinken, scharfen Zungen und ihr helles Gelächter, ihre Sicherheit, während er ihnen gegenüber alles andere als sicher war.

Dazu kam noch, daß er denen, die seine Gefährten, seine Freunde hätten sein sollen, fremd geworden war. Mit ihnen zusammen wäre es auch ihm leicht geworden, eine Brücke zu den hübschen Spottdrosseln am Brunnen hinüberzuschlagen: einen Gruß, ein Scherzwort im Vorbeigehen. Nicht, wie er es jetzt tat, mit niedergeschlagenen Augen.

Die kalten, regnerischen Tage waren vorüber, wie immer wurde es über Nacht Frühling, ja, man konnte sagen, der Frühling sprang mit beiden Füßen zugleich ins Land. Der Boden trocknete schnell, und Evangelos konnte hinaus auf den Rebacker, um zu hacken und zu säubern, während sein Vater die Reben zurückschnitt. Diese wichtige Arbeit ließ er die Söhne nicht tun, nicht bei seinen eigenen Stöcken.

Auch um die Oliven mußte der Boden gelockert werden, das war die nächste Aufgabe. Zuletzt kam der neue Acker an die Reihe; der Vater schickte Evangelos allein hinauf und wandte sich mit seinem Baummesser den alten Bäumen zu, um sie von überflüssigem Wuchs zu befreien. Evangelos verspätete sich ein wenig, dann, da es ein schöner, milder Nachmittag war, kurz vor Sonnenuntergang, wählte er einen anderen Weg als den kürzesten, anstatt sofort heimzukehren. Der ganze Hang, auf dem er ging, war mit Ölbäumen bestanden, und die Kronen waren voll von Vogelgesang, der Boden bunt von Blumen. Etwas weiter unten, dort, wo der Boden sich schon ebnete, stieß er auf ein liebliches Bild, auf eine Anzahl junger Mädchen, die eine Kette bildeten und tanzten, ein und aus zwischen den mächtigen grauen Stämmen. Er blieb stehen und sah ihnen zu. Eine führte, freier, so schien ihm, und anmutiger als Frauen meistens tanzten; sie sangen sich selbst das Tanzlied. Etwas abseits auf grasigem Buckel saß Vassiliki, den Schoß voll Anemonen, die sie zu Sträußen band, und jedesmal, wenn die Tänzerinnen ihr nahe kamen, neigten sie sich vor ihr. Dann lachte sie und grüßte mit der Hand voll Blumen.

Evangelos war zu weit entfernt, um bemerkt zu werden, und doch verbarg er sich im Gesträuch und verhielt sich lautlos still. Nie, so war es ihm, hatte er etwas Schöneres gesehen als diese Mädchen bei ihrem Spiel.

Lied und Tanz kamen an ihr Ende, gerade vor Vassiliki. Sie stand auf und reichte jeder ihrer Freundinnen einen Strauß, die bunte Kette löste sich, und die kleine Schar wanderte unter den Oliven davon, lachend und schwatzend wie ein Vogelschwarm. Evangelos blieb zurück, verwandelt. Vassiliki, dachte er, Vassiliki.

Die anderen alle, so schön und anmutig sie waren – vor ihr neigten sie sich und empfingen ihre Gaben. Sie war die Schönste; sie war, von dieser Stunde an, die einzige. Ach, dachte er, sie hat auch mich beschenkt. Ich bin reich, ich bin –

Er war völlig verwirrt und lief wohl noch eine Stunde lang zwischen den alten, grauen Bäumen umher, bis sich ihm der Sinn doch wenigstens etwas klärte. Er wußte nur eins: daß er dieses Neue tief in sich verschließen mußte. Niemand durfte davon wissen, vor allem nicht Vassiliki. Es entsetzte ihn zu denken, daß sie es erfahren könnte.

17

Er mußte noch früher als sonst aufstehen, um ein Werkzeug zu holen. Es war bei jenem Gesträuch zurückgeblieben.

Noch schlief das Gelände, das Licht war kühl und bleich unter den Oliven. Mohn und Kamille, Sternblume und Ginster standen schwer vom Tau; nur die Vögel waren hellwach und schwirrten von Krone zu Krone. Eine Haubenlerche lief auf der niederen Mauer neben Evangelos dahin und sang ihr einfaches Lied, zwei Blauracken flogen vor ihm auf, und auf einem langen, niederen Ast hockte die kleine Eule und starrte ihn an. Die Sonne ging auf, als er den Fleck erreichte, groß und rot und golden; Evangelos, der sich schon nach Hacke und Bündel bückte, richtete sich auf, lächelte ihr zu und sagte sich, genau so groß und so rotgolden sei sein Herz. Seit gestern.

Dann hörte er hoch über sich die große Lerche, die sie Galiandra nannten. Das war ein anderes Lied als das ihrer bescheidenen Schwester, stark und strömend, rund und voll und klingend, und wenn es der Sängerin gefiel, flocht sie einen ihrer silbernen Triller hinein. So quoll und klang es in ihm: Meine Freude, dachte er, so singt sie, wie die Galiandra.

Er hörte seinen beiden Lerchen zu, bis die in den Lüften ihren Gesang abbrach und der Erde zustürzte, wie es ihre Art war. Die andere schwieg nicht, sie sang ihm den ganzen Tag und alle Tage.

Es wurde eine lange Woche für Evangelos, denn der Vater schickte ihn zu den entlegensten Äckern, und er kam nie früh genug zurück, um die Mädchen am Brunnen anzutreffen. Erst am Sonntag sah er Vassiliki, in der Kirche.

Er stand auf der Seite der Männer, nicht weit vom Templon. Von dort aus konnte er die ganze Frauenseite überblicken, er selbst im halbdunklen Hintergrund, unbemerkt.

Die jungen Mädchen standen wie ein Bund heller Zweige nahe der Tür, Vassiliki ein wenig für sich. Den ganzen langen Gottesdienst über konnte er sie betrachten und sich nicht genug wundern, wie schön sie war.

Sie war um ein weniges größer als ihre Gefährtinnen und trug den Kopf mit anmutigem Stolz. Ihr Gesicht war hell, die Haut glatt und ohne Fehl, die Augenbrauen – unbewußt erinnerte er sich eines Liedes – wie Schwalbenflügel, so schmal und fein gezeichnet. Und darunter die dunklen Augen; jetzt lagen die langen schwarzen Wimpern darüber.

Auch ihr Haar war schwarz, reich und lang und glänzend. Gab es etwas an ihr, das nicht vollkommen war? Sie war ein blühender Granatapfelstrauch, selbst im Schatten leuchtete sie.

Die Stunden flogen dahin, das Psalmodieren des Theodoros und seines Chors rauschte über ihn hinweg wie der Wind in den Zypressen, Vater Gerasimos segnete die Gemeinde und entließ sie – da erst erwachte Evangelos, kam er wieder zu sich. Vassiliki hatte die Kirche unter den ersten verlassen, er atmete tief auf und ging unter den letzten hinaus.

Als Apostolos seinen Jungen schickte mit dem Bescheid, Evangelos möchte sich wieder auf der Baustelle einfinden, ging Simon selbst hin, um mit dem Vorarbeiter zu sprechen. Er brauche seinen Sohn, erklärte er; ob diesmal nicht ein andrer ihn vertreten könnte? Es gab kräftige Jungen genug im Dorf.

»Keiner so willig wie dein Vangelis«, sagte Apostolis, zeigte sich aber bereit, es mit einem dieser anderen zu versuchen. »Wie geht's dem Pantelis?« fragte er, als Simon sich nach kurzem Gespräch verabschieden wollte.

»Leidlich«, erwiderte er. »So, wie er war, wird er wohl nicht wieder. Aber Kyria Zoë will ihn mit auf ihr Gut bei Patras nehmen, sie kann ihn gebrauchen, sagt sie.«

»Das ist ein Glück für den Pantelis«, meinte Apostolis

und gab dem Nachbarn einen guten Wunsch für den Weggehenden mit. »Bald sind dann zwei Söhne aus dem Haus, denn Evangelos will ja Mönch werden . . . schade um den Jungen«, fügte er hinzu.

Simon sagte nichts darauf. Er grüßte nur, schwang sich auf seinen Esel und trabte davon.

Was er dem Vorarbeiter verschwiegen hatte, war dies – Evangelos wollte nicht hinauf zur Schlucht. »Als ob wir hier unten nicht genug zu tun hätten«, war es ihm entfahren. »Wollen wir Bohnen legen oder nicht? Und wenn ja, dann muß das Feld geeggt werden.«

Er war mit Ochsen und Egge aus dem Tor gegangen.

Das Bohnenfeld war nicht so weit vom Dorf entfernt wie die äußeren Äcker, und als sie dabei waren, die Bohnen zu pflanzen, hörte er zur gleichen Zeit auf wie die übrigen. Und Evangelos, der sich noch nie an den Feierabend gehalten hatte, der immer gesagt hatte: »Dies mache ich noch fertig«, er legte jetzt wie die anderen sein Werkzeug hin und hatte es eilig, nach Hause zu kommen. Gleich darauf hatte er sich den Staub und Schweiß der Arbeit abgewaschen und war fort; fragte die Mutter, wohin, dann gab er zurück: »Ins Dorf«, weiter nichts.

Pantelis war belustigt. »Dahinter steckt ein Mädchen«, sagte er. »Unser Mönchlein!«

Paraskevi war sprachlos, aber nicht lange. Zum erstenmal, seit Pantelis heimgekehrt war, zankte sie ihn aus, warf ihm seine lästerlichen Reden vor und verbat sich solche Bemerkungen. »Sündhaft« nannte sie sie. Dieser Heilige, dem er sein Leben verdanke . . .

»Aber Mutter«, protestierte Pantelis halb lachend, halb betroffen.

»Schweig!« rief sie böse und wurde ihm den ganzen Abend lang nicht wieder gut.

Doch kein Mädchen, dachte Pantelis am nächsten Abend. Wieder war Evangelos gleich nach der Rückkehr ausgegangen, und wieder kehrte er in allerkürzester Zeit zurück. Aber diese Zeit hatte genügt, am Brunnen vorbeizugehen, an den Mädchen, die ihre Krüge füllten, einen Blick auf sie zu werfen – und wieder heimzugehen, auf einem anderen Weg.

Einmal ging Pantelis ihm nach, rein aus Neugier, nicht in böser Absicht. Es waren nicht viele Leute in der Gasse, nur die Mädchen am Brunnen, wie gewöhnlich um diese Stunde. »Habt ihr meinen Bruder gesehen?« rief er sie an.

»Ja, ja – eben ist er vorbeigegangen«, rief es zurück, und sie deuteten auf die Kirche: In die Richtung sei er gegangen. Da die meisten Gassen des Dorfes auf die Kirche zuliefen und Evangelos seinen Gang so legte, daß er im Bogen um die Kirche führte, begegnete Pantelis ihm ganz in ihrer Nähe und glaubte, um vieles klüger zu sein. Doch ein Mönchlein, entschied er und ließ seinen Bruder gewähren.

Die Mädchen aber wußten es besser. »Jeden Abend geht er vorbei«, flüsterten sie. »Welche von uns meint er?« Und einige von ihnen suchten es so einzurichten, daß sie seinen Weg kreuzten. Vassiliki merkte es und sagte: »Schämt euch!« Aber selbst sie, die Strenge und Stolze, konnte sich nicht versagen, ihm unter den langen Wimpern einen Blick zuzuwerfen, als sie einmal, rein zufällig, an ihm vorbeiging.

Dieser Blick! Evangelos lebte tagelang von ihm. Er wagte nicht mehr, in die Nähe des Brunnens zu kommen – sicher würde er sich verraten. Jeder mußte ihm am Gesicht ablesen, wie es um ihn stand. Er stand abseits, um sie doch von weitem auf einen Augenblick zu erspähen.

Bei alldem fiel es ihm auf, daß er einem der Mädchen merkwürdig oft begegnete, und bei dieser gab es keinen heimlichen Blick unter langen Wimpern, sondern einen schrägen, schelmischen, einladenden – und sie eilte nicht gerade, streifte ihn beinah: Kyriaki, die Tochter des Theodoros. Immerzu lief sie ihm in den Weg; endlich mußte er es merken.

Was ging ihn Kyriaki an? Er hatte sie nie beachtet. Was wollte sie von ihm, dachte sie etwa, er sehe sie gern?

Kyriaki, ohne jegliche Zucht aufgewachsen, die jüngste unter den Gefährtinnen und doch reifer, begehrlicher als sie, war davon überzeugt, daß Evangelos sie suchte, wenn er abends am Brunnen vorüberging. Nur war er schüchtern, sie mußte es ihm leichtmachen, sich zu nähern.

So leicht machte sie es ihm, daß sehr bald ein Gemurmel im Dorf umging: Wo die Kyriaki sei, da sei auch Evangelos nicht weit. Die Freundinnen zogen sich von ihr zurück, sie wußten, daß nicht Evangelos es war, der die Jagd betrieb. Das Mädchen lachte und spielte mit den wirren Zopfenden, zuckte die runde Schulter und lief weg, völlig unbeschämt.

Pantelis hatte von seinen Freunden erfahren, was die Leute sagten, und er fing sie ab. »Hör«, sagte er, »laß meinen Bruder in Ruhe.«

Sie gab ihm einen ihrer schrägen, schalkhaften Blicke.

»Welchen?« fragte sie.

»Oho«, rief er, »so eine bist du!«

»Laß mich gehn«, sagte sie. »Du weißt doch, daß euer Alekos nur die Frosso sieht.«

Pantelis sah sie mit einem solchen Blick an, daß sie Angst bekam und einen Schritt zurückwich. »Das wirst du bereuen«, sagte er und ließ sie stehen. Er suchte Evangelos und fand ihn nicht weit von der eigenen Hoftür. »Kleiner«, fragte er, »glaubst du, daß ich es gut mit dir meine? Ja? Dann sieh zu, daß du möglichst bald zu deinem Kirchenbau hinaufkommst. Da bist du sicher.«

»Sicher? Wovor?«

»Vor dieser kleinen Katze, vor der Tochter des Theodoros.«

Evangelos stieg das Blut ins Gesicht. »Was willst du damit sagen?«

»Daß sie dir nachstellt und daß sie im Dorf darüber reden.«

»Was reden sie?«

»Daß du ihr nachstellst. Warte, bis Theodoros es hört! Oder besser, warte nicht so lange.«

»Ich habe nichts mit ihr zu tun und will auch nichts mit ihr zu tun haben«, rief Evangelos heftig.

»Sei kein Narr, geh gleich morgen früh zum Bau«, drängte Pantelis. Aber Evangelos bestand darauf, dazubleiben, er habe sich nichts vorzuwerfen. Pantelis konnte ihn nicht davon abbringen; beinah wäre es sogar zu einem Streit gekommen. Er war ärgerlich, denn er hatte fest damit gerechnet, daß Evangelos seinen Rat befolgen würde. Nur darum hatte er dafür gesorgt, daß Theodoros heute oder morgen von dem Geschwätz erfahren sollte.

Heute, nicht morgen – da kam Theodoros, zu dieser späten Stunde. Er stürzte herein und verlangte Simon zu sprechen, wartete aber nicht, bis dieser erschien – er war zum Schmied gegangen, mußte aber jeden Augenblick zurückkommen –, sondern stürzte sich mit erhobenen Fäusten auf Evangelos.

Pantelis trat vor den Bruder, Paraskevi umklammerte den Arm des Mannes und versuchte ihn fortzuziehen, Alekos kam dazu und zum Glück gleich darauf auch Simon. Erst ihm gelang es, Ordnung zu schaffen.

»Nun sag, was du von mir willst«, forderte er ruhig.

Theodoros beschuldigte Evangelos, seine Tochter ins Gerede gebracht zu haben, ihr guter Name, ihre Ehre seien angetastet und damit auch die seine: Er verlangte Buße. »Oder ich sorge dafür, daß dein Sohn aus dem Dorf getrieben wird«, drohte er.

»Schließ du lieber deine Tochter ein«, sagte Simon ungerührt. »Sie bringt sich selbst ins Gerede und meinen Sohn mit. Auch er hat einen guten Namen; soll ich nicht auch Buße fordern – von dir?«

Evangelos konnte nicht mehr an sich halten, er rief: »Meinen guten Namen habe ich längst nicht mehr, der da hat ihn beschmutzt, wo irgend er konnte!«

Paraskevi schluchzte und rang die Hände: »Panagia mou, rette uns! Was für ein Unheil befällt uns jetzt?«

»Nichts befällt uns«, sagte Simon hart. »Geh, du Tor! Laß das Psalmensingen und hüte deine Tochter besser.«

Theodoros brach in Tränen aus und lief aus der Tür.

Der Schaden war nicht mehr aus der Welt zu schaffen. Es war nun zu spät, Evangelos auf den Berg zu schicken, er weigerte sich auch entschieden, fortzugehen. Das würde wie Feigheit aussehen, sagte er.

»Aber da du dir nichts vorzuwerfen hast – «, wandte seine Mutter ein, »geht es dich nichts an, und wenn sie dich nicht sehen, reden sie bald nicht mehr davon.«

Evangelos blieb bei seiner Weigerung, und sein Vater stimmte ihm bei. Auch Pantelis gab ihm recht.

»Du sollst zum Priester kommen« hieß es am nächsten Tag. Evangelos machte sich bereit, hinzugehen. Pantelis sagte: »Warte. Ich gehe ein Stück des Weges mit.«

Miteinander verließen sie den Hof. Miteinander, dachte Evangelos, ich mit Pantelis, mit dem Bruder, der mich nie leiden konnte. Und jetzt – was hat ihn so verändert? Er mußte es wissen, jetzt. In wenigen Tagen würde Pantelis fortgehen, dann konnte er ihn nicht mehr fragen.

»Pantelis«, begann er, »du bist sehr gut zu mir. Wie ein Freund. Früher . . . Ich habe geglaubt, daß du mich haßt. Jetzt nicht mehr, das sehe ich doch. Aber wie ist es gekommen?« Er sah den Bruder nicht an, sondern richtete den Blick beharrlich auf den Weg vor seinen Füßen.

Pantelis lachte trocken auf. »Vieles hat sich geändert, seit ich dem Mitsos ein Messer in die Rippen stach. Was mir danach passiert ist – und dann die Rückkehr: elend, krank, keinen Mut mehr, keinen Willen – der verlorene Sohn. Was für ein Mensch wäre ich, wenn mich das nicht umgekrempelt hätte? Aber das zwischen uns beiden, das ist von viel früher. Davon wollte ich mit dir reden, bevor ich fortziehe, darum bin ich mitgegangen. Sag nichts, hör mir zu.«

Ohne ein Wort schlug Evangelos den weitesten Weg zum Priesterhaus ein. Pantelis merkte es und sagte: »So lang wird's nun wieder nicht werden. Aber gehen wir, es ist gut, vom Dorf wegzukommen, dann und wann.«

Sie fanden einen bequemen Fleck und setzten sich. Unter ihnen lag das Dorf mit seinen braunen Dächern, mit der Kirche und ihren schönen Zypressen, sehr friedlich erschien es von hier. Evangelos sprach es aus: »Friedlich und freundlich, und doch . . .«

»Mich erstickt es«, sagte Pantelis ungeduldig. »Wie ein Hühnerhof geht es da unten zu, alle picken nach dem einen, und der bist du.«

Evangelos schwieg.

»Da hast du schon deine Antwort«, fuhr Pantelis fort, »oder doch die Hälfte. Die andere Hälfte: Als wir Kinder waren, konnte ich dich nicht ausstehen. Der Alekos und ich, wir waren zwei Mandeln in einer Schale. Du kamst dazu, zwischen uns sind vier Jahre – zwei Kinder starben, kaum daß sie geboren waren, dann kamst du. Wir brauchten dich nicht, wir wollten dich nicht. Ja, wenn du ein Mädchen gewesen wärst! Was sollten wir mit einem Bruder?« Er überlegte eine Weile, ordnete seine Gedanken, nickte endlich. »Das war es. Und später – du warst ein so braver kleiner Kerl. Wie ich das gehaßt habe! Immer dem Vater zur Hand, immer willig, willfährig; uns gegenüber auch. Wir waren Tyrannen, aber du hast es uns leicht gemacht.«

Evangelos unterbrach ihn: »Es war doch natürlich, ihr wart die großen Brüder! Wenn ich nicht tat, was ihr wolltet, hab ich büßen müssen, oft genug.« Er rieb sich die Schultern, mit einer halb lachenden Grimasse.

Pantelis nickte. »Wir waren wild, und du warst ruhig, besonnen, eben ganz das Gegenteil. Mich hat es gereizt – du kannst dir nicht denken, wie. Der Dorn im Fleisch. Ich hab's dich spüren lassen.« Kein Wort, daß es ihm leid tat. Kein solches Wort war nötig. Er sprach weiter: »Dann kam das mit der Erscheinung, die du gesehen haben wolltest. Wichtigtuerei, haben wir gedacht; diese ganze Aufregung um dich herum und du der Mittelpunkt – das könnte ihm passen, haben wir gesagt, der Alekos und ich. Aber sei dir ganz klar darüber, ich war der Anstifter. Alekos ist dumm, er macht mit und denkt sich nichts dabei. Wir müßten dir das austreiben, hab' ich gesagt, und er war hinter dir her wie der Hund hinterm Hasen.«

»Ja, aber das ist eine alte Geschichte«, bemerkte Evangelos. »Ich will lieber hören, warum du jetzt anders denkst.«

»Gut, hier hast du es: Ich liege auf den Tod, und plötzlich kommt die Wendung. Die Mutter faselt von Fürsprache und wundersamer Heilung, wär' ich nicht zu schwach gewesen, mir hätte sich der Magen umgedreht! Du kommst vom Berg, und ich frage dich, ob du für mich zur ›Quelle des Lebens‹ gepilgert bist: Du antwortest, nein. Seitdem glaub' ich dir – auch das andere.«

»Was hätte ich sonst antworten sollen«, stimmte Evangelos ihm bei, und beide lachten.

»Nun sag' mir, Vangelis, ob ich auch in diesem recht habe – du denkst nicht daran, ins Kloster zu gehen, du willst kein Mönch werden. Die da unten wollen es, du nicht.«

»Richtig«, bejahte Evangelos, »und die da oben –«, er deutete mit dem Kinn zu Kyria Zoës Landhaus hinauf, »die da oben mehr als alle andern.«

»Ich weiß es. Nur deswegen hat sie mich angenommen. Aber, mein Junge, wenn du einen Ausweg suchst – warum nimmst du nicht diesen?«

»Welchen?« fragte Evangelos verblüfft.

»Was meinst du, warum der Priester dich zu sich bestellt? Doch wegen der Kyriaki, um dir ins Gewissen zu reden.«

»Ja, und?«

»Na, wenn ich es wäre, ich würde das ausnützen bis ins letzte. Verstehst du es denn nicht? Du gibst alles zu, zeigst dich verstockt; versprichst vor allem keine Besserung, gestehst sogar, daß die Kyriaki dir über alles geht – und du bist den ganzen Unsinn mit einem Mal los. Der Erwählte der Panagia und die Tochter des Theodoros – das schluckt Rodhakion nicht.«

»Und dann verheiraten sie mich mit der Kyriaki«, fuhr Evangelos auf, »und ich sitze erst recht im Dreck. Mit der, ein Leben lang! Lieber geh ich doch ins Kloster.«

Sein Bruder betrachtete ihn mit Respekt. Evangelos fuhr fort: »Ein Ausweg, sagst du, und du würdest ihn nehmen. Ich kann es nicht, es ist kein Weg für mich.«

»Du hast recht«, gab Pantelis zu, »es ist nicht der gerade Weg.« Er stand auf. »Geh nun zum Priester, hör ihn an, laß dich aber nicht beirren. Ich werde derweil zu Kyria Zoë gehen, ich habe mit ihr zu reden.«

»Du meinst, sie mit dir«, sagte Evangelos erstaunt.

»Nein: Ich werde reden. Sie wird handeln.« Mit diesen geheimnisvollen Worten schob er Evangelos auf den Pfad zum Priesterhaus zu und stieg selbst den Hang hinan. Etwas von dem, was er seinem jungen Bruder angetan hatte, konnte er wieder gutmachen. Der rechte Schritt, aber ob er nicht zu weit führte?

18

Wenige Tage später war der Klatsch um Evangelos und Kyriaki so tot und erloschen wie ein Feuer, über das man ein paar Eimer Wasser gießt. Das Mädchen verschwand aus dem Dorf; es hieß, Theodoros hätte sie in ein Kloster gegeben. Kyria Zoë sollte den Weg geebnet haben. Es war ein reiches und vornehmes Kloster; sie selbst zog sich jedes Jahr einige Wochen dahin zurück, und sie hatte großen Einfluß auf die Leitung des Hauses. Vater Gerasimos bestätigte es, wenn man ihn fragte, und fügte hinzu, daß Kyria Zoë sehr großmütig an dem Mädchen gehandelt hätte. Nein, eine Nonne sollte nicht aus ihr werden, aber sie würde Zucht und feine Sitte lernen. Wenn sie sich gut schickte, wollte Kyria Zoë ihr später eine Aussteuer geben und eine angemessene Heirat für sie besprechen; man handle am besten und ganz im Sinne der Wohltäterin, wenn man die Sache nun ruhen ließe.

Fragte dann noch ein besonders Beharrlicher: »Und der Evangelos?«, so schaute der Priester ihn an und antwortete ruhig: »Er baut an der Kirche weiter; was sonst?«

So war es. Evangelos war unrecht geschehen, man sah es jetzt ein; er war darüber hinweg- und wieder zum Bau gegangen. Auch er hatte sich großmütig gezeigt, er hatte nicht ein Wort über die Verleumder gesprochen. Im Gegenteil, er war sofort an seine Aufgabe gegangen; das Dorf rechnete es ihm hoch an.

Die Leute irrten, Evangelos war nicht so unberührt geblieben, wie sie glaubten. Die Begebenheit hatte einen tiefen Ekel in ihm zurückgelassen, vielleicht, weil er sich nicht ganz ohne Schuld wußte. Zwar hatte er sich nichts vorzuwerfen, was Kyriaki betraf, aber hatte er nicht doch verursacht, daß sie anfing, ihm nachzustellen? Hatte er ihr nicht eine Blöße gezeigt, indem er am Brunnen vorbeiging, um Vassiliki zu sehen? Vassiliki! Was mußte sie von ihm denken? Was das ganze Dorf dachte, sofort und ohne nach der Wahrheit zu fragen von ihm geglaubt hatte – daß er und Kyriaki . . . oh, es war unerträglich! Unmöglich, im Dorf zu bleiben, wo er ihr täglich vor die Augen kommen konnte. Feigheit? Diesmal ja, aber Flucht war das kleinere von zwei Übeln.

Langsam heilte der wunde Punkt. Ihm fiel das seltsame Abschiedswort seines Bruders ein: »Siehst du? Sie hat gehandelt.«

Sie, Kyria Zoë. Er fügte eins zum andern und begriff, was Pantelis für ihn getan hatte. Wie klug er war! Aber war er nicht zu klug gewesen? Evangelos war in Gnaden wiederaufgenommen, das Netz umschloß ihn fester denn je. Beinahe bereute er, Pantelis' Ausweg nicht genommen zu haben, dann wäre er jetzt frei. Verworfen, aber frei. Im Dorf hätte er freilich nicht bleiben können. Evangelos hielt inne. Wo wäre er heute, wenn er die Schuld, die nicht die seine war, auf sich genommen hätte? Weit von hier; noch viel weiter von Vassiliki. Am weitesten von der Wahrheit.

Ach, das waren Hirngespinste. Und doch, wo wäre er jetzt?

Die Frage kehrte wieder, sie ließ ihn nicht los. Flucht, das kleinere von zwei Übeln – er hatte es selbst gesagt. Leichter gesagt als ausgeführt, die Fäden, die ihn umstrickten, waren zu stark. Und es gab keinen Menschen, der ihn befreit hätte; auch Pantelis hatte es nicht gekonnt.

Er wiederholte, was er schon oft gedacht hatte: »Ich selber muß es tun.« Und dann, niedergeschlagen: »Ich bin nicht stark genug.«

Alles verlassen, alles aufgeben, was er liebte – das Elternhaus, den Hof, die Erde, in der er seine Wurzeln hatte, das Dorf. Ja, trotz allem, was es ihm aufgebürdet hatte, er liebte sein Dorf, er konnte sich nicht vorstellen, daß er anderswo zu Haus sein könnte. Nein, er mußte eine andere Lösung finden.

Aber während Evangelos in einem Morast von Fragen, Zweifeln und Wünschen feststeckte, ging es am Bau mit großen Schritten vorwärts. Das Osterfest fiel spät in diesem Jahr, es war schon fast Sommer, als sie es feierten. Am Palmsonntag begab sich etwas Ungewöhnliches, ein mächtiges Gewitter zog herauf und entlud sich in wahren Wolkenbrüchen. Der Mittag war schwarz wie eine mond- und sternlose Nacht, die Leute kauerten voll Angst in ihren Häusern, entzündeten Räucherwerk vor den Ikonen und flehten den Himmel an, sie zu verschonen. Er verschonte sie, aber nicht ihre Felder. Das Korn, so kurz vor der Reife, lag wie niedergepeitscht am Boden, über die Reben war Hagelschlag gefahren; was die Oliven gelitten hatten, war noch nicht abzusehen. Noch liefen Wasserbäche von allen Hängen und wuschen die kostbare Erde mit sich fort, da

177

stand die heiterste Sonne am unschuldig-blauen Himmel, der vom Unwetter, so schien es, nichts gewußt haben wollte.

In der Schlucht war ein Erdrutsch niedergegangen und hatte die Hälfte des Baus verschüttet. Der Bach war, von großen Steinblöcken gedämmt, über seine Ufer getreten, sein lehmdunkles Wasser umspülte die Platte des Altars in der Nische. Die Männer standen erstarrt vor der Verwüstung. »So lange«, murmelte einer, »so lange hat sie uns gewähren lassen – und nun doch noch!«

Es war, was sie alle dachten. Die Panagia war schließlich doch nicht mit dem Ort für die Kirche zufrieden gewesen: So zeigte sie es ihnen. Der starke Lakis regte sich zuerst, fluchte lästerlich und schleuderte seine Hacke in das strudelnde, brausende Wasser.

»Gehen wir«, sagte der Maurer Stavros. Die übrigen, ein mehrfaches Echo, sprachen es ihm nach: »Gehen wir, sie will es nicht anders.« Aber Nikolaos war schon dabei, sich über die Erd- und Steinmassen hinaufzuarbeiten, um die Stelle zu erreichen, von der das alles weggebrochen war. Er kannte den Berg wie sein eigenes Haus, er verstand sich auf Wind und Wetter, besonders aber auf den Boden unter seinen Füßen. »Geht noch nicht!«, rief er den Leuten zu, »dies ist mit natürlichen Dingen zugegangen. Kommt herauf und seht es euch an! Hier – und hier – und dort auch –«

Sehr vorsichtig stieg er zu ihnen hinunter und erklärte, daß der späte Regenfall des Winters zusammen mit den ungeheuer starken Güssen des Gewitters das Unheil angerichtet hätte: »Es gab Fehler unter der Schicht, vielleicht schon seit langem; all das Wasser, das von höher oben kam, hat Einlaß gefunden, gewühlt, gedrückt, bis unser Hang wegbrach. Weiter ist es nichts.«

Sie waren halb überzeugt. »Da du es sagst«, gaben sie widerwillig zu. »Aber was nützt es, daß wir wissen, wie es gekommen ist? Unsere Kirche ist verschüttet, unser Werk ist verdorben. Hier ist nichts zu retten; kehren wir heim.«

»Unsinn«, rief einer dagegen, und der Streit begann. Unbemerkt von den anderen war Evangelos zum Bach hinabgeklettert und hatte angefangen, Steine und Geröll wegzuschaffen, damit das Wasser frei würde und seinen Weg nehmen könnte.

»Seht den Jungen«, rief es plötzlich. Nikolaos schrie: »Wirst du aus dem Wasser kommen! Das ist gefährlich!«

Evangelos wußte besser als er, wie gefährlich es war, er konnte sich kaum auf den Füßen halten. Er schüttelte nicht einmal den Kopf, es hätte ihn das Gleichgewicht gekostet, sondern hob weiter große Brocken aus der Flut. Der starke Lakis fluchte noch einmal, aber weniger lästerlich, und arbeitete sich auch zum Bach hinab. Zusammen hackten sie eine Bresche in den erdigen Damm. Nikolaos schrie ihnen Anweisungen zu, er überblickte die Lage besser von oben und konnte sie warnen, sobald es an der Zeit war. Die jüngeren der Männer gesellten sich zu den zweien im Bach und öffneten kleine Kanäle, damit schon einiges vom Wasser ablaufen konnte; es war besser, der Wall bröckelte nach und nach weg.

Der Bach war weniger geduldig. »Lauft!« schrie Nikolaos, so laut er konnte, und sie brachten sich in Sicherheit, so gut und schnell es ging. Das gestaute Wasser brach mit einem Mal durch das Hindernis und strömte, an den Felsen hoch aufspritzend und wahre Wellen werfend, bergab. Steine und Erdreich und ein paar seiner Befreier nahm es mit, aber nicht weit. Sobald die Ufer flacher wurden, dort, wo der Weg den Bach kreuzte, gelang es den letzteren, an Land zu kriechen, arg zerschrammt zwar, voller blauer Flekken, aber es war doch noch gut abgelaufen.

»So, schön«, sagte einer, »und was nun?«

»Wir räumen auf«, gab Nikolaos zurück, »aber erst in ein paar Tagen. Lassen wir es eine Weile trocknen. Aber dann müssen alle Männer, die eine Schaufel halten können, mithelfen, dann haben wir die Kirche schnell wieder freigelegt.«

Damit waren alle einverstanden. »Am Tag nach Ostern«, stimmten sie zu und rechneten schon, wie viele Esel, Körbe, Säcke nötig sein würden. Sie wandten sich heimwärts, laut aufeinander einredend. Evangelos blieb ein wenig zurück und sah auf den Bach, der schon friedlicher wurde. »Sieh, du wenigstens kannst wieder springen, wohin du willst«, sagte er. »Diesmal waren es nicht wir, die dich getrübt haben. Das weißt du doch?«

Man rief nach ihm. Er grüßte mit der Hand und trieb den Esel an.

Die dringendste Frage war – wohin mit all den Erdmassen, die der Berg ihnen nach unten geschickt hatte? Sie einfach in die Schlucht kippen, wie die Sorgloseren vorschlugen, ging nicht an. Der Bach mußte freien Lauf haben, sein Bett war eng genug. Es gab aber eine sehr enge Stelle an der Terrasse, die sie gebaut hatten, eigentlich schon außerhalb des geplanten Klosterbereichs und etwas sanfter abfallend als die Felsen weiter oben. »Hier!« sagte Nikolaos entschieden. »Der einzige Platz. Wir geben den Mönchen einen Vorhof, damit sie doch irgendwo mal die Arme schwingen können.«

Weitere Mühe, langwierig und nicht ohne Gefahr, aber die Männer schafften beinahe leichtherzig, weil doch nicht alles verloren gewesen war. Scherze flogen um: »Hätte die Panagia uns das nicht früher schicken können, als wir uns so quälen mußten, damit die Stufe breiter würde?«

»Sag das nicht«, kam es zurück. »Sie weiß, was sie tut. Sie hat zugesehen und abgewartet, und schließlich hat sie gesagt: So geht das nicht. Ich brauche mehr Raum für meine Mönche! Und sie hat dafür gesorgt.«

»Ah«, sagte der starke Lakis, der alles ernst nahm, »sie ist die beste Baumeisterin.« Er sagte es so aus tiefstem Herzen, so voll Bewunderung, daß lautes Gelächter aufsprang und die Schlucht füllte.

Die Thebaner kamen von ihrer längeren Osterfeier zurück und standen starr vor der Verwüstung. »Es ist nur halb so schlimm«, beruhigte der Vorsteher, der wie die andern Steine wegräumte und Lehm schaufelte. »Vor ein paar Tagen hättet ihr es sehen sollen.«

Der Bauführer Charidimos kam aus seiner Erstarrung und wühlte sich zu seinen Gebäuden durch. Er sah sofort: Was Apostolos gesagt hatte, stimmte genau – halb so schlimm, denn die obere Hälfte hatten die von Rodhakion schon freigelegt. »Regt euch«, rief er seinen Leuten zu, »packt mit an!« Es war nicht nötig, sie waren schon dabei. Er sprach mit Nikolaos und lobte ihn; besser hätte er, Charidimos, es nicht anordnen können. »Es ist schade, daß ihr nicht zuerst an die Kirche heran könnt, aber wie es nun einmal ist –«, bemerkte er. »Wir sind nun hier, und viele Hände machen kurze Arbeit. Bis die Kirche wieder frei dasteht, fangen wir bei uns nicht an.«

»Wenn sie einander nur nicht im Weg stehen«, meinte Nikolaos schmunzelnd. Es war ein großzügiges Anerbieten, er war froh darüber.

Noch waren sie dabei, die Kirche auszuräumen – außen war alles weggeschafft. Als sie damit fertig waren, hatte Jannis gesagt: »Da steht sie wie ein voller Krug auf dem Bord!«, und ein besseres Bild hätte sich nicht finden lassen, da sahen die Jungen von der Höhe ihrer Mauern eine kleine Reiterschar heraufziehen. Näher und näher, und Nikos sagte ungläubig: »Frauen kommen –?«

Evangelos spähte. Das weiße Maultier kannte er, nur die Noná besaß ein solches. Sie kam hierher, hier herauf, wo noch soviel Geröll und Verwüstung war? Neben ihr ritt der Priester, der alte, schwache Mann, und dicht hinter den beiden Rinió auf einem hellgrauen Eselchen. Die Begleiter folgten in geringem Abstand.

»Wer ist sie?« fragten Nikos und Jannis im gleichen Augenblick.

»Eure Bauherrin«, gab Evangelos zurück.

»Was will denn die hier oben?« staunten die Jungen.

»Sehen, was der Berg angerichtet hat.«

»Was für eine Frau«, rief Jannis bewundernd, »sie kommt selbst auf den Berg!«

Evangelos schwieg. Er dachte: Wie wird sie mir begegnen nach allem, was vorgefallen ist? Obendrein auf der Baustelle? Sie ist doch nicht damit einverstanden, daß ich hier arbeite . . .

Die Jungen beobachteten Charidimos, wie er dem Besuch entgegenging und ihn willkommen hieß, wie er Kyria Zoë beim Abstieg half und sich danach dem alten Priester zuwandte, um ihm den gleichen Dienst zu erweisen. Rinió war ohne Beistand abgesprungen, erhielt einen Befehl und befaßte sich mit dem Schleier der Noná, der sich während des Rittes gelockert hatte. Trotzdem flog ihr Blick hierhin und dahin, auch zu den drei Gestalten auf der Kirchenmauer. Der Schleier fiel, wie er sollte, in glatten Falten, und Rinió winkte Evangelos zu.

»Und wer ist das Mädchen?« fragte Nikos.

»Ihr Patenkind«, erklärte Evangelos. »Ich auch: Wir sind beide ihre Patenkinder.«

»Oho«, sagte Nikos. Jannis fügte hinzu: »Hat der ein Glück!« Evangelos behielt seine Ansicht darüber für sich, stieß aber die Schaufel in die Masse zu seinen Füßen, als ob er mit viel mehr aufräumen wollte, nicht nur mit diesem Dreck hier. Die beiden andern hielten ihn zurück, vorwurfsvoll: »Du wirst doch jetzt nicht mit Erde und Steinen herumwerfen!«

Sie hatten recht, denn der Besuch näherte sich schon der Kirche, Kyria Zoë zwischen Vater Gerasimos und dem Baumeister, Rinió folgte, zusammen mit Nikolaos. Die Noná hielt an, sie blickte zu der Nische hin. Noch immer führte der Bach viel Wasser, aber um den kleinen Altar war es trocken. Der Leuchter war wieder aufgerichtet, sonst aber sah es trostlos aus. Evangelos hörte die Noná sagen: »Betrüblich, dort wie hier.«

»Bald wird nichts mehr davon zu sehen sein«, versprach

Charidimos. Er hatte ihr gezeigt, was sie mit den Trümmern angefangen hatten, er wies hinauf zu der noch frischen Narbe am Berg. Kyria Zoë hob das Gesicht, und nun gewahrte sie die drei Arbeiter auf den Mauern der Kirche. Sie erwiderte freundlich ihren Gruß, und jetzt sah sie, daß einer von ihnen Evangelos war. Aber statt sich eisig abzuwenden, wie es ihre Art war, wenn etwas ihr mißfiel, hob sie nochmals grüßend die Hand und rief ermunternde Worte zu ihm hinauf, die auch den anderen beiden galten. Dann kehrte sie um, zu den Klostergebäuden hin. Vater Gerasimos blieb etwas länger und sprach mit den drei Jungen, gütig und sanft wie immer.

Heimlich atmete Evangelos auf. Er hatte gefürchtet, vor seinen Kameraden beschämt zu werden, er wußte ja, wie scharf die Noná sein konnte. Was sie bewogen hatte, sich gnädig zu zeigen, wußte er nicht, aber Rinió würde es wissen. Wo war sie denn – ach, da vorn stieg sie im Gestein herum und pflückte die kleinen Blumen, die überall aufgesprungen waren, wo immer ein Krümchen Erde ihnen Nahrung bot, weiße Sterne, kleine gelbe Sonnen und solche, deren Blüten braunen Bienen glichen oder seltsam bunten Fliegen. Nun ließ sie sich auf einem Stein nieder und ordnete ihre kleinen Schätze zum Strauß. Evangelos rief ihren Namen, aber sie kam nicht, sie winkte nur. Er verstand: Kyria Zoë kehrte gerade von der Besichtigung zurück, und die Kleine schloß sich ihr an.

Noch einmal näherte sich die Gruppe der Kirche und betrachtete sie eingehend. Evangelos hörte die Noná sagen, wie erfreut sie sei über alles, was sie gesehen habe. Wirklich, sie hätte es sich nicht besser wünschen können. Der Baumeister wehrte bescheiden ab und versprach, auch weiterhin sein Äußerstes zu tun; Kyria Zoë gab das Zeichen zum Aufbruch. Aber ehe sie fortging, schenkte sie Evangelos ein wahrhaft mütterliches Lächeln und sagte: »Bald, Vangeli mou.«

Sie ritten fort und blickten sich nicht um, bis sie den Bach gekreuzt hatten. Und nun sah Evangelos etwas Merkwürdiges. Als Riniós hellgraues Eselchen ins Wasser trat, hob sie ihren Strauß und warf ihn im hohen Bogen durch die Luft, so daß die Blumen wie ein bunter Regen in den Bach niederfielen. Kurz darauf hatten die Wellen sie schon fortgetragen.

Evangelos blieb bestürzt und nachdenklich zurück. Was hatte das alles zu bedeuten, das Lächeln der Noná, ihr letztes Wort, dieses »Bald«? Und Rinió, was fiel ihr ein, daß sie ihre Blumen ins Wasser warf? Sie hatte kein Wort mit ihm gewechselt; natürlich nicht, es wäre von der Noná übel vermerkt worden. Vielleicht hatte es ein Zeichen für ihn sein sollen – aber nein, es war ein Spiel gewesen, eine Laune.

»Komm«, riefen die Gefährten, »es ist Essenszeit.« Sie mußten es zweimal sagen, bis er auf sie hörte. Er folgte ihnen und gesellte sich zu der Schar, die fröhlich war, denn Kyria Zoë hatte Krüge voll Wein für die Arbeiter hiergelassen, und es war ein besserer Wein als der, den sie sonst bekamen. Auch frisches Brot war da und junge grüne Zwiebeln; sogar eine Schüssel mit kleinen, getrockneten, sehr scharf gesalzenen Fischen, alles Geschenke der Bauherrin.

»Ich sehe wohl«, bemerkte Charidimos, »die Kyria hat euch einen freien Tag zugedacht, denn wer von euch wird nachher noch arbeiten wollen?«

Sie lärmten und lachten, sie tranken auf sein Wohl und auf das der Bauherrin, vor allem aber auf das Werk, auf ein gutes Gelingen. Lebhaft kreiste die Rede um den Besuch, alles was aufgefangen, verstanden und beobachtet worden war, wurde ausgetauscht, und Meister Charidimos hielt dabei nicht zurück. Sie wurden übermütig und zogen Evangelos in ihre Runde: »Trink, Kleiner, und sei bedankt! Schließlich baut sie das Kloster für dich.«

Er lehnte den Becher ab, den sie ihm reichten, aber er blieb im Kreis. Er mußte erfahren, was während der Besichtigung der Gebäude besprochen worden war. Viel Neues war es nicht, obwohl Charidimos ausführlich berichtete, nur, daß Kyria Zoë die Löhne erhöhen und jedem von ihnen ein Geschenk machen wollte, wenn sie die Arbeit beschleunigen würden.

»Zwei Monate, hat sie gesagt, dann müßte alles fertig sein, auch die äußeren Mauern und das große Tor. Schon vorher möchte sie die Schreiner schicken, die Fußböden zu legen und die Einrichtung zu besorgen. Und ihr –«, Meister Charidimos wandte sich denen von Rodhakion zu, »ihr sollt bis dahin so weit mit eurer Kirche sein, daß die Bildhauer und Maler einziehen können! Euer Priester hat es ihr versprochen.«

Empörte Rufe wurden laut. Die reiche Frau hatte leicht reden. Würde sie etwa derweil die Erntearbeit übernehmen, die doch wohl jetzt das Wichtigste sei, und alles übrige, was daheim auf sie wartete?

Charidimos wollte dergleichen nicht hören. »Ihr müßt am Werk bleiben«, sagte er sehr bestimmt. »Eure Leute müssen für euch mitschaffen.«

Sie murrten laut und riefen anzüglich, ihnen sei kein Geschenk versprochen worden; warum sollten sie sich eilen? Aber die Thebaner überschrien sie, der Wein hatte wohl auch etwas damit zu tun; um ein Haar wäre das fröhliche Gelage in eine Rauferei ausgeartet.

Evangelos blickte von einem erhitzten Gesicht zum anderen. Wie sie schrien! Es kam ihm lächerlich vor, und es verdroß ihn auch ein wenig, daß die Leute seines Dorfes sich so kleinlich zeigten. Ihm lag gewiß nicht daran, daß dieses Kloster hier so schnell fertig würde – und doch, wäre es nicht das beste, auch für ihn? Wie lange bedrückt mich dies alles schon, dachte er, warum länger hinauszögern, was doch kommen muß? Besser ein Ende und bald.

Dasselbe Wort. Er und die Noná: dasselbe Wort. Bald – aber wie verschieden es war, was sie meinten. Ihr versprach dies kleine, kurze Wort, daß er in nicht zu langer Zeit in eine der Zellen hier einziehen würde; ihm, daß er sich endlich von seinem Gelöbnis befreit fühlen durfte.

Bald denn. Er stand auf, rief in den Lärm hinein: »Streitet nur weiter! Ich gehe weiter an die Arbeit«, und ging weg. Ein verdutztes Schweigen folgte, dann ein herzhaftes Lachen. Gutmütiger Spott flog ihm nach, aber er beachtete ihn nicht. Er lief schon den schrägen Balken hinan, der ihnen als Leiter diente.

Denen hab ich's gegeben, dachte er voller Genugtuung. Sie werden fragen, was mir denn einfällt – dem Jüngsten hier! Schön, ich bin der Jüngste, aber auch der Wichtigste. Denen werd ich's zeigen.

Er glaubte auch zu wissen, was Rinió im Sinn gehabt hatte, als sie ihren Strauß ins Wasser warf. Schluß, hatte sie gedacht, Schluß mit der Hoffnung, mit dem Dagegenankämpfen, der Vangelis ist so gut wie im Kloster eingeschlossen.

»Du wirst dich wundern«, sagte er laut, und er sagte es mit einer Stimme, die sich nicht mehr überschlug.

19

Ein Feuereifer griff unter denen von Rodhakion um sich, seit dem Beginn war nicht mehr mit solcher Begeisterung gearbeitet worden. Selbst Nikolaos, der ruhige und besonnene, war davon erfaßt: Es ging auf das Ende zu, und er trieb mit allen Kräften vorwärts, zum Ziel.

Die Platten für den Bodenbelag waren eingetroffen. Er legte sie selbst, nur von einem Gesellen des Charidimos beraten, und war fast leidenschaftlich darauf bedacht, diese Vierecke mit aller Genauigkeit aneinanderzupassen. In den Winkeln mußte alles so stimmen wie im offenen Raum. Auch die Stufe lag schon, die die Scheidewand zwischen Apsis und Kirchenschiff tragen würde.

Unterdessen war Evangelos dabei, dem Dachdecker zur

Hand zu gehen. Der hatte auch einige Rechenkünste auszuführen, denn es gab ja nicht ein Dach, sondern mehrere, schmal wie Streifen, Hälften oder Viertel eines Kreises, und das alles gipfelte in der Dachhaube, die leicht und gefällig die Trommel krönte. Von der strengen Kuppel waren sie abgekommen, und mit Recht. Dieser kleinen, freundlichen Kirche stand die zierliche Haube eher an.

Evangelos war mit dem gleichen Eifer bei seinen Dachziegeln wie Nikolaos bei seinen Platten. Sobald sie mit der Kirche fertig waren, bat er, auch bei den Klosterdächern helfen zu dürfen. Seine Hände waren wundgescheuert von den rauhen Ziegeln, er wand Zeugstreifen um sie und betrachtete mit Stolz, beinahe mit Liebe, die Dächer in ihrem sanften Braun, ihren rötlichen und fahlen Tönen. Was immer ihm wegen dieses Klosters angetan worden war: Es stand nun, auch *sein* Werk, und das Werk war gut. Er mußte es zugeben, die Arbeit war ihm zur Freude geworden. Aber war sie das nicht immer schon gewesen, nicht das, wohin sie führte, sondern sie selbst?

Die Thebaner bauten an den letzten Mauern, an denen, die das Kloster von der Außenwelt abschließen sollten. Viel hatten sie nicht zu tun, denn die eine Längswand bildete der steile Fels, die andere, den Bach entlang, die Außenwand des Wohngebäudes der Mönche. So war denn nur die hintere Mauer zu errichten und die höhere vorn, in ihrer Mitte das große Tor.

Die Maurer zogen ab, die Schreiner zogen ein. Sie zimmerten dieses Tor aus mächtigen Bohlen, und Simons Freund, der Schmied, brachte die Angeln, in denen es hängen würde. Dann richteten die Zimmerleute die Zellen ein. Viel kam nicht hinein, eine Pritsche, ein Schemel – nicht einmal ein kleiner Tisch. Ein Fach war in die Wand einer jeden eingebaut; dürftig und eng war alles. Er sah sich ohne Anteilnahme in diesen gefängnishaften Räumen um. Sie waren nicht für ihn; wer solch ein Leben wählte, mochte hier hausen, ihn gingen sie nichts an.

Aber die Kirche wurde schön. Rodhakion konnte stolz auf sie sein und die Gottesmutter stolz auf ihr Dorf Rodhakion, das ihr ein solches Geschenk machte! Die Scheidewand war an ihrem Platz, in den marmornen Rahmen waren Platten mit reicher Verzierung eingelassen, alle, die sie sahen, würden darüber staunen.

Längst waren die Wände und Wölbungen verputzt worden und hatten eine Weile in schlichtem Weiß gewartet, bis sie trocken und für den Maler bereit waren. Agia Triadha schickte ihn und seine Gehilfen, und die Kirche wurde zur Malerwerkstatt. Evangelos hätte zum Dorf zurückgehen können, aber was sich jetzt begab, mußte er sehen, und er bat darum, den beiden Mönchen helfen zu dürfen. Es wurde ihm gern gewährt und von den Frommen im Dorfe hoch angerechnet.

Das war eine glückliche Zeit für ihn. Er sah die schönen, strengen Bilder wachsen in all ihren königlichen Farben: in der Apsis die Gestalt der Allerheiligsten, die ihren göttlichen Sohn hielt und mit der andern Hand den tiefroten Mantel ein wenig hob; links und rechts von ihr die ernsten Engel, die ihr huldigten. An der einen Wand erschien die Geburt des Kindes in der Höhle, unter starren Felsen, an der Wand gegenüber die Flucht nach Ägypten; es war ein wahres Wunder, wie das alles lebte und die Seele erhob. Nie war Evangelos so fromm gewesen wie jetzt, da er dem Freskenmaler zusah.

So Mönch sein wie Bruder Evtychios, das verstand er. Das Leben eines Mönches war, Gott zu preisen: Bruder Evtychios tat es durch seine Kunst. Er erklärte es dem Jungen: Diese Kunst sei zugleich Gebet. Um sie ausüben zu können, mußte er sich heiligen, sonst wurde er ihr nicht gerecht. Evangelos verstand – darum versank der Maler in eine tiefe Betrachtung, darum begann er das Werk mit einem Hymnus, der die Herrlichkeit der Gottesmutter besang. »Wie könnte ich sie malen«, fragte Bruder Evtychios, »wenn ich mich nicht in ihre Schönheit versenkte? Diese

Hymnen bringen sie mir vor Augen, und meine Finger malen, was sie sehen.«

Man durfte ihm zusehen, aber nicht ihn ansprechen bei der Arbeit. Es konnte jedoch vorkommen, daß er zu erklären, zu belehren anfing. Nicht alles konnte Evangelos aufnehmen, obwohl der Mönch sich einfacher Worte bediente; auf manchen Pfaden, die Bruder Evtychios' Geist ging, konnte er ihm nicht folgen. Er bemerkte oft, wie der junge Bruder Savvas den Kopf von seiner Aufgabe hob und sich dem Lehrer mit aller Aufmerksamkeit zuwandte. Ja, es sind andere Menschen als wir, dachte er in tiefer Demut. Was sie haben, das haben wir nicht.

Es kam zur Sprache, als Bruder Evtychios ihn fragte, ob er für das Klosterleben bestimmt sei. Er weiß nichts von mir, durchfuhr es Evangelos, und er antwortete: »Meine Mutter wünscht es.«

»Und du selbst?«

»Nein. Ich will ein Landmann sein wie mein Vater.«

»Trotzdem hörst du mir mit echter Andacht zu, das weiß ich. Und du verspürst keinen Zug, nichts regt sich?«

Evangelos bekannte ehrlich, daß sich bei solchen Worten wohl etwas rege, beschreiben könnte er es nicht, aber es sei nichts, das ihn ins Kloster ziehe.

Der Mönch wiegte den Kopf. »Wenn dich nichts zieht, kannst du nicht folgen«, erklärte er. »Ich sage dir: Du darfst nicht Mönch werden. Nicht, bis du den Ruf hörst.«

»Nicht?«

»Nein, denn ohne Berufung würde ein schlechter Mönch aus dir.«

Bruder Evtychios hatte längst die Hände ruhen lassen, darum wagte Evangelos, noch eine Frage zu stellen. »Dieses Kloster, das wir erbaut haben – «, begann er zaghaft, »es ist klein, eingeschlossen in die Felsen, hier ist nichts als Wildnis. Es ist nicht wie Agia Triadha. Keine Gärten, keine Werkstätten . . . Was werden sie tun, die Mönche, die hierherkommen, den lieben langen Tag?«

»Sie werden die Vollkommenheit anstreben. Sie werden sich in Gott versenken.«

»Immerzu, den ganzen Tag?«

»Immerzu, Tag und Nacht.«

»Das begreife ich nicht«, sagte Evangelos.

»Nein, wie solltest du auch? Aber es ist einfach: Sie wollen das Höchste, nichts als das. Geh du hin und lebe auf deine Weise, mehr verlangt dein Schöpfer nicht von dir.«

Evangelos ging, denn er sah, daß die Augen des Malers wieder nach innen schauten, daß seine Hände nach den Pinseln griffen. Er war noch nicht an der Tür, da hörte er den Anruf, das Gebet um Erleuchtung, und ging auf den Zehenspitzen hinaus.

Er war voll Dankbarkeit, voll der tiefsten Befriedigung. Er hatte es immer gewußt, daß er zum Mönch nicht taugte, aber nun die Bestätigung zu haben, noch dazu aus berufenem Munde, war ihm über die Maßen wertvoll. Es füllte ihn mit Zuversicht, er würde nicht mehr abwarten, er würde handeln.

So sehr viel Zeit blieb ihm auch nicht mehr. Nur wenige Tage und die Mönche würden ihr Werk beendet haben. Dann war noch die große Ikone der Panagia zu erwarten, die das Kloster Agia Triadha stiftete; ein anderer Meister malte an ihr. Zum Fest der Allerheiligsten sollte auch sie fertig sein, und die Einweihung der Kirche und des Klosters war auf den selben Tag festgesetzt.

Sobald er wieder nach Hause kam, mußte er mit seinem Vater sprechen.

Das Kreuz erhob sich über der Kuppel, die letzte Mauer war geweißt, er hatte sein Gelöbnis gehalten: Er war nun frei. Aber das wußte nur die Panagia, es war die Vereinbarung zwischen ihm und ihr. All die anderen würde er nie überzeugen; wozu die Mühe? Sie war vergeblich. Sein Gewissen war rein, nichts lastete darauf. Er konnte zu seinem Vater gehen und sagen: »Laß mich ziehen.«

Evangelos half noch, die letzten Gerüste abzubrechen, und machte sich dann auf den Heimweg. Das Dorf empfing ihn mit Freuden, er war in jedem Haus willkommen, der liebste Sohn. Aller Augen blickten auf das Fest hin, auf die Vollendung, die Krönung dessen, das sie gemeinsam erschaffen hatten, und er war ausersehen, das Opfer darzubieten. So sprach Kyria Zoë, die er am gleichen Tag besuchte, und so, erklärte sie, empfand das ganze Dorf.

Er fühlte sich wie gelähmt. Sie waren seiner ganz sicher; wie bestand ein einzelner vor diesem Berg von Sicherheit?

Rinió, die bei dem Gespräch nicht zugegen gewesen war, begegnete ihm auf der Treppe. Ihm fiel ein, was er sie fragen wollte: »Rinaki, da oben in der Schlucht, als du deine Blumen ins Wasser geworfen hast – was hast du dir dabei gedacht?«

»Das hast du gesehen?«

»Ja. War es wohl nur Spielerei?«

»Es war keine Spielerei. Aber bevor ich dir antworte, sag mir: Wirst du dich fügen?«

»Nie.«

»Dann sollst du es wissen.« Sie sah ihn freimütig an, senkte aber die Stimme und flüsterte: »Hast du vergessen, wer dir dort oben erschienen ist? Ihr habe ich meine Blumen geschenkt und sie gebeten: Niemand kann ihm mehr helfen – hilf du ihm.«

»Das hast du für mich getan?«

»Es fiel mir so ein, ganz plötzlich.«

»Und ich habe geglaubt, du wolltest damit sagen, das Spiel sei aus und verloren.«

»Aber nein. Vangelis, was wirst du nur tun?«

»Ich werde mit meinem Vater sprechen.«

»Und du meinst, er hilft dir?« Sie wiegte zweifelnd den kleinen, klugen Kopf. »Versuchen kannst du es. Versprich mir eins – was immer du tust, du läßt es mich wissen.«

Er versprach es ihr und ging fort. Der Bann hatte sich gelöst, Rinió war immer noch auf seiner Seite, jedesmal, wenn er mit ihr sprach, gab sie ihm neuen Mut. Keine Schwester konnte treuer sein – und er hatte geglaubt, sie hätte ihn aufgegeben! Reuig bedachte er, daß er ihr seit Wochen keinen Gedanken zugewandt hatte; sie waren alle zu Vassiliki geflogen.

Vassiliki! Morgen würde er sie sehen. Morgen schon – wie endlos lange, seit er sie gesehen hatte, seine Schöne, die Allerschönste. Es war in der Tat eine ganze Woche her.

Er brach ein Reis vom Jasminbusch, kleine weiße, sehr stark duftende Sterne und dunkle Blätter, zart wie feine Schatten. Diesmal wollte er den weiten Weg nehmen, nicht geradewegs auf den Brunnen zu. Es war zu früh, noch würden die Mädchen nicht um Wasser gehen. Er bog in eine schmale Gasse ein und stand vor Vassiliki.

Nur eine kleine Schwester begleitete sie. War es, daß er sie zum erstenmal so gut wie allein sah, oder war es die Überraschung – er trat ihr in den Weg und reichte ihr sein Zweiglein Jasmin.

Sie trat einen Schritt zurück. »Und du der Erwählte der Panagia«, sagte sie vernichtend, kehrte um und ließ ihn stehen.

Die weißen Sterne lagen im Staub. Evangelos stand wie versteinert. So weit war es gekommen! Was jeder durfte, einem Mädchen eine Blume schenken, ihm war es versagt. Selbst diese kleine Freude, harmlos und ohne Fordern, sollte ihm verwehrt sein? Und sie, die er hochhielt wie die Panagia selber, sie zeigte es ihm auf eine so schnöde Weise?

Eine große Bitterkeit stieg in ihm auf. Wie das Salz der See wusch sie über Grün und Blühen und tötete alles.

An diesem Abend sprach er mit seinem Vater und sagte: »Gib mir, was mir zusteht, und laß mich ziehen.«

Simon sah ihn an, als ob er sich vor seinen Augen in ein Fabelwesen verwandelt hätte, und fragte ihn, ob er den Verstand verloren habe.

»Nein«, erwiderte Evangelos, »ich bleibe nur bei dem,

was ich immer gesagt habe, von Anfang an. Ich gehe nicht ins Kloster, und hierbleiben will ich nicht länger.«

Der Vater geriet in hellen Zorn. »Damit kommst du mir jetzt! Du hast dich fügsam gezeigt, jahrelang, du hast das Werk gefördert, einer der Besten – und nun, am Ende, kommst du und sagst, du willst nicht!«

»Vater, ich habe es immer gesagt, und du weißt es. Gib mir das Meinige, und ich gehe in die Welt.«

»Ich habe dir nichts zu geben, du hast nichts von mir zu erwarten. Dein Erbteil hat das Kloster geschluckt.«

»Du hast dem Kloster mein Erbteil gegeben, ohne mir ein Wort davon zu sagen?«

»Was konnte ich tun?« verteidigte sich Simon. »Sie verlangten viel von mir, für den Kirchenbau meine ich, mehr von mir als von den meisten. Weil ich dein Vater bin, verstehst du? Weil dein Erbteil ohnehin dem Kloster zufallen würde, habe ich das gegeben.«

»Dazu hattest du kein Recht«, sagte Evangelos.

»Recht?« erboste der Vater sich von neuem. »Das, was mein ist, kann ich geben, wem ich will, und ich kann es versagen, wem ich will. Nimm Vernunft an und rede nicht so!« Er lenkte ein: »Daß ich das Deinige nahm, ist es nicht natürlich? Sollte ich es den anderen Kindern entziehen, deinen Schwestern, die ich aussteuern muß? Alekos, dem ich das Seinige zu geben hatte, als er heiratete? Und Pantelis, die schwere Buße, die ich gezahlt habe; was hatte ich übrig für den Kirchenbau? Ich gab, was ich für dich bestimmt hatte.«

»Klug hast du gehandelt, Vater, sehr klug. Für alle sorgst du, der beste Vater. Nur nicht für mich.«

»Für dich sorgt das Kloster –«

Aber der Sohn hatte sich abgewendet und hörte ihn nicht mehr.

Da stand Evangelos, und sein Plan, wenn es überhaupt ein Plan gewesen war, lag in Scherben vor ihm. Er hatte mehr vom Vater erhofft als eine Summe Geld; mit der Einwilligung, hatte er gemeint, würde ihm auch tätige Hilfe werden. Oder doch mindestens guter Rat.

Nun mußte er sich selbst raten, aber es tobte ein solcher Aufruhr in ihm, daß es unmöglich war, einen klaren Gedanken zu fassen. Zorn, Enttäuschung, Bitterkeit trieben ihn fort – nur keinen Menschen sehen! Zu Zorn, Enttäuschung und Bitterkeit gesellte sich der Haß.

Hoch über dem Kloster in der Schlucht fand er sich wieder.

Er hatte sich auf seinen Esel geworfen und ihn traben lassen, wohin er wollte; das Tier hatte den Weg gewählt, den es am besten kannte, und da es nicht angehalten wurde, war es weitergegangen. Er mußte es wohl hierher gelenkt haben, oder eine unbewußte Bewegung hatte es getan – jedenfalls war er weit vom Wege abgekommen. Ein Ort war so gut wie der andere, dieser besser als die meisten. Niemand würde ihn stören. Der Esel wanderte der nächsten Distel zu, und Evangelos ließ sich auf einem Stein nieder.

Er konnte nicht glauben, daß der Vater ihm die Wahrheit gesagt hatte. Sicher war es eine Ausrede gewesen, ein Mittel, ihn festzuhalten. Der Vater sagte sich: Wenn ich ihm nichts gebe, kann er nicht fortgehen. Denn wer zieht ohne einen Wegpfennig in die Welt? Mein Sohn und sein Brot erbetteln – niemals.

Wie recht er hatte, wenn er so dachte. Evangelos hatte nie damit gerechnet, mittellos in die Fremde zu gehen. Viel hätte er nicht verlangt, aber doch genügend für die erste Zeit, meinte er. Und nun – nichts? Wie lebte man, wenn man nichts hatte, nicht einmal genug für ein Stück Brot? Es konnte tagelang dauern, bis er Arbeit und Unterkunft fand.

Eine solche Unruhe ergriff ihn, daß er nicht sitzen bleiben konnte, aber was tun, wohin? Er sprang auf und ging ziellos vorwärts, nur um sich zu regen, erstieg eine Felsenkuppe und sah gerade unter sich das neue Kloster, braune Dächer zusammengedrängt in ihrem Winkel. Einmal hatte er es mit einem Schwalbennest verglichen, jetzt kam es ihm vor wie das Nest eines Raubvogels. Der hatte ihm alles gestohlen, eine fröhliche Jugend mit seinen Altersgefährten, seinen Platz in der Gemeinschaft, sein Vertrauen zu den Eltern. Seinen guten Ruf, denn was war nicht alles über ihn gesagt worden – letzthin noch, wegen dieser Kyriaki! Und noch mehr: daß er kein Mädchen ansehen durfte, daß es keine Braut für ihn geben würde, keine Hochzeit, kein glückliches Leben zu zweit, wie bei Levtheris und Drossula. All das, und nun kreiste der Raubvogel über ihm, nun wollte er das Letzte, ihn selbst mit Leib und Seele.

Fort! Er wollte es nicht mehr sehen. Aber er mußte ruhiger werden, sich fassen. Ihm fiel ein, daß er immer vorgehabt hatte, die Quelle des Baches zu suchen; warum nicht heute? Er konnte es von hier aus so gut wie von unten. Den Rand der Schlucht entlang, bis sie irgendwo nur noch Spalte war, und dort oder in der Nähe mußte sich der Ursprung des Baches befinden. Zeit genug hatte er, den Esel konnte er hierlassen.

Es dauerte lange, bis er an sein Ziel kam, die Schlucht zog sich weit in den Berg hinein. So heiß der Tag war, die Luft auf dieser Höhe war frisch und kühl, und bald fand er es schön, wieder einmal frei durch die Wildnis zu streifen, ohne Aufgabe, ohne einen anderen Zweck, als die Quelle eines Baches zu suchen. Er hatte es lange nicht getan.

Hier war nun der Anfang der Schlucht. Was mochte so den Fels gespalten haben? Scharf, wie von einem Axthieb, öffnete sich die Kluft. Daheraus sprang das Wasser, kaum ein armstarker Strahl. Bach konnte man es hier noch nicht nennen. Er mußte suchen, bis er zu den Steinen weiter oben kam, unter denen es ans Licht trat, ein klares Rinnsal zuerst. Das lief einem kleinen Becken zu, dem noch zwei oder drei solcher silbernen Fäden zuliefen, das sie aufnahm, vereinigte und entließ. Es war ein wilder und einsamer Ort, und doch war ihm so wohl wie seit langem nicht. Eine reine Frische umgab ihn, eine unendliche Weite und Stille – nur das Geflüster des Wassers in dieser Stille, nur der Ruf eines Vogels, der die Weite mit ihm teilte. Evangelos tauchte die Hände in das Quellbecken und trank, dann setzte er sich an seinen Rand und hörte dem Wasser zu, das sich etwas Heimliches erzählte, ein Märchen oder einen hübschen Reim.

»Ja, ein Märchen«, sagte er, »hier oben bist du ja noch ein Kind. Warte, ich habe etwas für dich, sieh, was ich dir schenke!« Er holte eine kleine Silbermünze hervor, die er immer bei sich trug; vor Jahren hatte er sie auf dem Acker gefunden, in der Erde, unter seiner Hacke. Sie war abgeschliffen, es ließ sich nichts mehr auf ihr erkennen, sicher war sie sehr alt. Aber sie glänzte doch. »Sieh, wie blank sie ist! Nimm, sie ist für dich.« Und er ließ sie in das Becken rollen, gerade unter einen der winzigen Wasserfälle.

Noch eine gute Weile saß er da und ließ sich alle Sorgen, allen Zorn fortspülen. Bald würde er über das, was ihm angetan worden war, ruhiger denken können. Alles andere sehen, in seiner richtigen Größe: das Dorf – ein Ameisenhaufen; der Vater – auch nur ein Mensch, der sich irren konnte. Selbst Vassiliki würde er verzeihen können. Was konnte sie dafür, daß sie nicht anders war als alle anderen?

Es war spät geworden, er mußte nun doch auf demselben Weg zurück.

Der Weg war weiter, als Evangelos ihn in Erinnerung hatte, und sehr viel rauher. Er geriet auf einen Hang, der ganz mit feindseligen Gewächsen bestanden war, breit und dick wie Polster, aber lauter spitze Stacheln. Er stolperte und stürzte mehr als einmal; erst als der Mond ihm leuchtete, ging es besser. Zerkratzt und atemlos kam er unten an, wirklich nicht weit von der Hütte. Sie war nicht verschlossen, er fand sie so, wie die Thebaner sie verlassen hatten.

Ob wohl noch etwas Eßbares zurückgeblieben war? Er war sehr hungrig und suchte auf dem Sims, in den Mauerwinkeln. Nichts, er mußte hungrig bleiben. Er rollte sich auf der Streu zusammen und war bald eingeschlafen.

Sehr früh wurde er wach. Was war es denn, was ihn geweckt hatte? Er hatte geträumt: Wieder war er mit dem Bach gegangen, aber es mußte wohl ein andrer gewesen sein, breiter und viel tiefer als das Wasser in der Schlucht. Sonderbar, es floß bergan, und in der Ferne rauschte es sehr stark. Er war auf das Rauschen zugegangen und hatte etwas wie eine weiße Säule stehen sehen, nein, nicht stehn – es bewegte sich, es schäumte und sprühte: ein Wasserfall. Dahin mußte er, aber wie er auch strebte, er gelangte nicht hin. Im Gegenteil, die Wassersäule schien sich zu entfernen, wurde schmaler, kleiner . . . Evangelos sah nun, daß es eine Gestalt war, die vor ihm dahinging, daß er auf einer Straße war, die über den Berg führte. Weit vorauf die Gestalt, kleiner und kleiner. Bevor sie verschwand, wandte sie sich zurück; winkte sie ihm? Während er sich das fragte, war er erwacht.

Doch, sie hatte gewinkt. Er war ganz sicher. Er sprang auf und trat aus der Hütte, es war noch kaum Tag. Zum Bach hin – und er kniete, schöpfte und trank. »Warst du es?« fragte er. »Doch, du warst es! Wer sollte es sonst gewesen sein, wer ist so weiß und schmal wie du?«

Evangelos schaute nicht zum Kloster hinauf, sondern diesen Weg an – er ging am Kloster vorbei und führte über den Berg. So nahe lag sein Weg, und er hatte nicht daran gedacht.

Er wäre gern durch die Schlucht bergab gestiegen. Aber dann hätte er wieder hinauf gemußt, den Esel zu holen. Lieber nicht; er war lange fortgeblieben, daheim würden sie denken, er käme nicht wieder . . . Betroffen hielt Evangelos an. Es war sehr gut möglich, daß der Vater so dachte, nach dem Streit gestern morgen. Und es war ja auch, was er im Sinn hatte, fortgehen und nicht wiederkommen.

Aber doch nicht heute. Er wußte nicht, wohin sich wenden, nicht einmal das.

20

Das Dorf Rodhakion rüstete zu seinem großen Fest. Es war so nahe, und soviel war zu tun. Jedes Haus wurde getüncht, innen und außen, jede Hofmauer, sogar die Steine am Straßenrand malten sie in überströmender Freude weiß. Die Männer planten: So viele Schafe, so viele Ziegen; glaubt ihr, es sind genug? Denn es werden viele Gäste kommen – Wieviel Wein gibst du? Ich gebe das eine Faß, aber wenn es sein muß, auch das zweite . . . wie viele Körbe Brot? Die Gäste werden nicht mit leeren Händen kommen, trotzdem – es darf an nichts fehlen! Simon gibt die Kohlen, der Schmied die Spieße – Käse werden wir brauchen, weichen und harten; Kyria Zoë hat Pfeffer versprochen, kostbaren Pfeffer, sie kann nicht genug tun in ihrer Freude.

Ja, unser aller Freude, sie ist eine von uns geworden. Habt ihr gesehen, wie glücklich sie ist? Sie hat gesagt, sie gibt ihren ganzen Garten her, damit wir die beiden Kirchen bekränzen können, unsere hier und die neue droben.

Meine Frau sagt ganz dasselbe, jeden Blumentopf will sie hingeben – alle Frauen werden es tun . . .

Und die Frauen: Was für Kuchen, Gevatterin? Fünfzehn Eier! Woher nehme ich fünfzehn Eier? Ist dies Öl fein genug – mein bestes –, Sesam, Mastix, Mandeln; Honig, zum Glück, haben wir reichlich. Dimitrula gibt ihre feinste Decke her zur Schabracke für das Maultier des Bischofs; hast du sie gesehen, Gevatterin? Rosenrot, und das Muster dunkler . . . alle Bräute geben das beste Stück ihrer Aussteuer her . . . Für die hochwürdigen Herren von Agia Triadha: Es kommen mehrere. Was für ein Fest! Keins der Dörfer am Berg hat je ein solches Fest gefeiert. – Freundin, werden wir genug Hähne haben, zum Braten?

Einer blieb außerhalb dieser Rührigkeit, dieser eifrigen Freude. Wenn es einem einfiel, wie still Evangelos war, sagte er sich, daß es nur natürlich sei: »Er denkt an Höheres, wißt ihr.« Dann wiegten sie respektvoll die Köpfe und murmelten:

»Ja, es ist nun ganz nahe, er sieht die offene Tür . . .«, und sie versuchten, ihm etwas zulieb zu tun.

»Wie gut sind die Menschen«, sagte Evangelos zu Rinió, »wenn man ihren Willen tut.«

Unter all den Frohen waren nur diese beiden nicht froh.

Evangelos war fast jeden Tag bei Kyria Zoë. Sie hatte ihn sich vom Vater erbeten, zur Hilfe bei den vielen Dingen, die sie betrieb. Ihr Haus sollte die hochwürdigen Herren aufnehmen, für die Dauer des Festes sollte es zum Kloster werden. Sie selbst und ihre weibliche Dienerschaft würden ein neues Haus beziehen, ein kleines, das sie gekauft und zu diesem Zweck hatte herrichten lassen. Sie war gütig, sie war gnädig, ihre Stimme war weich und warm, wenn sie rief: »Vangelis! Komm und sieh dir die Wandbehänge an. Nicht wahr, sie sind kostbar genug für deine Kirche?« Oder: »Die Lampen, Vangelis. Sieh, wie Kronreifen, und jeder trägt sieben Schalen, und sieh, die Leuchter für den Altar. Nun hilf mir packen, Vangelis, und morgen bringst du sie hinauf.« Alle solche Gegenstände, die eine Kirche braucht, hatte sie gestiftet, auch das Heilige Buch, in silbernen Dekkeln und mit edlen Steinen geziert. Den Psalter aber gab Theodoros, darauf hatte er bestanden.

Rinió sagte: »Nach dem Fest der Panagia sind wir arm.«

Die Noná hatte es gehört und rief: »Aber wie reich an Gnade!« Ihre Augen waren feucht – ihre Augen waren oft feucht in diesen Tagen.

Wahrhaftig, dachte Evangelos, dieses Glück zu trüben bringe ich nicht übers Herz.

Nur darum war er noch nicht geflohen. Er hatte es sich so überlegt: Das Fest feierte er noch mit ihnen, und dann, heimlich in der Nacht, wollte er gehen. Oder aber an dem Tage, da sie ihn nach Agia Triadha schickten, das würde bald nach dem Fest geschehen. Er würde allein den Weg nehmen, aber nicht den Weg nach Agia Triadha.

Wie sein Vater ihn bewachte, seit er mit ihm gesprochen hatte! Sie hatten sich nicht miteinander ausgesöhnt, sie gingen aneinander vorbei, höflich und schweigend. Die Mutter merkte in all ihrem Vorbereitungswirbel nichts; Gott sei Dank, dachte Evangelos, er hat nicht mit ihr darüber gesprochen.

Schwerer war es, Vater Gerasimos auszuweichen. Die großen, klaren Augen des alten Mannes richteten sich oft fragend auf ihn. Es war, als suche er etwas zu enträtseln. Kam es daher, daß Evangelos sich ihm nie näherte, ihm nichts anzuvertrauen hatte, was doch natürlich gewesen wäre, weder Rat noch Auskunft von ihm erbat? Ihm war nicht wohl, wenn er es bedachte. Und es war schwer, an den Jungen heranzukommen. Er versuchte es dennoch, er tastete behutsam: »Vangelis, ist auch alles gut? Bist du glücklich?«

»Glücklich, ehrwürdiger Vater? Ich nehme Abschied«, sagte Evangelos.

»Ja, das ist nicht leicht«, gab der Priester zu. »Aber, mein Kind, denke nicht, daß du etwas verlierst; doppelt und dreifach wird dir ersetzt werden, was du aufgibst.«

»Gewiß«, sagte Evangelos höflich und hörte geduldig Vater Gerasimos' Erläuterungen zu. Der Priester hatte deutlich das Gefühl, daß er vor einer verschlossenen Tür stand.

Doppelt und dreifach wird mir ersetzt werden – schöne Hoffnung! dachte Evangelos. Und das soll ich glauben? Ich würde es nicht einmal glauben, wenn ich aus freiem Willen ins Kloster ginge. Was ich aufgebe, wird mir verloren sein. Und er fuhr fort, Abschied zu nehmen. Die Äcker, die Rebgärten, selbst das Brachfeld; die Olivenhaine, die Pfade, er umfaßte sie alle mit einer großen Liebe. Er hatte teilgehabt an ihnen, nun nicht mehr, aber wie hielten sie ihn fest!

Er befaßte sich viel mit den kleinen Schwestern, spielte mit ihnen, erzählte ihnen. Überrascht stellte er fest, daß sie gar nicht mehr so klein waren, man konnte mit ihnen reden. Und er beschrieb ihnen, was sie an Schönem in der neuen Kirche sehen würden: »Solche Bilder, ihr meint, ihr könntet hineintreten – eine Höhle, darin ruht die Gottesmutter, und das Kind ruht in ihrem Arm, schon gewickelt, so klein –«

»So eins, wie Dimitrula bald haben wird«, warf das verständige Schwesterchen ein, und Dimitrula, die ihm ebenso gebannt zugehört hatte, errötete. Evangelos sah sie herzlich an, und sie griff nach seiner Hand. »Vangelis, wirst du für mich beten, damit es diesmal gut abläuft?« bat sie. Denn aus ihrer ersten Hoffnung war nichts geworden.

»Ich werde es tun«, versprach er.

»Nun will ich mich nicht mehr fürchten«, sagte sie beinahe fröhlich, »denn auf dich hört die Panagia.«

Evangelos war bestürzt, aber er schwieg. Wie konnte er ihr die Zuversicht nehmen, und wenn sie auf noch so schwachen Füßen stand? Die Bürde, die es ihm auferlegte! Er lächelte nur und wiederholte: »Ich werde für dich beten, und alles wird gut sein.«

»Erzähl weiter!« drängten die Schwestern. Er gehorchte.

Simon, der zugehört hatte, ohne daß sie es wußten, entfernte sich so leise, wie er gekommen war. Er war beruhigt: Der Junge hatte sich mit seinem Geschick abgefunden, es war klar. Sonst hätte er nicht so reden können, mit solcher Gewißheit, schon ganz wie ein Priester. Den brauchte niemand mehr zu zwingen! Er war so überzeugt davon, daß er von seiner Wachsamkeit abließ.

Die Pläne waren ausgeführt, neue Pläne entfalteten sich, und die Tage trieben unaufhaltsam auf das Fest zu. Noch sieben Tage, sangen die Kinder, noch fünf, und sprangen dazu vor Freude. Noch fünf Tage, noch vier, stöhnten die Frauen, die nicht wußten, wie sie die viele Arbeit zwingen würden; noch vier Tage, noch drei, rief das junge Volk, dann können wir schon Gäste erwarten, fangen wir doch an, Kränze zu winden!

Wie, sagten die Bedächtigen, soll alles Laub verwelkt sein, wenn die Panagia in ihr neues Haus einzieht?

»Wie komme ich nur hinauf«, jammerte die Priesterfrau, »ich mit meiner Atemnot und meinen armen Füßen? Ich muß doch meinen Vangelis in seiner schönsten Stunde sehen – ich war die erste, die gesagt hat: Die Panagia ist ihm erschienen!«

»Keine Sorge, Tantchen«, tröstete sie der starke Lakis, »du wirst dabeisein, und wenn ich dich auf meinen Armen hinauftragen müßte.«

»Wochenlang bin ich nicht aus dem Haus gewesen, aber hin muß ich, und wenn es mich umbringt.«

»So ist es recht, das ist der rechte Sinn«, lobten alle, die sie hörten, aber der Vorsteher sagte: »Eine Tragbahre«, und ging hin, etwas Ähnliches aufzutreiben.

Die, welche beauftragt worden waren, die Kirche zu richten und sie zu schmücken, kehrten heim und meldeten, es sei geschehen, und die Kirche stehe da wie eine Schatztruhe, wie ein goldener Reliquienschrein. »Eine zweite solche gibt's nicht am Berg«, frohlockten sie.

Evangelos war einer der Helfer gewesen. Er mußte ihnen recht geben, so reich war sie ausgestattet, und doch war nirgends ein Zuviel. So hatte sie ihre schlichte Würde behalten, glühte sanft mit schönen Farben und Falten, und wartete auf ihren großen Tag.

Er ging zu Kyria Zoë, um ihr seinen Bericht zu erstatten, und Rinió kam ihm entgegen: »Hast du es gehört, Vangelis?

Wenn das Fest vorüber ist, wollen die Mönche von Agia Triadha dich gleich mitnehmen.«

»Rinió!«

»Was wirst du tun?«

»Ich gehe, noch heute gehe ich. In der Nacht.«

»Kommst du und sagst mir Lebwohl?«

»Kannst du denn aus dem Haus, mitten in der Nacht?«

»Oh, jetzt geht alles drunter und drüber. Komm, Vangelis. Ich warte auf dich – im großen Feigenbaum.«

»Gut. Geh nun zur Noná, aber laß dir nichts anmerken.«

Er ging hinauf in den großen Saal, der schon halb für den Empfang der Gäste hergerichtet war, und fand Kyria Zoë zerstreut und völlig erschöpft, so viele Dinge auf einmal hatte sie versucht zu tun. »Nein, Vangelis, erzähl mir heute nicht davon«, bat sie, »komm morgen!«

»Wie Ihr wollt, Noná mou. Ich kam nur, um zu sagen, wie schön —«

»Sag mir's morgen. Schick mir Rinió, wenn du sie unten siehst, sie soll mir die Stirn baden. Ich habe Kopfschmerzen.«

»Ja, Noná, und gute Besserung.«

Rinió war nirgends zu sehen, er mußte die Bestellung in der Küche ausrichten. Dann ging er langsam heim.

Zuerst hatte Riniós Neuigkeit ihn sehr erschreckt, aber nun war ihm schon klar, sie war gut. Kein Zögern, kein Warten mehr, kein Bangen, keine Ratlosigkeit. Das war vorbei, es lag, wie schon so vieles, hinter ihm; er mußte tun, was er sich vorgenommen hatte. Aber wie gut, daß er gewarnt war! Viel besser so, viel besser: Schon vor der Ankunft der Gäste konnte er verschwinden, brauchte sich nicht mehr zu verstellen, nicht mehr unablässig darauf zu achten, daß er sich nicht verriet.

Zu packen brauchte er nichts, er hatte nichts mitzunehmen. Sein Weg führte an der Kirche vorbei, sollte er eintreten und auch ihr Lebwohl sagen, der er so lange gedient hatte?

Nein. Er würde sie anderswo finden, es gab überall Kirchen im Lande.

Er kam nach Hause. Sie mußten ihm ja anmerken, wie aufgeregt er war, wie sein Gesicht brannte, wie seine Augen und seine Hände keine Ruhe fanden. Aber sie waren alle beschäftigt, sie hatten viel zuviel zu tun. Es wurde ein Abend wie alle Abende, sie aßen spät und legten sich zu Bett. Seit Pantelis fort war, teilte niemand seine Kammer, die Hoftür war nicht verriegelt, nichts war leichter, als heimlich in der Nacht zu entfliehen. Wenn nur dieses lächerliche Zittern aufhören wollte. Auch kein Schaden – es hielt ihn wach.

Kurz vor Mitternacht war er bereit. Er hatte einen guten, festen Kittel gewählt, die neuen festlichen Kleider ließ er im Kasten. Er hatte ein Paar derbe Schuhe, die noch lange halten würden, und am Gurt ein Messer. Es.war sein Messer, Levtheris hatte es ihm geschenkt. Das war alles, es würde ein leichtes Wandern sein.

Wenig später war er an der Gartenmauer, bei dem großen Feigenbaum. Er hustete leise, wie Schafe es tun, und Riniós kleines Gesicht erschien zwischen den dichten Blättern. »Hast du lange gewartet?« fragte er.

»Ziemlich lange«, gab sie zurück. »Hier im Baum war es schön unbequem, ich brauchte keine Angst zu haben, einzuschlafen und dich zu verpassen. Hier, ich habe etwas für dich.« Sie beugte sich aus dem Baum und reichte ihm ein Bündel. »Die letzten drei Nächte habe ich eins für dich fertiggehabt«, erzählte sie, sehr zufrieden mit sich selbst.

»Wie eine Schwester sorgst du für mich«, sagte er gerührt.

»Besser«, sagte Rinió. »Iß das Fleisch zuerst, Vangelis. Das andere wird sich halten.«

»Ja, Rinió.«

»Ich habe dir meinen Kamm eingepackt. Und ein kleines Tuch. So etwas braucht man. – Tritt da hinüber, in den Flekken Mondlicht, damit ich dich sehen kann! Wirst du je wiederkommen, Vangelis?«

»Wenn das Glück es will. Werde ich dich finden?«

»Bestimmt! Verhutzelt wie eine alte Feige und immer noch bei der Noná, mit ›Ja, Noná mou‹ und ›Nein, Noná‹ und ›Augenblicklich, Noná‹.«

Evangelos mußte lachen, so reizend spottete sie über sich selbst. »Nein, so lange darf es nicht dauern«, sagte er. »Aber Rinió, eins macht mir Sorgen. Die Noná, du weißt, wie sie ist – wenn sie nun anfangen sollte, dich zu überreden?«

»Mich? Wozu denn?«

»Ins Kloster zu gehen, weil ich ihr entwischt bin.«

»Bei mir kommt sie nicht weit damit, das verspreche ich
dir«, sagte das Mädchen entschieden.

»Dann ist es gut. Ich muß jetzt fort, Rinió. Bei Tagesanbruch muß ich im Wald sein, denn auf der Straße wird bald
viel Volk heranziehen, und niemand darf mich sehen.«

Sie neigte sich tief hinab und gab ihm ihre Hand. »Geh
mit Gott, geh zum Guten, Vangelis. Wenn es möglich ist,
schick mir eine Nachricht.«

»Ja, Rinió. Und Dank für alles, für die ganze Zeit: immer
warst du auf meiner Seite.« Er hielt ihre kleine feste Hand in
der seinen und dachte, dies ist nun das letzte von allem.

»Laß los«, sagte sie, »sonst fall ich aus dem Baum, und du
mußt mich mitnehmen. Ach, Vangelis, wär's nicht schön?«

Sie wartete keine Antwort ab. Es raschelte leicht im Laubwerk, und er stand allein.

21

Evangelos saß auf einem Hang oberhalb der Straße, schon
auf der anderen Seite des Berges. Er hatte gegessen und ge-
trunken, denn auch eine kleine Hirtenflasche befand sich in
Riniós Bündel, die hatte er an einer Quelle gefüllt. Nun
ruhte er noch ein wenig und dachte darüber nach, ob er auf
dieser Straße bleiben oder beim nächsten Kreuzweg einer
andern folgen sollte. Er kam zu dem Schluß, daß eine
Straße so gut wie die andere ist, wenn man nicht weiß, wohin man geht.

Es zogen doch nicht so viele Leute zu dem Fest in Rodhakion, wie er erwartet hatte. Bis jetzt hatte er nur kleinen
Gruppen aus dem Weg gehen müssen. Um diese Stunde

war die Straße ohnehin leer, niemand war unterwegs. Es war viel zu heiß. Er konnte unbesorgt weiterwandern, und er war gespannt, wohin er geraten würde.

Gerade wollte er sein Bündel nehmen – aber erst mußte er sich dehnen und strecken –, als er weit hinten auf der Straße etwas aufleuchten sah. Er setzte sich wieder hin, er mußte sehen, was es war. Nicht daß er fürchtete, man sei ihm gefolgt, denn es war ein starker Troß, der sich näherte. Zu so vielen wäre man nicht ausgezogen, um ihn zurückzuholen.

Hier kamen sie nun, hochbeladene Karren mit dürren Pferden davor, zottige Reiter auf Maultieren, halbnackte Kinder, die ein paar Ziegen trieben: ein Völkchen wandernder Wlachen. Die Vorhut war bald an Evangelos vorüber, ein größerer, aber ebenso buntscheckiger Zug folgte. Frauen saßen auf Bündeln und Packen hoch auf den Karren und sahen ihn mit unbewegten Gesichtern an. Er rief ihnen einen Gruß zu; sie erwiderten ihn nicht. Zum Schluß ein Rudel kleiner Jungen, die sich mitten auf der Straße balgten, aber bald setzten sie dem Zuge nach. Ein ganz kleiner Bursch blieb zurück, er war gestürzt und hatte sich arg die Knie zerschlagen. Er raffte sich auf und hinkte laut weinend hinter den andern her.

Evangelos sprang zur Straße hinab und holte ihn mit wenigen Schritten ein, er hob ihn auf seine Schulter, wo er erst recht zu schreien anfing. »Still«, lachte Evangelos, »ich fresse dich nicht!« Und als der Kleine sein lachendes Gesicht sah, beruhigte er sich und jammerte nur noch leise in seiner fremden Sprache. Der letzte Karren war bald erreicht. Eine Frau saß darauf, sie kreischte etwas, das er nicht verstand. Er reichte ihr das Kind hinauf und fragte, wohin sie zögen. Wie alle diese Wandernden verstand sie ein wenig von der Sprache des Landes: »Weit, weit«, rief sie.

»Gut«, sagte Evangelos, »dahin gehe ich auch.«

Er war guten Mutes und nicht ohne Zuversicht. Er wußte, wo Korn reifte und Reben Frucht trugen, würde er sein Brot finden. Wo mit Steinen gebaut wurde und wo Meiler rauchten, würde er sein Brot finden. Er war frei, er konnte gehen, wohin er wollte. Er hatte einen großen Schritt getan, er war entkommen, und er war frei. Mit seinem Bündel auf der Schulter ging er den rollenden Karren nach.

GESCHICHTE, SPANNEND ERZÄHLT

Katherine Allfrey
Die Trojanerin
240 Seiten
ab 13 Jahren
ISBN 3 522 14930 0

Der lange Trojanische Krieg ist endlich beendet, aber um welchen Preis! Theano, jungverheiratet, hat den Tod ihres Mannes miterlebt und befindet sich nun in der Hand der Sieger. Sie fällt als Kriegsbeute dem Heerführer Mekisteus zu und wird seine Sklavin. Als ihr Sohn Aktis geboren wird, schöpft sie neue Hoffnung. Ihn wird sie als Trojaner erziehen und sich mit seiner Hilfe an den Zerstörern Trojas rächen – ein gefährlicher Plan...

THIENEMANN